もずっと、みんなとこうして笑っていたい。

（本文より抜粋）

DARIA BUNKO

晴明のソラ

朝丘 戻

ILLUSTRATION yoco

ILLUSTRATION
yoco

CONTENTS

この作品はフィクションです。

実在の人物・団体・事件などに一切関係ありません。

晴明のソラ

登場人物紹介

坂道のソラ

河野（かわの）　一吹（いぶき）

黒髪ストレートの
クールな美人大学生

アバター

ソラ

白いぼろぼろウサギ

大柴（おおしば）　賢司（けんじ）

SNS『アニマルパーク』をつくった会社の
副社長

アバター

シイバ

灰色のオオカミ

窓辺のヒナタ

小田（おだ）　日向（ひなた）

家族想いの癒やし系
大学生

アバター

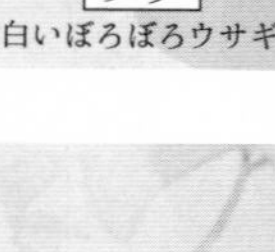

ヒナタ

白いネコ

早瀬（はやせ）　新（あらた）

陶磁器を扱うお店の
店長

アバター

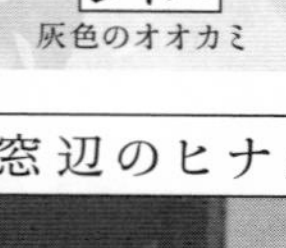

シン

クリーム色のキツネ

氷泥のユキ

ひやま みどり
氷山 緑

スマホゲーム『ライフ』をつくった会社の社長

アバター
クマ
白いクマ

もとみや ゆき
本宮 結生

隠れ乙女で大学生のキャラクターデザイナー

アバター
ユキ
白いトラ

月夕のヨル

かみおか あきら
神岡 明

小柄で可愛いすこし天然な大学生

アバター
ヨル
白いぼろぼろハムスター

あずま せいや
東 晴夜

食事処『あずま』の店主

アバター
セイヤ
水色のライオン

7月21日（土）

夜八時、約束の時間になった。スマホ片手に緑（みどり）さんの家のリビングにあるソファにあぐらをかいて、大人気SNS『アニマルパーク』こと『アニパー』へログインする。液晶画面に俺のオーナーページである〝ユキの部屋〟が表示され、白トラの凛々（りり）しい目をしたユキが現れた。夏だから最近は緑Tシャツの上にワイシャツを重ねて、ジーンズを穿（は）かせている。きりっとした顔といい、相変わらず俺の分身は格好いい。

ふいに、一対一で会話ができるプライベートチャットの窓がひらいて話しかけられた。

――（結生（ゆき）さん、遅いですよ。俺がいるところにきてください）

大学の後輩、豊田（とよだ）忍（しのぶ）だ。窓には忍のアバターである柴犬っぽい茶色いイヌ、シノブのアイコンがあって、そっちはそこそこ可愛いのに吹きだしででているメッセージは可愛くない。

――（時間どおりにログインしたろ～？）

――（五分前行動で頼みますよ。もうみんなきてるんですからね）

――（厳しいなあ）

友だちリストの忍の欄にある〝この人のところへいく〟ボタンを押してさくっと移動する。現れたのは、ブランコと滑り台とベンチがある公園のような場所だった。

――『なんだここー』

周囲は木々に囲まれていて、突っ立っているイヌのシノブと、初対面のクリーム色のキツネ、そしてブランコで遊んでいる白いネコがいる。みんなの傍らには『ライフ』の子たちも。

――『ユキさん、やっときましたね。いらっしゃい、ここはグループ仲間だけが入れる特別な憩いの広場です。そっちのブランコで遊んでる白いネコが俺の幼なじみのヒナタ、このキツネの人がヒナタの恋人のシンさんです』

シノブの頭上に浮かんだ吹きだしを読んでいると、ヒナタがブランコからおりて『初めまして』とこっちへ走ってきた。白いあにぱあTシャツにジーンズ姿で、おなじ格好のキツネのシンさんも『初めまして、シンです』とぺこりとおじぎして挨拶をくれる。

――『初めまして、俺はシノブとおなじ大学のユキです。よろしくお願いします』

俺もユキにおじぎをさせた。『グループ組むとこんな部屋もつくれるんだな～』と見まわして驚いていると、忍も『そうですよ、俺らの秘密基地にユキさんを招待してるんです』と教えてくれる。

ふたつ歳下の忍と友だちになったのは、半年ほど前の去年の冬。忍は性指向をサークルの自己紹介でいきなり暴露した男で、最初は警戒していたんだけど、紆余曲折あっていまでは親しくしている。で、今夜はおなじゲイだという忍の幼なじみとその恋人を、『アニパー』で紹介してもらう約束をしていたのだった。それがこのヒナタとシンさんらしい。

シノブの上に吹きだしが浮かんで、『ユキさん、ヒナタは俺と同い年だから呼び捨てで大丈夫ですよ。シンさんは三十五歳の大人なんで、よろしくです』と言う。

──『え、俺も呼び捨てでいいよ。ヒナタ、好きに呼んでな』
──『ありがとうユキ』
──『シンさんはすごい歳上なんですね。俺も彼氏が今年三十六のおじさんだから親近感』
ハンサムなキツネが『はは』と笑った。
──『たぶんユキ君の彼氏さんとおなじじゃないかな。ヒナタが愛しくて、歳の差も超えちゃいました。精神的には対等で、俺も甘えさせてもらっているし』
笑顔のアクションもつけてこたえるシンさんから、落ちついた雰囲気と、ヒナタへの温かな想いがふんわり浮かぶ。わ～……癒やし系紳士って感じがする。ヒナタも横でぽっと赤面しながらもじもじするアクションで『へへ……』と照れて、可愛いでやんの。
──『でもユキ君の彼氏さんは「ライフ」の社長さんなんだよね？　シノブ君に聞いたよ。そんな立派な人の心を射とめたユキ君も素敵な人なんだろうなって、今日会えるのをヒナタと一緒に楽しみにしていたんだ』
ヒナタが『うん、そう！』とユキに近づいてきて、勢い余ってどしんとぶつかった。
──『俺「アニパー」で「ライフ」のキャンペーンが始まってすぐモンスター飼い始めたんだけど、ひのこが生まれたんだよ。むっちゃ可愛くてご飯あげるために毎日ログインしてる。もちろん「ライフ」の本家も始めた。この子たち、ユキが生みの親なんでしょ？』
スマホに表示されるヒナタの言葉を読みながら、自分の頰がゆるんで笑顔になっているのを自覚した。〝この子〟って、俺らとおなじ人間扱いして呼んでくれる人に、また会えたな。
──『うん、俺が大事に創った子たちだよ』

俺もユキに赤面もじもじのアクションをさせてこたえると、ヒナタはさらにばんざいしてジャンプする喜びアクションでこたえてくれた。

――『すごいよ、俺なんの才能もないからこんな可愛い子たちを創れるユキのことすげえ尊敬する。彼氏さんもほんと素敵だね』

へへへ……。

――『あんま褒めんなよ、俺は好きなことやらせてもらってるだけなんだ。うちの彼氏は、努力して会社つくって、社員のみんなをリスペクトして大事にしてる人だから、すげえって、俺も尊敬してるけどさ』

――『ううん、俺からしたらユキも彼氏さんも才能にあふれてて憧れてやまないよ。こんなふうに知りあえるなんて思ってもいなかったから、本っ当に嬉しい。シノブの先輩だって聞いて、むっちゃびっくりしたんだ。「ライフ」のこともいろいろ聞かせてほしいよ』

……好きな絵を描いて、その子たちを心から愛して生かしてくれる緑さんと出会えて、彼と唯一無二の恋人にもなれた。俺は自分の力でできたことなんてひとつもないと思っているし、創った子たちも含めて、救われたのは自分だと、恩ばかり感じている。なのでヒナタがくれるような熱意や言葉に触れても、申しわけないっていうか……畏れ多くて恐縮するばかりだ。

ヒナタの隣でオレンジ色の炎を揺らすモンスター、ひのこが寄り添って立っている。こうして『アニパー』にこの子たちがいるのは大柴さんのおかげでもあるしな……感謝しかないよ。

――『創作の話は、聞いてもらえたら俺のほうがありがたいよ。あと、俺ゲイの友だちつくる勇気なくて全然いないんだ。だからヒナタたちと知りあえて嬉しい。これからよろしくね』

懐かしい。俺が『アニパー』で緑さんと出会ったのも、文字の世界でしかゲイの仲間を探す度胸がなかったせいだ。忍みたいにリアルの世界で堂々とカミングアウトするのはもちろんのこと、二丁目とか、ゲイが集まる場へいくっていう行動にもでられずにいた。救ってくれたのは『アニパー』だった。

——『それは俺もおなじ。っていうか、俺は勇気がないどころか、「アニパー」が顔も声もばれないSNSなのをいいことに、シンさんに女の子だって勘違いさせたままつきあい続けて、恋人にまでなってもらっちゃったんだよ』

——『え、まじで？　ヒナタとシンさんはここで仲よくなっていったの？』

——『うん。俺は性別を偽っていたわけだから、ネット恋愛って言っていいのかわからないけど、毎日「アニパー」で話してて、そのあとリアルで会ったんだ。それで「男だったんです」って絶縁覚悟で謝ったのに、シンさんは受け容れてくれて、いまは同棲までしてくれてて』

ヒナタが教えてくれた馴れそめに、胸がきゅんとときめいた。

——『すっげえ、めちゃんこドラマチックじゃん！　少女漫画みてえ！』

俺の興奮がたった一文に爆発していたのか、シンさんと忍が『はは』と笑った。

——『ユキさんってやっぱりこういう恋バナ好きですよね……ヒナタたちに会わせたら絶対喜ぶと思ってました』

忍がどんなからかい口調で言っているのか、声で聞こえる。うっせ。

——『俺たちもユキにこんな話聞いてもらえるなら嬉しいばかりだよ。当時は罪悪感でいっぱいだったけど、いまではただののろけ話だし』

ヒナタがまた頬を赤らめて、シンさんはしずかに微笑んでいる。素敵な関係なんだな……。
──『うん、ぜひ聞かせてよ！』
期待と喜びを文字にして届けた。
──『俺、本名は結生だよ。本宮（もとみや）結生。ここなら名前言っても平気だよね。これからもよろしくねヒナタ、シンさん』
改めて自己紹介をして頭をさげると、シンさんとヒナタもおなじ仕草を返してくれる。
──『俺は小田日向（おだひなた）です。こちらこそよろしくね』
──『早瀬新（はやせあらた）です。新って書いて〝あらた〟。俺にも「ライフ」の話を聞かせてね結生君』
『おうよ！』と送って、みんなで笑いあった。とっても嬉しかった。友だちができて心が躍（おど）っている俺の声も、いつか文字から日向たちに聞こえるぐらい親しくなれたら幸せだな。

みんなと会話を終えて『アニパー』をとじたころには十時を過ぎていた。

もうすぐ緑さんが帰ってくるころかなあと頭の隅で考えながら、親友の安田（やすだ）が挿絵（さしえ）を担当しているライトノベルを読んでいたら、スマホが鳴った。本をとじて、横においていたスマホを手にとると予想どおりの名前が表示されていて口もとが勝手ににやけていく。

「──あ、緑さん？」

『ああ、お疲れ結生。いまから帰るよ』

「うん、お疲れ。はやく帰ってこい～」

緑さんも、はは、とどこか嬉しそうに笑う。

今夜、緑さんは友だちが経営している食事処へいっていた。その友だちにも最近同性の恋人ができたらしく、彼が『ライフ』をとても気に入ってくれているうえに誕生日だったそうで、ねだられたおくさのぬいぐるみを小脇に抱えて『プレゼントしてくる』とお祝いにいったんだ。

『夕飯は食べたか？』

「食べたよ、今日は時間かけて大根の煮物に挑戦してみた。まああうまくいったかな」

『は？　帰ったら食べるから用意しといてくれよ、俺のぶんもあるんだろ？』

「え、友だちの店で食べたんじゃないの？　いいな、食うからな』

『関係あるか、勝手に新作作ってンなよ、いいな、食うからな』

「なんで半ギレっ。明日にしようよ、お腹空かせて食べたほうがンまいよ？」

『おまえの手作りならなんでも世界一美味いんだよ、何度言ったらわかるんだ』

「ぶふっ、も〜……はいはい、ちゃんと用意しとくから」

『よし』

相変わらず溺愛されてて困っちまうぜ。変なところでキレるし。

食事は、お味噌汁だけ作っても淋しい。だから近ごろ、身重の母さんの身体も心配だし、と様子見がてら実家へ通って母さんに料理を教わっているんだけど、緑さんは覚えたての下手な新作ですらバージンを奪うってな感覚で食べたがってくれるから、嬉しい反面彼の腹が心配だ。

『そういえば、ちゃんとおくさのぬいぐるみ渡してきたよ』

「お！　……どうだった？」

彼氏さん、喜んでくれたかな……。

『涙ぐんで感激してくれてた。結生にもあの顔見せたかったな』

「まじかっ」

『自分にはいまおくさが必要だったって。抱きしめてあげたかったから、ぬいぐるみもすごく嬉しい、大事にする、ってさ。俺、〝氷山(ひやま)さんは素晴らしいです、誇ってください〟って力いっぱい褒められちゃったよ。俺はなにもしてないのにな？　ははは』

笑う緑さんに、今度は「は？」と俺がキレた。

「そんなことないよ、緑さんもめちゃんこすごいよ。俺のモンスターたちに命と生きる場所をくれたのは緑さんだからね」

『場所なんか誰にだっていくらだってつくれるんだよ、でもおくさたちは結生にしか創れない。素晴らしいのはおまえだ』

「俺は好きなことするしか能ねーもん。みんなに助けられてばっか。もっと頑張んなきゃ」

創ることのほうが、簡単にできる。俺は創らないと生きられない人間だからわかる。でも、そうやって量産したところで、世にでて本当の意味で〝生きる〟には理解者と場所が必要だ。

さっき日向たちと話しているときも思っていたけど、緑さんには自分の存在の尊さを自覚してもらいたいものだよ。創作欲においても恋愛面においても、おたがいを認めて、支えあって生きていける緑さんが、俺には誰にもかえられないかけがえのない存在なんだから。

「でもそっかー……ぬいぐるみ、一緒に喜んでくれる人がいるんだなあ……へへへ」

『いるよ。非売品のおくさたちにもプレミアついてるしなあ。いよいよグッズ化するかな』

「グッズぅ？　売れる？」

『俺が売る』

「かっけーっ。あはは。緑さんは変なとこ自信家だからな〜」

『変じゃねーよ。うちの子たちが売れないわけないだろ。大柴ンとこのアバターにも勝てる』

「おい、超大手の『アニパー』さまと張りあうな。俺が畏れ多い」

『自信ないのか?』

「大柴さんにも『アニパー』にもお世話になってるので、穏便にいきたいです」

『けっ』と舌打ちが聞こえてきて、笑ってしまった。

「勝ち負けでもないだろ。みんな可愛いよ。クマさんもさ」

『クマは可愛くねえよ、あんな眠そうな顔』

「自分のアバターっ」

半目の白クマが緑さんのアバターだ。新さんと日向ほどがっつりネット恋愛じゃないけれど、俺も初めて会った緑さんの姿はあの白クマなんだよな。

『ユキは可愛い』

「俺のは可愛いんじゃなくて格好いいんだよ。きりっとしゅっとしてんの」

『可愛いよ、頭から齧(かじ)りつきたくなる』

「齧んな。じゃーあとで『アニパー』でセックスしてやっから」

『セックスならこっちの世界がいい。現実で、生で結生を抱きたい』

「……緑さん、いま外で電話してんでしょ? なに大声で堂々と言っちゃってんの?」

『ひとりだからいーんだよ』と反論してくる緑さんと、ふたりでくすくす笑いあった。

緑さんのいる場所から、風音やセミの鳴き声が聞こえてくる。夏を感じる。目をとじると、白クマのクマさんと出会った『アニパー』のスマホ画面や、羽田空港の展望デッキで涙ながらに告白しあった夜、お父さんと過ごした時間が、瞼の裏いっぱいに、鮮明にひろがっていく。記憶の手前にいつでもあって、簡単にとりだせる大事な想い出たち。緑さんと恋人になって、もうすこしで一年か。

『おくさをあげた明君は、結生と同い年だよ』

緑さんが優しい声で囁くように続けて、お、と胸が弾んだ。

「やりぃ、友だちになれそー」

『明君のおくさは、ロボロンに恋したんだとさ』

「ロボロンかー……ほうほう。めげないでほしい」

モンスター育成ゲーム『ライフ』のなかで、ロボロンは唯一、恋を一度諦めるモンスターだ。人間に捨てられたロボロンは、成長せず、子孫を残すこともできない身体で故障するまで生きていく孤独なロボットモンスターで、同性愛者の俺たちともすこし似ているかなと思う。

『めげるなって、簡単に言うなあ結生は』

「べつに簡単には言ってないよ。俺はロボロンが誰かと一緒に生きていくのも、別々に生きていくのも、どっちも不幸だと思わないもん。けどふられるおくさも辛いだろうし、明君にもめげないでほしいなあみたいな感じ。生きている限り人生の道は続いてくしね」

『まあな。結生が創るそういう「ライフ」の世界観も考えさせられるって絶賛してたよ』

「あはは。考えて受けとめてくれる明君が優しいんじゃん」

『や、おまえはすごいよ』

「なんだよ、今日は俺の褒め褒め記念日？　照れますぜい」

へへ、とはにかむと、緑さんも喉で苦笑した。

「お友だちはどうだったの？　東さん？」

『ああ、次は一緒に店へいこう。あいつの料理も美味いからな。結生のには敵わないけど』

「敵うわ。プロに勝てるわきゃないだろ」

『勝てる』

「もういいや。その明君って子が彼氏なんでしょ？」

『うん、東の片想いかなと思ってたけど、ちゃんと両想いになってたし、おたがいべた惚れっぽいからやっと結生も紹介できるよ』

「……あのさ、」

『先に結生を紹介してたら、あいつ絶対結生に惚れてたからな』

「ばーか」

『ばかじゃない』

「緑さん、真面目に教えてあげるけど緑さんばかだよ？　最近ほんとにばかの子だからね？」

照れてどうにかなりそうだっての。

『そりゃ、あいつは他人のものに手をださないよ。でもそれはいままでの話だからな。おまえと知りあってたらそんな自制もどっかにすっ飛んでたさ。価値観がひっくり返って、人生ごと塗りかえられてた。そうに決まってる。俺はわかる』

「やーいばーか」

「ばかじゃないって言ってるだろ」

溺愛にもほどがあんぞ、とからかっているのに、緑さんの声は真剣そのもの。

『あいつは心に黒い穴ぼこがあるからな。それを容易く埋めてくれる相手にはころっと惚れるんだよ。結生はどんぴしゃだったから、こっちは紹介するタイミングも考える必要があった』

なんなんだほんとうちの彼氏はー……。

「東さんのこと信じてねーんだな。俺のことも」

『おまえの魅力を信じてる。恋ってのは理屈じゃないんだよ』

「東さんに会ったら言いつけてやんぞ」

『べつにいいよ。俺がばかにされるだけだ』

「ばかって自覚してンじゃんかっ」

ははっ、とふたりして吹きだした。緑さんもいま絶対、空にむかって大口あけて笑ってる。

『まあでも、明君は結生とタイプがだいぶ違うな。真面目天然って感じの可愛さで』

「おい、緑さんも他人の男可愛いとか言ってんじゃねーぞ」

『結生は嫉妬しても可愛いな。はやく裸に剝きたい』

「ば～か」と、また照れながら笑ってやった。比較って話なら、新さんよりひとつ歳上のはずなのに、緑さんには落ちつきがないよ。恋愛でも独占欲剝きだしで誰彼かまわず嫉妬するし、優しくするときでさえ怒るし、仕事でも容易く感動して泣くし、褒めるし、心から楽しむし、少年かよって感じで、はあ……まじで好き。

「てかさ、緑さん聞いて」

『ん？』

大好きなこの人に、俺もはやく今夜のこと報告したい。

「さっき後輩の忍と『アニパー』で話してたんだけどね、忍の幼なじみのゲイ友紹介してもらったの。日向っていう白いネコのアバターつかってる子。忍と同い年で俺の二個下」

『へえ』

「日向の彼氏の新さんも紹介してもらったよ。クリーム色のキツネだった。ふたりは同棲してるんだってさ」

『先越されたな』

「でね、ふたりも『ライフ』で遊んでくれてたんだ、めっちゃ嬉しかった。『アニパー』で知ったのがきっかけって言ってたから、やっぱコラボしたの成功だったよ」

『フッ』

「ははっ、すげえ得意げに笑ったっ」

『ライフ』を通じて緑さんが人を幸せにしてるって自覚してもらえるのは、俺も嬉しい。

「それで、今度日向たちの家に遊びにいくことになったよ。新さんと日向が『ライフ』の裏話とか教えてほしいって言ってくれてさ。ふふふ……」

『裏話？』

「うん、デザインとか、みんなの性格と生いたちができるまでとか聞いてくれるんだって」

かわりに俺は、新さんと日向の出会いから同棲までの恋バナを聞かせてもらうって約束だ。

『人気デザイナーになってきたな。よしよし、予想どおりだ』

「そんなんじゃなくて、友だちが自分の創った子たちの話聞いてくれんのが嬉しいって感じだよ。学校の休み時間に落書きばれて、かまってもらうみたいな」

『落書きじゃないだろ。立派な作品で、命だよ』

「……うん。へへ」

こうやって自分の生きる世界がどんどんひろがって、輝いていくのも、緑さんのおかげだと思えた。異性愛者の友だちの前で、嘘をつきながら生きていただけの窮屈で小さな世界からは、もう抜けだせたんだ。

「前にさ、『アニパー』のゲイルームでちらっと会ったゴウさん憶えてる?」

『ああ、結生とつきあう前に会った人な』

「うん、そう。あの人も『ライフ』してくれてんだよ」

『おい、おまえいまだにゲイルームいってるのか?』

『アニパー』のゲイルームは緑さんと出会った場所でもある。あのころ知りあった友だちとは、いまもたまにチャットをしたりする。

「ゴウさんたちと話すときだけだよ。浮気はしてない」

『たち、ってなんだ。ゴウさん以外にも友だちがいるのか?　やばい奴らじゃないだろうな』

「違うよ、ゴウさんと彼氏さんと、あとはシイバさんっていう友だちぐらい」

緑さんの反応に一瞬、間があった。ん……?

『シイバ?　なんのアバター?』

「オオカミだよ、灰色の。課金勢で、いつも超おしゃれな服着てんの」

『大柴じゃないか』

間髪入れずに、驚愕の名前が飛びだしてきた。『アニパー』の生みの親で、俺をデザイナーデビューさせてくれた人、緑さんにとっては大嫌いな大学時代の先輩。

「は？　……え、なんで？　そんなわけないじゃん、大柴さんはゲイじゃないもん」

『いや、プライベートでつかってるアバターが〝シイバ〟っていうオオカミだって聞いてる。アバター同士で会ったことはないから確信は持てないけどな……プライベートアカウントで、仕事がてらチャット部屋も巡回してるってことか？』

「え……ううん、シイバさんはガチゲイだよ。仕事って雰囲気じゃない。だって彼氏いるもん。同棲もしてるんだよ？　大柴さんのわけないって」

否定しながらどういうわけか猛烈に焦った。まさか俺、知らないうちに大柴さんの裏の姿と友だちになってた……？　単なる勘違いなのか、それとも触れてはいけない真実だったのか。

「もし大柴さんだったら、ゲイって嘘ついて『アニパー』してるってこと？　『アニパー』内の監視するためにわざわざ？　そんなまどろっこしいこと……それとも大柴さんもゲイなの？え、うわ、混乱してきた。つか、俺だって大柴さんにゲイって教えてないもん、緑さんとつきあってることだって言ってないよ。まじで大柴さんだったらやばくない？」

ほころびをひとつでも正しく繕ったら、偽りが一気に露呈してしまう。大柴さんの会社に誘われていたのに、緑さんのところへ就職して『ライフ』の成長に尽力したいとまで宣言して断った身としては、いろいろとこう、多方面に微妙というか、なんというか……。

「どうしよう、緑さん。リアルで会わなければとりあえず問題はないってことだよね？」

『まあ、落ちつけ。俺にまかせとけよ』

「怖ぇ」

『仲よく穏便に話をつけてやるから』

「仲よくできると思えねー」

『結生の後輩の忍君に、日向君に新さん、おまけに大柴先輩とその彼氏君まで加わったら、「アニパー」の愉快な仲間たちがどんどん増えていくだろ？』

「愉快って」

『東と明君のふたりとも繋がるか』

「ぜってーよからぬこと考えてるし……」

大柴さんが本当にゲイで、まじでみんなで仲よくできるんなら嬉しいけど……どうなんだ？

受話器越しに、緑さんが苦笑しながら、かちっと缶ジュースをあける音がする。

『とりあえずこれ飲んだら電車に乗るよ』と告げられて、「おう」とこたえた。

はあ、と息をついて、緑さんが飲み物をすする音を聞く。いつも俺を幸せにしてくれる大好きな唇が缶ジュースにつくさまも想像できる。……まあ、この人を信じてまかせるか。

ひとまず煮物を温めて、緑さんの帰りを待とう。ついでだからお味噌汁も飲ませようかな。

そこまで食べたらメシも欲しいと言いだしそうなので、おにぎりも握っておくといいかも。

視線を横にむけると仏壇があって、にっこり微笑むお父さんの写真がある。俺たちの幸せな日々も、これからの未来も、ずっとこうして、見守っていってくれると信じてる——。

7月29日（日）

「わあ、素敵な部屋だね、お邪魔しますー……」

「ふふ。いらっしゃい結生と忍。外暑かったでしょ？　涼しくしてるよ」

　結生に続いて、忍も靴を脱ぎながら「ほんと、暑すぎた……」とぼやきつつ、新さんと俺の家へ入ってくる。

　新さんと同棲を始めて、この夏で一年四ヶ月ほど経つ。ふたりでおしゃれにしようと決めて四つ葉のクローバーの押し花額を飾っている玄関や、本棚の隅にミストの噴きでるアロマランプをおいてレモンの香りで満たしているリビングなどを、結生が「ほわあ……」と眺めて感激してくれている。新さんと目をあわせて、ふふ、と笑いあった。

　おしゃれに、なんて言ったたって、疲れていればソファに本や靴下がおきっぱなしになったり、アロマランプに水を足し忘れたりして、俺らのズボラが浮き彫りになることはしばしばある。というか普段はほぼそんなカオス状態だ。だから今日は結生と忍を迎えるために朝から新さんと掃除をして、ふたりでばっちり〝素敵でおしゃれなおうち〟を演出しておいたのだった。

「どうぞ、ふたりともこっちのソファに座って。いまお茶持ってくるから」

「ありがとう日向。――あ、これおみやげ持ってきたんだよ、よかったら新さんと食べて」

「え、おみやげ？　そんな、ごめんね気づかってもらっちゃって、ありがとう……」

「とんでもねえよ。夏っぽい可愛いゼリーだから、味と一緒に楽しんでね」

印象的なきらめく瞳をした結生が、笑顔で袋をくれる。夏っぽいゼリー……どんなだろう。

「結生君がよければ、いまから冷やしておいて、あとでみんなで一緒に食べようよ」

俺の横にいた新さんがそう言い、結生も「あ、はい。ぜひ」とにっこりうなずく。それで、俺と新さんは一緒にキッチンへ移動して、お茶菓子の用意をした。

「結生君、爽やかで可愛らしい子だね」

俺の横に寄り添って、新さんが麦茶をそそぎながらこそりと小さな声で言う。

「うん、目がおっきくて手も細くて、あの瞳と手で『ライフ』の子たちが生まれたんだ〜……って、ついじっと見惚れそうになっちゃったよ」

俺も、ほう、とうっとり息をつき、結生にもらったおみやげの包装紙をあけていく。

「目はひなのほうが大きいんじゃない？」

「そうかな。自分じゃわかんないや」

「手も、ひなだって可愛いよ」

「……なんで俺のこと褒めてくれてるの新さん。いま結生の話してたんでしょ」

「照れる日向も可愛いな」

喉で笑う新さんを横目で睨む。頬が熱い……。なにこんなところでこそこそいちゃついているんだか、と自分たちに呆れつつ、俺はゼリーの箱をあけた。

「わ、すごいっ、素敵……」

なかには、まるい容器に赤と黒の金魚を浮かばせた、透明なゼリーが七つ入っている。

「ああ……結構有名なゼリーだね、これ」と新さんが。

「そうなの？　こんな素敵なゼリー初めて見た」

「前に仕事でいった百貨店のギフト売り場で見かけたことがあるよ。でも、俺も食べる機会はなかったし、こうしてきちんと見るのも初めてだ。たしかに素敵だね……」

「さすが新さん。俺はおみやげ知識もなんにもないよ、結生もやっぱチョイスが違うな……」

ひとしきり感激したあとゼリーを冷蔵庫にしまい、新さんとお茶菓子を持って戻った。

「おまたせ〜」

テーブルに麦茶と、お菓子のかごをおく。「お気づかいすみません」「ありがとう」と軽く頭をさげる結生と忍がならんでいるむかいのソファに、俺と新さんも「いえいえ」と腰かけた。

正面にいる結生と目があうと、照れてにやにや微笑（ほほえ）みあう。なんか恥（は）ずかしい。

「外暑かっただろうし、どうぞ、好きに飲んで食べてね。——結生、ゼリーもありがとうね、すごく可愛くて素敵でびっくりしたよ。絵を描く人は選ぶものも違うんだなあって感動した。センスもだし、素敵なもの見つけるセンサーがあるんだろうね。あとで食べるの楽しみ」

「ひひ。褒めてもらっちゃって悪（わり）ぃけど、あれ彼氏に教わったの。うちの彼氏無駄におシャンでさ、〝なにか素敵なおみやげないかな〟って訊（き）いたら一発で教えてくれたんだ」

「彼氏さんもセンスいいんだっ。そんな人に好かれる結生はおシャンの頂点ってことじゃん」

「ははっ、なんだよおシャンの頂点って」

ははは、とふたりで笑うとみんなもつられて、リビングが笑い声に包まれた。

「つか、日向と新さんのこの部屋もインテリアがおシャンだよ。男がふたり住んでる部屋だと思えねえ」

結生が麦茶を飲みながら控えめに周囲を眺める。窓から入る日ざしが観葉植物を照らしていて、透明テーブルも光っている。俺らの下には夏用の藺草ラグを敷いており、足もとも涼やか。そして手もとにあるコップは、もちろん豊シリーズだ。

「俺もインテリアは新さんにいろいろ教わったよ。いちばんの自慢はこのコップ」

豊シリーズは俺たちにとって特別な陶食器で、うちにあるものは全部〝豊〟でそろえている。夏場は白地に、筆で淡い水色の線をすっとひいただけのシンプルな柄のセットを使用していた。コップは口がひろく、高さ十センチある大きめのもので、結生も「うん、これすげえ素敵って思ってた」と顔の位置にあげてまじまじ観察してくれる。

「うちの食器は全部、新さんが創ってるんだ。デザインを決めたり、売りかたを考えたり」

「えっ、まじで？　めっちゃすごいじゃんっ、新さんも創作家ってこと？」

「いやいや」と新さんが苦笑して、コップから口を離した。

「創作なんて大それたものじゃないよ。一応この豊シリーズっていう自社ブランド企画をまかされているけど、ああしたいこうしたいって我が儘を言って、部下を困らせてるだけだから」

「……それ、うちの彼氏とちょっと似てるかも。決定権持って、上で部下を動かすのも大変なことなのに、デザイナーとか広報とか全員をリスペクトして、大事にしながら人を幸せにする作品を世に送りだしてるんです。似てる、なんて、彼氏にも新さんにも失礼だけど……うん。このコップ見ても新さんの素敵さわかります。〝豊〟って名前だけでも心が温かくなるし」

　へへ、とはにかんだ結生が、コップに口をつけて麦茶を飲む。新さんを見ると、彼も「まいったな」とうつむき加減に微苦笑していた。……ここ最近、新さんは夏の催事と春に発売する豊シリーズの新作企画のために忙しい毎日を過ごしていた。だから、初めて対面する結生に、初めて手にした豊シリーズをこんな言葉で褒めてもらって、どんな気持ちかは察しがつく。

「ありがとう結生君」

「いえ、すみません。なにも知らないのに勝手なことべらべらと」

「ううん、嬉しかったよ。……日向に救われたときのことも想い出した」

「ぶはっ、なんだよ、のろけかよっ」

　あははは、と結生が大笑いして、俺たちもまた笑った。忍だけが「さっきからあなたたちみんなのろけてますから」と淡泊につっこんでくる。

「なんだよ忍、拗ねんなよ、自分ンとこが微妙だからって」

「結生さん」

　不機嫌そうな目で忍が結生を睨むと、結生はべっと舌をだしておちゃらけた。へはは……。

「ねえ新さん。その日向に救われたって話、ぜひ聞かせてください。チャットで、文字だけで話しながら、救われてたんですよね？」

　結生の瞳がらんらんと輝きを増した。新さんも「うん、そうだよ」とこたえる。

「声も顔も知らなくて、性別も間違えてたのに？」

「そうなんだ。あのころ日向はまだ受験生で、女子高生だと思ってた。恋愛が始まるとしても実際会ってからだろうと考えてたけど、友情以上の好意は、文字だけで芽生えていたね」

「……日向が男って知ったとき、新さんは腹が立った？」

「ううん。日向が性別を偽ったのは、そもそも俺が〝ヒナタ〟ってアバター名を女性と勘違いしたせいだったんだ。だから責める権利はなかったし、ゲイだから『アニパー』の世界に縋って夢を見たかったたっていう切実な告白を聞いて、日向の狡さも健気さも痛みも、背負いたいと想ったよ。むしろ女子高生だったら冷静に好意を抑えて友人関係を貫いていた。日向がゲイで、そのことに苦しんでいる孤独な子だったから、性指向は罪ではないし、日向も人に愛される子だってことを、すぐにでも教えてあげたくなったんだ」

結生が右手の拳をふって、「くう〜っ」と興奮する。

「はあ〜っ、たまんね〜！　……ゲイの孤独って俺もわかるし、それを新さんみたいなでっかい愛情で包んでもらっちゃったら、そりゃ幸せだよな……めちゃんこロマンチック〜っ……」

俺は新さんの告白に涙をこらえつつも、結生のはしゃぎっぷりに赤面してしまう。

「ありがとう新さん、結生……性指向のことはずっとひとりで悩んでたから、共感してくれる結生に会えて嬉しいよ。結生もゲイの孤独感を彼氏さんに包まれて好きになったりしたの？」

訊ねたら、結生の眉が「う」といびつにゆがんだ。

「そう、だけど……俺のとこはあんまロマンチックじゃねえよ。俺らは最初、セックスするために『アニパー』つかってリアルで会ったからさ」

「えっ！　そっち⁉」

「うん。俺ノンケ相手に失恋した過去を乗り越えたくてさ、ゲイとして楽しく生きるんだってばかな方向に意気込んで、ヤリチンって嘘ついてセフレ探したの。それで怒らせちまって」

「な、なんでそんな嘘っ」

「バージンって言うとフラれまくるんだもん。で、初日は喧嘩して別れたんだけど仕事で社長とデザイナーとして再会できたんだ。そっから、挿入まではシないへんてこなセフレ関係になって、みたいな」

「と……とても、大人な出会いだったんだね……」

「彼氏もゲイだったから、過去の失恋も慰めてくれて、孤独感は癒やされていったよ。けど、ロマンチックだったかっていうと疑問かな。かわりに幸せな経験とか想い出は進行形でいっぱいもらってる。ふふ」

セフレ、か……。

「……ひな。興味津々な顔してるよ」

新さんに指摘されて、「へっ」と肩が跳ねた。

「ち、違うよ。『アニパー』にもセフレ目的の出会いってあるんだな……って驚いただけ」

新さんのしずかで微妙に怖い表情に狼狽えていると、結生が「はは」と笑った。

「そっか、性別偽ってたってことは日向たちはゲイルームで出会ったわけじゃないんだもんね。あそこは恋人同士で仲よくいちゃついてる人たちもいれば、恋人欲しがってる人もいるよ。セフレ探してる人はプロフで主張して、わりと上品にやってる感じかな」

「そうなんだ……俺たちも、一応ゲイルームはたまにいくんだよ、友だちがいるから。でもセフレ探してる人と会ったことはないな……気づいてないだけかな？」

「あ、友だちいるんだ？」

「うん。新さんとのことで、相談に乗ってくれた人たち。いまはリアルでも交流があるんだ」

「まじか、日向たちは『アニパー』の素敵な出会いに恵まれてんだな～」

「素敵どころかすごい人なんだよ。灰色オオカミのシイバさんと、ぼろぼろウサギのソラっていうんだけど」

「え」

新さんと顔をあわせて、ちょっと得意になって笑いあった。結生は麦茶をぐいと飲み、はあ、とひとつ息をつく。

「日向……そのシイバさんって、大柴さん？」

お。

「うん、そうだよ。あそっか、結生は『ライフ』を創った人だから知ってたのかな？　俺たち『ライフ』と『アニパー』の偉い人たちと友だちなんだ、むっちゃ嬉しい～」

自分でも笑顔になっていると自覚しながらうなずいた……けど、結生はうなだれて右手で額を押さえる。……あれ？

「どうかした？　俺、なんかマズいこと言っちゃったかな……？」

「いや、いいんだ……。てか日向たち、リアルでつきあいがあるって言ったよね。大柴さんが同棲してる彼氏のことも、リアルで知ってるってこと？」

「うん、知ってるよ。一緒にしゃぶしゃぶパーティしたりしてる」

「しゃっ……しゃぶしゃぶ……」

結生は明らかに困惑しているようすで、俺も「え、なんで、大丈夫？」と動揺する。

「結生君はシイバさんのプライベートまでは知らなかったのかな」と、新さんが助け船をだしてくれた。

「や、すみません……じつはそうなんです。シイバさんとは『アニパー』で知りあいだったんだけど、大柴さんだっていう確信を持ってなかったんですよ」

「えっ、じゃあ俺、勝手にバラしちゃった⁉」

焦ったら、結生も「訊いたの俺だよ」と苦笑いでなだめてくれる。

「ありがとうな日向。利用するような真似してごめん。俺らも〝もしかしたら〟って予感してたから、この際リアルでも繋がってみるよ」

「ほ、ほんとに大丈夫……？　個人情報暴露しちゃったよね俺……」

「暴露させたのは俺だってば。平気だよ、もともと俺は大柴さんに誘われて、この業界で働き始めたからあの人は恩人なんだ。うちの彼氏は大柴さんの大学の後輩だし、おたがい浅い仲でもない。いい機会だから、俺らも腹割ったつきあいできたらなって思う」

「恩人……大学の、後輩……」

そりゃあ俺としては、結生と結生の彼氏さんと、大柴さんと一吹と、みんなと仲よく交流できたら嬉しいけど……迷惑をかけていなければいいな。『アニパー』もひろいようで、意外と狭い。ゲイ仲間が集まると、どうしたって出会う確率は高くなるのかもしれないけれど。

「……縁ってあるものですね」

ぽつと忍が呟いて、お菓子のかごからチョコクッキーをとった。結生が突然にやけ顔になり、忍の肘をつく。

「おまえはどうなんだよ〜、受験生の彼氏には相変わらずつれなくされてんのか〜？」

「大きなお世話ですよ」

「俺らののろけ話ばっかじゃ悪ぃし、おまえも話してみ？　恋愛相談でもどんとこいだぜ！」

すこし沈んでいた場を明るく和ませるように、結生が格好よく胸を張る。

「日向も知ってるだろ？　忍に彼氏がいること。こいつこんな態度でかいくせに、ものすごい一途で、切ない恋してんだぜ。歳下の彼氏に全然頭あがんねえの。こいつのことそこまで弱らせる彼氏って、いったいどんな奴なんだろうなあ〜？」

心臓にちくりと刺激が走って、へは……、と苦笑いでにごす。忍はクッキーを咀嚼しながら結生を睨み据えて、麦茶を飲む。

「ばかですね結生さんは」

「あ？　なんだと忍」

「前に俺は幼なじみの弟とつきあってるって教えたじゃないですか。この状況で、なんでわからないんだか疑問ですよ」

「へ」と結生が大きな目をまたたき、忍と、新さんと、俺を見る。そして、あ！　と瞠目する。

「まさか、忍の彼氏の義兄ってのが、日向……？」

俺もうなずいて小首を傾げた。

「うん……そうだよ。俺の義弟が、忍の恋人の直央なんだ——」

小学一年生になったとき、俺にはふたりの兄貴ができた。

ひとりは日向。父さんが再婚してできた義理の兄貴。もうひとりは日向の友だちの豊田忍。

どちらも血は繋がっていないけど、ふたつ歳上のふたりは不思議と大人びて感じられ、聴いている音楽、読んでいる漫画、プレイするゲーム、食べているお菓子まで、ふたりが好むものは全部格好よく見えたから憧れて真似をした。それまで父さんとふたりきりだった淋しい生活は一変し、すこし大人のふたりに導かれていく世界が、心躍るほど楽しく面白くわくわく愉快で壮大で、大好きでたまらなかった。

家出しよう、と、あの日言いだしたのが誰だったかは忘れた。日向だった気もするし、自分だった気もする。河辺に背の高いススキが生い茂っていたから、たぶん十月ごろの秋だ。

人生初の冒険に胸を弾ませて、リュックに携帯ゲーム機とありったけのお菓子と、海や公園で拾った綺麗な貝殻や美しい丸形の石ころがつまった宝物箱を詰め、水筒も肩からぶらさげて、ふたりに手をひかれて家を飛びだした。

日向と一緒に、どちらがより長くて格好いいススキを見つけられるか、と競ってひっこ抜き、『ぼくの勝ちだ』と勇者の剣みたいに誇らしくふりまわして歩いた。

アリの行列は学校の友だちのなかでもいちばんに見つけるのが得意だったから、発見するとふたりに報告して観察した。

たくさん歩いて疲れるとふたりも足をとめてくれて、そろって水筒の麦茶を飲んだ。食べ物まで用意したのは俺だけで、『麦茶ちょうだい直央』『直央、お菓子もくれ』とふたりに頼られると、自分もふたりと同等の〝お兄さん〟になれた気がして優越感を覚えた。

そのうち日向に『直央は休憩しすぎだよ』と叱られたけど、忍は『歩けなくなったら言え、おぶってやるから』と許してくれた。

厳しい日向と、優しい忍。俺の大好きな憧れの兄ちゃんたち。

そんな楽しい冒険が突然終わったのは、日が暮れ始めて森林公園に入ったときだった。

知らない子どもたちが悲鳴をあげて騒いでいて、俺は〝楽しそうに遊んでるな、鬼ごっこをしてるのかな〟と想像したんだけど、全然違った。

——逃げるぞ！

いきなり忍がそう叫んで、日向と一緒に走りだした。え、え、と困惑しながら立ち尽くしていたら、ふたりがいなくなってひらけた視界の先に、真っ黒くて大きなイヌがいた。グルル、と喉を鳴らして、こっちを見据えている。とたんに足もとからぞっと冷たい恐怖が這いあがってくるのを感じて、俺も走りだしたら、同時にイヌも猛スピードで追いかけてきた。

——あああああーっ！

助けて！　という言葉が悲鳴になった。涙がこぼれてくる。全力で走っているのに、水筒が膝にひっかかって、リュックが重すぎて、日向と忍がどんどん遠く小さくなっていく。

──あぅ、ああっー。

涙でにじんでふたりが見えない。腕で拭うと、菱形(ひしがた)フェンスをのぼっていく背中が見える。

──そん……無理、よ……っ。

そんなの無理だよっ……と、嘆いているのに日向たちに届かない。背後にイヌの、ハッ、ハッ、という息づかいが聞こえる、傍(そば)にきている、噛み千切られる、怖い、殺される。

ふたりがフェンスのてっぺんに着いたとき、ようやく俺も下のほうへ張りついた。だけど荷物が邪魔をして、手足にも力が入らなくて、怖くてたまらなくて、大泣きするしかできない。

──助け、よ……助け、……よっ……。

──直央、ここまでこい、ひきあげてやるから！

忍が右手をのばしてくれて、日向も『はやく！』とおなじように左手をのばしてきた。ものすごく高い場所にあるように見えるふたりの腕を、必死になって目指して、飛びついた瞬間、イヌもフェンスの下にきて俺のリュックに噛みついた。

──やあああっ。

泣き叫ぶ俺を、ふたりがひきあげてくれる。同時に、ふたりの腕にフェンスの上の有刺鉄線が牙(きば)を剝いて、血を噴きだしながら皮膚が裂けていく。

──あぁぁっ……。

自分の悲鳴が猛犬の恐怖と、ふたりの怪我への驚きと申しわけなさの混ざった悲痛なものになった。なんとかイヌをふり払って逃げきったけれど、心のなかは哀しみでいっぱいだった。

腕から血をだらだらながす日向と忍の横で大泣きしながら、家に帰った。

帰宅すると大騒ぎになり、日向たちは病院へ運ばれて何センチも縫う治療をした。

ごめんなさい、ごめんなさい、とくり返す俺を、責める人はひとりもいなかった。親たちは日向と忍を叱って、ふたりは俺に『直央は悪くないよ』と笑って守ってくれた。

ふたりが喜んでくれたお菓子の詰まったリュックも水筒も、憎らしく淋しいものに見えた。

そして唐突に理解した。手ぶらで家出をしたふたりは、初めからわかっていたんだ。俺たちに家出などできないこと。遠くにはいけないこと。帰る場所がたったひとつの子どもなこと。

俺なんかよりふたりはやっぱり大人で、哀しいほど兄ちゃんだった——。


大学進学を機に日向が家をでて男と暮らし始めてから、忍がうちに出入りするようになった。俺の家庭教師をしてくれることになったからだ。

「なあ忍。忍に勉強教えてもらい始めてから、俺むっちゃ成績あがったんだよ！」

「そうか」

「だからさ、ご褒美にどっか遊びに連れてってよ。忍の運転でドライブ！」

「……あのな。俺が直央の成績あげるのは当然の仕事なんだよ、なんで褒美が発生するんだ」

「いいじゃん。忍も免許とったばっかだから運転したいんだろ？　俺がその望みを叶えてあげるって言ってんの。嬉しいくせに」

左隣に座っている忍は、眉間(みけん)にしわを刻んでため息をついてから「わかった」とうなずく。

「おまえが日向に謝れたら、そのご褒美になんでもしてやるよ」

うんざりした。

「またそれか……まじありえないんだけど。じゃあいーわ」

冷めきって、持っていたシャープペンも放り投げる。

「直央」と忍が横から俺を睨んで、咎めてくるのも苛ついた。

「うるせえな。なんで俺が責められなきゃなんないの？　おかしいのは男とデキてる日向だろ。忍はまともだと思ってたのに結局あいつの味方なのな。失望したぜ」

「味方とかじゃない。俺は俺の価値観で生きてるだけだ」

「じゃあもとから裏切り者だったってことだよ。どうせ忍も日向が好きなんだろ、俺のことかまってんのもあいつの義弟だからだ。信じらんね、最悪」

「直央」と、もう一度俺を呼んだ忍が右手で俺の椅子をまわして、むかいあう格好にさせた。六月になって半袖を着ている忍のその右腕に、生々しい傷痕が。

「おまえはなんでそんなに同性愛者を嫌悪してるんだよ、言ってみろ」

「は？　そんなのあたりまえじゃん、普通じゃないからだよ。男は女を好きになって結婚して子どもつくんのが正常で常識だからだ」

「おまえがその常識を大事にしてるのはなんでだ？　〝常識〟がおまえを幸せにしてくれたのか？　逆に日向がおまえを不幸にしたか？」

ガンガン責められて苛立ちが増し、胸がむかついてくる。

「うっせえ！　説教されるのも腹立つんだよ、俺が忍にがたがた言われんのも日向のせいじゃんか！　全部日向がぶち壊した！　あいつには不幸にさせられてばっかりだ、疫病神！」

すっ、と忍が右手をあげて、俺は反射的に肩をすぼめ、目を瞑(つむ)った。殴られる、と身がまえた数秒後、痛みもなにもなく、ぱちんと、左頬に軽い音だけが鳴った。

目をあけると、忍がかたく厳しい表情で俺を見据えている。

「おまえにはなんの意志もない」

「……え」

「ゲイを嫌ってるのもおまえの親父さんの価値観だろ。日向と俺を責めてるのも、昔三人で遊んでた時間が恋しくて拗ねてるだけだ。だから〝裏切った裏切った〟って騒いでる」

「は⁉ なに言って、」

「だいたい、直央の両親は常識的な結婚をしておまえを生んでも夫婦関係を維持できなかった、そうだろ？ 幸せな家庭をつくった男と女を傍で見たことないどころか、おまえは親父さんを捨てた母親を恨(うら)み続けてるじゃないか。おまえの言葉にはなんの説得力もない」

かっ、と顔が熱くなった。

「黙れ、知ったふうな口きくなばか！」

「知ってるんだよなにもかも」

「ふざけんなよっ、忍が俺のことわかるわけねえだろ！」

「わかる」

断言した忍の左肩を、今度は俺がぶってやった。でも忍は動じない。

「まだ授業の時間だ。無駄話してないでこのページの最後までしっかりやれ」

問題集をしめして、顔色ひとつ変えずに指示をしてくる。

眼鏡の奥で不愉快そうに細まる目と、一文字に結ばれた唇……なんでこんなことになったんだ。俺は間違ってないし、拗ねてる子どもなんかじゃない。全部日向のせいだ。あいつがホモだとか言いだしたせいですべてが狂った。せっかく忍とまた会えるようになったのに、忍はずっと不機嫌で、日向のことばっかりで、心の底から嫌気がさす。

正しいことを言ってる俺がなんで責められなくちゃなんないの？　日向が父さんを捨てて勝手に家をでてから、うちのなかは余計険悪になって父さんと継母（かあ）さんはほとんど口もきかない。全部あいつのせいなのに、あいつひとりで逃げて欲しいものを手に入れて生きてる。

ふざけんなよ。優しかった忍まで変えて、忍の心ごと奪って消えて。

ここは、このふたつ目の家族は、父さんにとって新しい幸福だったんだ。いままでなに不自由なく生活してこられたのも、金のかかる有名な大学に進学できたのも、父さんのおかげじゃないか。親孝行どころかあいつは恩を仇（あだ）で返して、すべてめちゃくちゃにぶち壊して消えた。俺の母親とおなじクソ野郎だ。

「――全然駄目だ。次の授業までこのプリントの問題解いておけ、宿題だ」

問題集の採点を終えて、ちょうど授業終了の時間になると、忍は自分の鞄からクリアファイルをだして一枚のプリントをよこしてきた。数学の問題がびっしり書かれたルーズリーフを、コピーしたものだ。

「……家庭教師なのに宿題ってなにそれ。嫌すぎんだけど」

「いいからやれ。直央の苦手な問題をまとめたから、これができればおまえの自信になる」

「自信って……」

答えを書くところがないぐらい文字だらけでひく。……俺のためにつくってくれたのかな。大学生で忙しいのにわざわざ……？

「直央」

ペンケースに赤ペンをしまって眼鏡のずれをなおし、帰り支度をしつつ忍が俺を呼ぶ。

「俺が好きなのはおまえだよ」

仏頂面の横顔に言われて、心臓がざわついた。

「そ、んな嘘……いらないよ。日向のほうが好きなくせに」

「日向は友だちとして大事だ。でもおまえには恋してる」

……こ。こい。

「はあ⁉」

一拍遅れて言葉の意味を理解して、激しく動揺した。なに言ってんの、なに言ったの忍、え、は⁉

「意味わかんないんだけど、なに⁉　忍もホモなの、日向のが感染ったの⁉」

「ゲイは感染らない」

俺の椅子に右手をかけて忍が近づいてくる。内緒話……？　と予想して気をゆるめた刹那、忍の顔がそのまま至近距離に寄ってきて口同士がぶつかった。

「……俺はもともとこうなんだよ。日向とおまえと遊んでた小学生のころからずっと、直央のことが好きだった」

忍の瞳の茶色と黒の部分がよく見える。細かく生えた睫毛も。……初めてのキス、された。

「まじでさ、ほんとありえなくない？　男なのに男が好きとか普通じゃないよね、ひどいよ。俺、その人のことむっちゃ尊敬してるんだぜ？　こんなの裏切りじゃん。そう思うでしょう、蒼樹(あおき)さん」

　やかましいゲームセンターの片隅で、バイト店員で友だちの蒼樹さんに愚痴を聞いてもらう。友だちっていっても、四つも歳上だけど。

　カウンターに寄りかかった体勢のまま、蒼樹さんは「ん〜……」と興味のなさそうな眠たげな目で、店内のようすを眺めながら唸(うな)る。

「男が男を好き、ねえ……」

「うん、そう。俺ファーストキスだったしむかつくよ」

「ハハ、ファーストキスか。生意気な高二のガキなのに清らかだったとか、笑える」

「っ、俺は自分を安売りしないんだよ、運命感じた女の子としたかったんだっ」

「じゃあ初恋もまだだったんじゃねえか、か〜わい」

「っ……ぐっ」

　腹立つ……けど、余裕をまとっていつも飄々(ひょうひょう)と佇(たたず)んでいる蒼樹さんは、男として格好よくて憧れている。笑うときも、眉をさげてちょっと苦しそうにふわふわ笑うのがいい。力いっぱい爆笑したりしねえんだ。それがニヒルな感じでイカす。美容院にいくのをサボって、すこしのびた茶髪を耳に無造作にかけているとこも、無骨な腕にあるバングルと右手の薬指の指輪も。

「……蒼樹さんは、ハジメテっていつだったの」

「キスは小三で、セックスは中二」

「えっ、小三？　それ単なる事故じゃなくて？　ヤったのも中二って、はやくね？」

「ハハ」と乾いた笑いでごまかされる。壁をつくってるっていうか……ちゃんと対等に相手をしてくれないところもむかつくけど、影のある男って感じがやっぱ格好よくていい。

「やった！　とれたっ」とUFOキャッチャーをしているカップルがはしゃいでいる。ぬいぐるみをとってあげた彼氏と、喜んでいる彼女。……あの人たちもキスとセックスしてんのかな。なんで受け容れたんだろう。運命感じたから？　浮気されるかもとか、結婚はないかもとか、結婚できても離婚するかもとか、不安にならなかったのかな。不信感湧かなかったのかな。

「女ってさ……蒼樹さん、本気で信じられる？」

「は？」

「怖くね？　なに考えてるかわかんないじゃん。笑ってても腹の底で苛ついてるし、友だち同士でも上っ面の嘘ばっかりでさ。友情とか愛情とか言ってもあいつらって結局自分のことっきゃ好きじゃないんだよ。そんな奴らと恋愛なんておっかなくてできるわけない」

蒼樹さんがまた「ハハハ」と笑う。

「面白ーな、おまえ」

むっときた。

「俺真面目に相談してんだけど」

睨んでも、蒼樹さんは喉でくっくと笑って前髪を掻きあげる。

「ゲイも女も嫌ならどうしようもないだろ。恋愛はむいてねんだからひとりで生きていけよ」

「ひとりでって、なんだよ冷たいな」

「だったらどんな言葉で優しくしてほしいんだ？　〝いつか運命の女に出会えるよ〟って？それとも〝男を好きでも変なことじゃねえよ〟ってか」

蒼樹さんの視線がすっと俺のほうへむいて、今日初めて目があった。顔を見られたくない、と咄嗟に感じて、思わず伏せた。

「わっかんねえよ……そんなのっ」

虚勢を張って懸命に返した声が、ダサいぐらい掠れていた。頭にでかくて平たいものが乗っかって、蒼樹さんの掌だと気づく。

「楽しそうに浮かれまくっちゃって、童貞のクソガキはさっさと帰って幼なじみのお兄ちゃんとセックスしてな」

ぽんぽん、とばかにするみたいに撫でられた。

「浮かれてないし、シないよンなことっ」

「これ以上仕事の邪魔するんだったら俺がおまえのこと抱くぞ」

ぐわ、と顔が熱して、爆発するかと思った。

「信じらんねえ、最低男っ」

怒鳴って手をふり払い、もうひとつ「ばか野郎っ」と言い捨てて足早にゲーセンをでる。

家に帰って夕飯を食べ、風呂をすませたあとも、ベッドに転がってむしゃくしゃしていた。

――だいたい、直央の両親は常識的な結婚をしておまえを生んでも夫婦関係を維持できなかった、そうだろ？　幸せな家庭をつくった男と女を傍で見たことないどころか、おまえは親父さんを捨てた母親を恨み続けてるじゃないか。おまえの言葉にはなんの説得力もない。

……昨日から忍の言葉が頭にこびりついて消えやしない。蒼樹さんならいいアドバイスをくれると思ったのに、ためになることをなんにも言ってくれないどころか〝抱く〟とか非常識なからかいかたしてきやがった。俺のまわりろくな奴いないじゃん。……てか、蒼樹さんも同性愛肯定派なのかな。

寝返りをうつと、部屋の机にならぶふたつの椅子に目がとまった。俺のデスクチェアーと、今年の春、忍が家庭教師にきてくれるようになってからおいてある木製の椅子。ダイニングの四人がけテーブルにあったこの椅子は、日向がつかっていたものだ。

むかいにある、かつて日向の部屋だった一室は現在物置になって暗くしずまり返っている。人間の気配って不思議なもので、そこにいれば生き物のエネルギーのようなものが〝いる〟と教えてくれるのに、いないと本当に生気がごっそり消失した空虚で寒々しい〝無〟になる。二階には日向と自分の部屋しかないから、世界にひとりとり残されたような錯覚をした。

忍が遊びにきていたころ自由に出入りしていた日向の部屋は、成長するにつれ禁域になり、物置になったいまも拒絶されているような疎外感を覚えるばかりだ。

父さんと継母（かあ）さんがいる一階からは、悄然（しょうぜん）とした冷気を感じて陰鬱（いんうつ）だし……俺も東京（とうきょう）の大学に進学して家をでたいけど、ひとり暮らしって淋しくないかな。

――おまえがその常識を大事にしてるのはなんでだ？　〝常識〟がおまえを幸せにしてくれたのか？　逆に日向がおまえを不幸にしたか？

あいつに味わわされるのは不幸しかねえよ。どうして同性愛を受け容れなくちゃいけないの？　なんでみんなこぞって理解しようとしてるの？　嫌う奴がいちゃいけないの？　俺と父さんが異常なわけ？　それだって差別なんじゃないの……？

俺は日向を恨んでいいはずだ。どうしたって理解しあえない奴だっているじゃん。家族をめちゃくちゃに壊して自分だけ逃げて幸せに暮らしている日向を俺は許せない。

忍は好きだったのに……べつに日向ほど嫌いにはなってないけど、日向の味方して俺のこと責めてくんのやめてほしい。俺を好きとか言っておいて、日向日向日向って、日向のこと庇(かば)ってばっかりだし、なんで俺らが日向のことで喧嘩しなきゃなんねえの。ほんと最悪だよ。

――楽しそうに浮かれまくっちゃって、童貞のクソガキはさっさと帰って幼なじみのお兄ちゃんとセックスしてな。

……まあ好きって想われて嫌な気はしないよ。それは相手の性別関係なくみんなそうだろ？　小学生のころからずっととか……俺忍に怪我させたし、継母(かあ)さんがくれたお菓子を忍のぶんまでもらったり、ゲームの順番をゆずってもらったり、膝に座らせろってねだったり、結構甘えまくってた我が儘なガキだったのに、そういうの全部嫌じゃなかったってことなのかな。

変な奴。男が好きったって、もっといい相手いたんじゃないの。つか、ずっと俺が好きってことはまさか忍って童貞……？　ンなわけないよな、ヤってるに決まってる。……あ、そうだ宿題やんなきゃ。

「──うん、ちゃんと宿題もやって偉いぞ。三問不正解の七十点もまあまあかな」

「まあまあ？　優秀じゃね？　もっと褒めて」

「調子に乗るな。百点満点とるまで続けるからな」

「えっ、また宿題あんの？」

「ああ、今日のぶんもつくってきた」

「うえ、まじかよ……」

忍が鞄から新しいプリントをだしてくる。しかたなく受けとって、机の横においた。

「じゃあ今日は問題集のこのページまで。ここまでは教えた公式で解けるけど、これ以降は複雑になるから自分で考えてみろ」

シャープペンでしめしながら、忍が俺の目を見て言う指示に「わかった」とうなずく。

今日の忍は眼鏡をしていない。昔は真っ黒髪でクールなガリ勉って雰囲気をした外見だったのに、いまは髪もすこしのばして染めて、眼鏡もたまにしかしない。

去年偶然会ってスマホの連絡先を交換し、また頻繁に話すようになってから、俺が『もっとあか抜けたほうが格好いいよ』と教えたせいだろうけど、もしかしてこれも、俺好みの男になろうとしてくれてたってことだった……？

「……ねえ忍。俺らってさ、最近まで全然遊んでなかったじゃん。忍と日向が高校別々だったのもあって長いあいだ疎遠だったろ。なのに俺のことずっと好きだったたって本当なの」

じろ、と忍の眼光が鋭くなって横目で睨まれた。

「勉強をしろ」

「するよ、この質問にこたえてもらってから」

「授業中は勉強の質問以外受けつけない」

「なんで冷たくすんだよ、俺のこと好きなんだろ？」

「調子に乗るなって言ってるだろ、規則を守れない奴は嫌いだ」

スマホのタイマーをセットして、忍は「三十分だ、始めろ」と鞄から文庫本をだしてひらく。もう話は聞かない、とがんとした意思を態度でしめしてくる。……なんだよ。

「フン。自分は常識からはずれてるくせに、規則とかよく言うぜ」

「……おまえそれ日向には言うなよ」

「あ？」

「ゲイを嫌うのはかまわない。でも非難の言葉は俺だけに言え、わかったな」

イラッときた。

「また日向かよ。やっぱ忍が好きなのって日向だろ。俺より日向のことめちゃくちゃ大事にしてんじゃん。日向に男がデキてふられたから、俺が好きとかテキトーこいてんだよ」

「黙って問題を解け」

「図星だから言い返せないんだ。だよな日向のンが素直で可愛いし。……ンだよまじうぜえ」

「直央、いい加減にしろ」

「むかつくんだよっ。忍に文句はない、俺が嫌いなホモは日向だけだ、忍はべつにいいよ！」

　忍の右目の下瞼がひくと震えた。また視線だけこっちにむく。睨めつけられて、なんで怒るんだよ、という心持ちで睨み返していたら、とたんに忍の目もとと頬がほころび「……フッ」と笑われた。

「日向よりおまえのほうが素直だろ、名前のとおりにな」

「は？」

「一昨日も言ったように日向は友だちだ。長期間会わなかろうとなんだろうと、恋してるのは直央だけだよ」

　忍が文庫本に視線を戻す。……ふん。……ふふ。俺だけ好きだって。ふふふっ。

　小説を読んでいるクールな無表情に満足して、俺もシャープペンを持ちなおした。さっさと問題を解いてもっといろんなこと訊きだそう。だって日向のゲイがばれたころから俺と日向が遊ぶってこともなくなって、忍とも四年近く会えなくなっていた。四年だぞ？　中高の時期なんて、俺の同級生もそうだけど、彼女欲しいとかヤりたいとか邪なことで頭いっぱいなのに、忍はどうしてたの。こんなふうにクールにかわして、俺が好きって想ってたの？　俺だけが好きって？　嘘みたいだ、そんなの信じらんない。むっちゃ知りたい、むっちゃ訊きたいっ。

「できた！」

「ん？　……はやかったな。じゃあ採点するから休憩していいぞ」

「うん、ねえ忍、忍って童貞なの？」

　眼鏡を整える癖があるせいか、忍は俺を見返しながら眉間に左手の中指をついて黙考する。

「……。ああ」

　童貞……忍が。忍なのに。

「キスも？　このあいだ俺にしてきたのが初めてだった？」

「そうだよ」

「ぐふっ」

　笑ったら変な笑いかたになって「ははっ」と余計に笑っちまった。こんな格好いい忍が俺のこと好きで、エロいこと一切してこなかったってむっちゃ優越感。世の中の女に見むきもしない忍を俺が独占してるんだ。忍は俺だけ欲しがってくれてるんだ。俺、ひとりじゃないんだ。

「俺が童貞だと楽しいか」

「楽しいっ」

「嬉しいか？」

「嬉しいっ」

　ふふん、と機嫌よくこたえたら、忍もやわらかい表情になって唇で微笑み、採点を始めた。

「直央も童貞だろ」

「うん。シてみたいけど、女って謎すぎてそこまで親しくなれねえもん。セックスって気持ちいいンかな……。俺の友だちのゲーセンの兄ちゃんは小三でキスしたり中二でセックスしたりしてんだぜ。すごくね？」

「ゲーセンの兄ちゃん……？　誰だ、それ」

「中学のころできた友だちだよ。駅のはずれに寂れたちっせえゲーセンあんじゃん。あそこでバイトしてんの。前に家帰るの嫌になって居座ってたら、声かけてくれてさ」

『おい、非行少年さっさと帰れ』と突然叱られたとき、蒼樹さんは心底面倒くさそうな顔をしていた。当然だよな、と思う。俺は金が尽きるまでコインゲームを続けて、無一文になっても椅子に腰かけて閉店間際までぼうっとしていたんだから。そんな中坊、店員からしたら鬱陶しいに決まっている。でも怠そうにしながらも、俺が誰にも吐きだせなかった憤りと淋しさを聞いて救ってくれた。日向と忍のかわりにできた新しい兄ちゃんみたいな存在だ。

そう話して聞かせていたら、忍の表情からだんだん笑顔が消えていった。

「……わかった。――採点も終わった。じゃあ問題集と、昨日の宿題の間違えたところを復習していくぞ」

「ン、うん……」

なんだ？　なにか気に障ること言ったか……？　と困惑しつつ、忍の説明を聞く。

微妙な空気のまま、その後一時間授業を続けて終了時刻になると、機を見たように「直央」と忍が低い声で俺を呼んできた。尖った目をしている。

「俺はおまえにどう軽蔑されても受けとめる覚悟で想ってるし、日向も義兄として、おまえの言動ならなんでも許すよ。でも継父さんにも義弟にも責められて受けとめ続けてきた日向は、もう幸せになっていいだろ。受け容れなくてもいい。せめて言葉で傷つけるのはやめろ」

うげっ、と思った。

「なんだよ……まだその話ひきずってたの？」

「わかったのか」

冷静だけど、いつもの忍らしくない荒い声で怒鳴られる。……怖い。

「……ふん。どうせ日向には会う機会ないだろうし、文句言えることもないんじゃん」

ひ弱で優しいふりして忍に守られている日向が憎たらしい。けど忍は俺を想ってるって言ってくれるから、とりあえず応じてやった。

忍が俺の頭の上に右手をおいて、バスケットボールみたいに、ぐっと摑(つか)んでくる。温かくて落ちつくのに痛え。「いででで」と悶(もだ)えても、数秒間そうしていてからやっと離してくれた。無理矢理従わせてねじ伏せたりしないかわりに、ちょっとだけ痛い忍の叱りかた。

「あとな、これからは俺がずっとおまえの傍にいる。二度と疎遠になったり離れたりしない。おまえを捨てたり、ひとりにしたりもしない」

「え……」

「おまえに呼ばれればそのときも必ず会いにくる。どんな我が儘でも受けとめるイヌだと思って俺を好きにしていいから、おまえもゲーセンなんか入り浸るな。いいな」

ずっと傍にいてくれる、どんな我が儘でも受けとめるイヌ……忍が？

「本当に？　まじで言ってんの？」

「ああ」

忍は深くしっかりとうなずく。

「大学の講義中に俺が会いたいって言ったらどうすんの」

「おまえも高校の授業中だろ」

「あ、そっか」

「日中に直央が心細くなったならスマホで連絡する。メッセージか『アニパー』で話そう」

「でも忍、東京じゃん。必ずくるって言ったって、それは大変じゃん」

「家庭教師も一日おきにきてるだろ。おまえに会うために免許とって車の都合もつけてるんだ。多少時間がかかるとしてもこられる、なんの問題もない」

いまは忍も都内でひとり暮らしをしていて、バスと、たまに車でうちに通ってくれている。車はお母さんに借りてるって聞いていた。両方を駆使すればたしかに可能だろうけど……。

「忍……そんなこと約束して、後悔しねえの。人間に絶対なんてないんだよ。俺みたいな奴、一緒にいたらすぐ嫌んなるよ」

母親も日向もいなくなった。父さんと継母さんも終わろうとしている。俺は〝いらない〟って思わせる駄目な人間なんだと思う。ひとりにならないって、なにより望んできたことだからむっちゃ嬉しいし、その相手が忍なら余計に、猛烈に嬉しい。だけど俺の会いたいときにきてもらって、俺の淋しさばかり癒やしてもらうなんて、そんな負担のバランスに偏りのある関係が長続きするとは思えない。

「わかってるよ。直央は〝絶対〟が壊れる現実をつきつけられながら生きてきたんだもんな」

顔をあげたら、忍は身体ごと俺にむかいあって居住まいを正した。

「直央は俺に褒美をくれればいいよ、それであいこだ。安心して我が儘を言えるだろ」

「褒美……？」

「おまえがくれるなら、俺はなんでも嬉しい。尻尾ふって従う。兄貴にもイヌにもなるから、好きにつかえ」

好きに、つかう……って。

「それ、全然おあいこだと思えないよ。だって、忍が俺を好きって想ってくれてる気持ちを、利用するってことだよね？」

恋愛をした経験がなくても、相手の恋心を知りながら一方的に我が儘を聞いてもらうのがおあいこじゃないことぐらいわかる。

「直央……驚いた、おまえも恋愛語るようになったんだな」

忍が目をまるめて感心した。……くっ。

「俺だって、一応、もう小学生じゃねえんだぞっ」

忍の左肩を殴ったら、「ははっ」と笑う忍の笑顔が見られた。

「悪い。嬉しかったんだよ」

ふりあげた俺の手を握って、忍が自分の膝に乗せる。

「俺は昔から直央にふりまわされるのが好きなんだ。だから気に病まなくていい。それに直央が俺の気持ちを受けとめて、真剣に考えてくれてるだけで、いままでの片想いが報われるよ。夢じゃないかと思う。幸せでしかたない」

心から幸福そうに微笑んでいる。顔をすこし伏せて、下唇を噛んで、涙をこらえているようなはにかみかたで笑っている。なんか……この笑顔、ずっと見ていたくなる。

「——で？　直央は俺に褒美をくれるのか」

え、とほうけたら、いきなり背中をぐっとひかれて抱き竦められた。上半身が傾いて椅子から尻が落ちそうになり、「わあ」と思わず声がでる。

「……イヌは尻尾ふるだけじゃない。貪欲に暴走することだってあるんだ、知ってるだろ？」

縫い傷の残った右手で、忍が俺の顎をあげる。つき、と胸が痛んだ。

「その脅しは……卑怯だ」

「ごめん。あのとき泣いてた直央も、ずっと気にしてる直央も可愛すぎてしかたないんだよ」

「すげえ性格悪ぃっ」

くく、と苦笑しながら、忍は俺の右頰に唇をつけて顔ごとくっつけてじゃれてくる。ぐりぐり、と額をこすりつけてくる。くっ、右目が……あけらんね。

すこし成長した忍の腕は、細く見えるのに抱きしめられると力強さと逞しさを感じる。父さんに抱きしめられた子どものころを想い出すぬくもりと安心感。心の棘が削げ落ちて無防備に自分を委ねられる感覚……この場所、好きだ。

「……わかった。いいよ。俺も忍に兄ちゃんでいてもらうためにお礼は考える」

忍の背中のシャツをひっぱって身体を離し、椅子を立った。不思議そうな表情でこっちを見ている忍を尻目に、ベッドの横の棚においていたそれをとって忍に押しつけた。

「いちばん気に入ってる柴犬のぬいぐるみ。蒼樹さんに助けてもらってとってから大事にしてたんだ。忍にあげる」

まるいデザインの柴犬を持った忍が、無表情でぬいぐるみと俺を交互に見やる。

「……。ぬいぐるみはともかく、べつの男が介入してるのが気に入らない」

「え、なにそれ。ん～……じゃあ、これもおまけ」

自分が指にはめていた指輪をとってそれも渡す。平打ちで五ミリ幅のシンプルなシルバーリングは、雑貨屋で買った千円のものだけど気に入ってずっとつけていた。

とたんに忍の瞳が輝いて、迷わず左手の薬指にとおした。

「うん、これはいい」

「……つけるとこ違くね」

「俺の手だとここがぴったりだからしかたない」

「俺がプロポーズしたみたいになってんじゃん」

「心のなかで俺はおまえに嫁いでるからいいんだよ」

「とつ……忍が嫁なの？」

「どっちでもいいよ」

忍も椅子から立って柴犬を小脇に抱え、俺にむかいあった。

「とりあえずこのぬいぐるみと指輪のぶんおまえに尽くすから、なにかあればいつでも呼べ。俺も直央に、早朝だろうと深夜だろうと会いたいと想ってることも憶えておけよ。おまえだけの我が儘ってわけでもないから」

「え、そんな時間でも会いたいと思うの？　忍も？」

「あたりまえだろ」

忍の右手が俺の後頭部を覆う。忍は俺の頭を撫でるとき、てっぺんに乗せてぽんぽんガキ扱いするような触りかたは絶対にせず、後頭部を優しく撫でる。こういうとこも好きだ。

「……好きだよ直央」

忍の顔が近づいてくる。……結局キスされた。

「――だからさ、俺いくつかぬいぐるみゲットしておかなくちゃいけないんだ」

ＵＦＯキャッチャーと闘い続けている俺の横で、呆れ顔の蒼樹さんが大きなため息をつく。

「なんでそこでぬいぐるみなんだよ。相手はいい歳した男だろ」

「わかってるよ、文房具とアクセも買ってきた。けどペンとかブレスがいっぱいあっても困るじゃん」

「いや、ぬいぐるみがいちばん困る」

「忍は優しいからなにあげても嫌な顔しねえもん。忍の部屋にぬいぐるみがわらわらいたら、それも可愛いし。つか蒼樹さん、これアームの設定鬼畜すぎんよ、とりやすい位置に変えて」

「おい。っていうか、おまえ根本的なことわかってないんじゃねえか？　おまえの兄ちゃんは俺に嫉妬してるんだろ。面倒くせえトラブルに巻きこむなよな、ゴメンだぞ」

「え、嫉妬……？　忍が？」

「お兄ちゃんの言いつけ守ってちゃんと家に帰れ。俺と会ったことも言うな、わかったな」

うんざりしたようすで蒼樹さんがＵＦＯキャッチャーのガラス扉をあけ、黒柴犬のぬいぐるみをポケットのそばにおいてくれる。それを眺めながら、そういえば忍、蒼樹さんの話をしたら急に無表情になったな、とふり返る。……俺が蒼樹さんに会うの、嫌なのか。

「だから〝ひとりにしない〟とか〝我が儘言え〟とかって強引だったんだ……」

――これからは俺がずっとおまえの傍にいる。二度と疎遠になったり離れたりしない。おまえを捨てたり、ひとりにしたりもしない。

——おまえに呼ばれればそのときも必ず会いにくる。どんな我が儘でも受けとめるイヌだと思って俺を好きにしていいから、おまえもゲーセンなんか入り浸るな。いいな。

「俺が家に帰んないでふらふらしてるのを叱ってくれただけだと思ってた。昔からそうなんだ。忍、俺が家族と不仲になるの心配してくれてるから」

親が再婚だったせいもあって、俺が家族のなかで孤立するようなばかな行動をすると、いつも厳しく諭してくれた。『後悔するのはおまえだろ』と。

「いい兄ちゃんじゃねえか。そうやっておまえのこと長いあいだ守って想ってくれてたんだろ。大喜びで独占されとけよ」

こぼれ落ちそうな位置にいる黒柴犬を見つめながら、忍のことを思い出していた。昨日キスしたあと、すぐに顔を伏せてそらした素ぶり。キスしてくるのは毎回忍なのに、終わると帰り支度を始めて部屋をでるまで俺を見ようとしないようす……あれは照れているんじゃなくて、怖がってるんだろうな、と察していた。そういう忍の機微、些細な仕草や態度から表れる心情は、つきあいが長いからわかってしまう。完璧で優しい忍の格好悪い、可愛いところ。

「……独占、俺もしたいよ。昔からしたかった。だけど独占欲があるからって恋愛なのかな。俺は、忍が自分だけを見てくれたらいいのにって望んでも、キスとかセックスをしたいなんて考えたこともなかった」

おたがいの人生にずっと寄り添いあう特別な存在にしてもらえれば充分だと思ってたから。

「恋愛ドラマやりたいんなら兄ちゃん相手にやってろ」

真面目に相談しているのに蒼樹さんは眠たげな顔で肩を竦めて、相変わらず素っ気ない。

「独占欲にも恋愛と友情の二種類あるよな、って同意求めてるだけじゃん」

「怠ぃな。てかおまえ〝兄ちゃんに裏切られた～〟とかぼやいてたのはどうなったんだよ」

ぐ、とつまる。

「忍は〝男〟じゃなくて〝忍〟だからいいんだよっ」

「ハハハ」

笑いやがるし。

フン、と鼻を鳴らしてUFOキャッチャーに百円を入れ、アームに集中した。


翌日の土曜日は、友だちがみんな〝彼女とデート〟と言ってかまってくれなかった。勉強もネットゲームもなにもする気になれず、しかたなくベッドに転がってスマホをいじりながら、……忍、本当に返事くれるのかな、と、なんとなく半信半疑でメッセージを送ってみた。

『学校休みなのに暇～。忍はなにしてるの？』

忙しいだろうから返事をくれるとしてもどうせ夜だよな、と予想してソシャゲを起動する。と、ピロロ、と着信音と同時に返信の通知が表示された。

『直央の宿題つくってたよ』

げ。即行返事くれたけど、あんま嬉しくない……。

『淋しいなら会いにいこうか？　好きなところに連れていってやるよ』

追送がきて、心にぱっと花が咲いた。嘘、まじで⁉

『うん、遊びいきたい！』

『じゃあ迎えにいくよ。一時間ぐらいで着くだろうから用意しとけ』

『わかった！』と返して服を着替え、継母さんにも「忍と遊んでくる」と報告した。このセリフ言うのもひさびさだ。俺の浮かれたようすに継母さんも「仲よしね」と笑う。

忍はきっちり一時間後に車でくると、「乗れ」と助手席へ招いてくれた。今日は眼鏡だ。

「むっちゃ嬉しい！　どこいくの？　楽しいところ？　美味しいところ？」

「どこでもいいよ、直央の希望の場所で。とりあえず都内にむかうか」

免許をとったばかりとは思えない手慣れた仕草で車を発進させる忍がものすごく格好いい。

言葉どおり車は俺らの町である木更津と、東京を繋ぐアクアラインの入り口へむかっている。

「俺、忍のうちにいってみたい！」

希望を言ったら、忍は目を見ひらいて俺を見返し、「うちか」と呟いた。

「うん、ひとり暮らしがどんなか知りたいし、一緒にゲームしたり漫画読んだりしたいから。……駄目？」

都内の賑やかな街で派手に騒ぐのも楽しいだろうけど、それなら友だちともできる。忍とだから、子どものころみたいに家で時間を贅沢につかう遊びがしたかった。

「まあ……べつにいいけど」

運転しながら視線を前方に戻した忍が、小声でぼそりとこたえる。

「なんだよ～……さては部屋が汚いな？　ひとり暮らしで適当にしてるな～？」

左肩をつついてからかっても「違うよ」とクールに否定する。可愛くて楽しくて笑えた。

ふたりして昼ご飯を食べていなかったので、海の真んなかにあるパーキングエリア、海ほたるに寄ろうという話になった。忍とここへきたのは何年ぶりだろう。

「昔、父さんが車で日向と忍と俺を連れてきてくれたことあったよね。みんなでアイス食べて、海眺めたの憶えてる。都内にでるでもなく、なんでわざわざきたんだったたっけね……」

車をおりて、お年寄りや子どもと譲りあいながらエスカレーターへ乗り、上階へ移動した。お店は中央エスカレーターを囲むようにならんでおり、土曜だからか人も多く賑わっている。

「直央は忘れたか。あの日は珍しく日向が『海を見たい』ってごねだしたんだよ。そうしたら直央も感化されて『ぼくも見たい』って一緒に騒ぎだして、俺が『海岸にいくか』『歩いていけるし』とか誘ってなだめても『違うもっと大きいの』だとかわけわかんないこと言ってさ。見かねた親父さんが車だしてくれたんだ。『いくぞ』って」

はたと思い出した。ああ……そうだ。日向の我が儘が珍しくて楽しくて、『ぼくもぼくも、おっきいのおっきいの』と笑って真似したんだ。そうしたら父さんがきて俺たちを車に乗せ、海ほたるの展望デッキから視界いっぱいにひろがる海を見せてくれた。

「……そうだったね」

忍も俺も、父さんも日向も、みんな仲よくアイスを食べながら日が暮れるまで海を眺めた。日向の哀願した大きな海が、海ほたるから望めるこの海だったのかはわからない。けれど景色より、柵に手をかけてまっすぐ海に見入っていた日向の横顔ばかりが俺の記憶に刻まれているのはたしかだった。憧憬（しょうけい）に暮れる瞳は、心まで大海に奪われたような知らない色をしていて、いかないで、と淋しく想った。お兄ちゃん、いかないで。

「最近、日向は彼氏ともここにきてるらしいけどな」

エスカレーターをおりて店のならぶフロアへ入りつつ、忍が言う。

「親父さんや直央と仲違いして、彼氏に見せてもらった海があいつの目にどううつってるのか……俺はたまに考えるよ」

いまの日向の目にうつる、大きい海……忍もどこか遠い目で、ガラス越しの海を眺めて歩く。

さざ波を立てながら揺らぐ、壮大な水色の大海。太陽を受けて、白い光の粒が〝幸せ幸せ〟と喜んでいるみたいに輝き踊る、眩しい水面。

「……日向には、昔より綺麗に見えてるってこと？」

俺たちと見たときより、彼氏とのほうが。

「ばか」

忍が微苦笑して左手をあげ、俺の後頭部に重ねた。ゆるく撫でてくれる。

「海鮮丼とアイス食うか」

そして優しくうながした。


忍の家は、一歩入って思わず「わーっ」と声をあげてしまうほど素敵だった。

「なにこれ信じられんねえ、なにこれっ」

長方形の造りで、キッチンと風呂とトイレがある空間をすぎると奥に部屋があるワンルーム。真正面に窓があり、その手前に横向きでベッド、部屋の中央部分には左壁に沿ってふたりがけソファ、木製テーブル、右壁に沿ってテレビが配置されている。

ほとんどがもともと忍の部屋にあった家具だから懐かしさも感じたけど、忍に「座っていいよ」と招かれたソファは初めて見る藍色（あいいろ）のカバーがしてあった。このふっくらしてむっちゃ座り心地がいい感触、ひさしぶり。俺があげた柴犬もちょんと鎮座していて可愛い。

テーブルとおなじ木製のテレビ棚も、忍のお気に入りの映画のBlu-rayやゲームがしまってある。黒いスチールパイプベッドにある夏用の薄いかけ布団も見たことない灰色のカバーだ。大学生だからかな、全体的にシックな色あいにまとめてるっぽい。昔はお母さんが選ぶチェック柄の布団カバーとか適当に被してて可愛かったもんな、いまは大人っぽくてまじ格好いい。

「なんか……まさに憧れのひとり暮らしって感じの部屋だね、カッケー……」

「そうか」と忍はテーブル上のパソコンや問題集をとじて片づける。あ、これ俺の宿題かも。

「漫画本はないけど、ゲームはあるから遊んでいいぞ。いま飲み物とお菓子も用意するよ」

「ありがとう！」

ショルダーバッグをおろして、早速ゲーム機をひっぱりだした。ソフトを選びながら昔一緒に遊んだのを見つけると、当時の幸せだった思い出ごと蘇（よみがえ）ってきてどうしても顔がにやけた。

「ふたりでできるやつ選ぶから、忍もやろう！」

隣のキッチンから「ああ」とこたえてくれる。すげえ嬉しいっ、たまんなく嬉しいっ……！

「子どものときに戻ったみてえ！」

忍とソファにならんで座り、コントローラーを一緒に持って、ゲームをスタートさせると、感激で胸がいっぱいになった。口と頬が笑顔のかたちのまま戻ってないの、自分でわかる。

「直央が楽しいならよかったよ」

小学生のころに似た優しい忍と、明らかに子どもに戻っている、と自覚できる自分の浮かれっぷり。日向がいない違和感だけ心の隅にわだかまっていて、それはきっと、忍もおなじだったと思う。三人でいると中心になってはしゃぐのは俺と日向で、忍は保護者っぽく俺らを守りながら寄り添っているタイプだったから。もうひとりの明るい存在感がなく、終始しずけさがつきまとっている。けどこの喜びと楽しさにだけ浸って、なにも考えないようにした。

「むっちゃ楽しいっ……ねえ、もっかいやろう」

「そろそろ帰らないと、お継母さん夕飯作って待ってるだろ」

やがて部屋のかけ時計を顎でしめして忍が諭した。視線をむけると、時刻は六時半。

「嫌だ、もうすこしっ。継母さんにも連絡するからっ」

あとふたつも遊びたいソフトがあるのに、ひとつ目のカートゲームも何レースくり返したって飽きやしない。まだまだ、もっとやりこんで満足するまで遊びきりたい。

忍は長い中指で眼鏡のずれをなおし、瞼を細めて俺を見返す。子どもか、みたいな反応。

「あ……じゃあ、泊まるっ」

「え?」

「今日は忍のうちに泊まる！　それなら家に迷惑かからないだろ。明日日曜だし、忍も予定がないなら泊まらせてもらって一緒に遊び倒したい、お願い、駄目……？」

会いたい、って明日も呼びだしてきてもらうより、一晩一緒にいたほうが効率的だ。

完璧な提案だろ、と得意げに笑いかける俺を、忍はなぜか瞠目して見ている。

「……いきなりすぎて、やっぱ泊まるのは迷惑？」

　昔みたいになんでも知っている兄ちゃんじゃない。忍はもう大人で、俺の知らない人づきあいも増えただろうし、生活のなかに俺が闖入できる隙も減っているのは承知している。明日、予定あったのかな。

　案の定、忍はもう一度眼鏡のずれをなおして視線を横にそらし、ゲームのコントローラーをテーブルにおいてため息をついた。……場違いで突飛すぎる我が儘だったかも。

「なんか……ごめん」

「……いや。なら買い物いくか。着替えと歯ブラシぐらい必要だろ、夕飯も考えないと」

　え、許してくれた！

「うんっ、やった、ありがとう忍っ。じゃ継母さんにも連絡する！」

　俺もコントローラーをおいてスマホをだし、継母さんに電話を入れる。『忍君に迷惑かけないようにね』と許可もおりると、あまりの嬉しさに心臓が破裂寸前まで弾んで苦しくなった。

　泊まりの準備をするべく、早速忍に誘導されるまま家をでて駅前の繁華街へいく。

「木更津とは街の感じも違うね……駅前むっちゃ賑わってる」

　街全体がエネルギッシュでかまびすしく沸いている。

「俺は木更津のほうが好きだよ。海もあってしずかだ」

　たしかに木更津は海も自然もあるし、どことなくおっとり和やかだ。ショッピングモールにいけばなんでも手に入るから、一応便利さも東京と大差ないとは思う。

「でも、俺はどっちも好き」

　ふふ、と笑って忍と歩く。ここが忍の新しい街。

一泊だけだから適当に下着と歯ブラシだけ買った。お金もそんなにないので「パジャマがわりに忍のTシャツかなんか貸して」と頼んで「……ああ」と応じてもらい、それも解決。

「夕飯はどうする。外食ですませてもいいし、作るなら食材買っていくし」

「え、忍料理するの？」

「ちょっとならな。外食するより自炊したほうが金銭的にもいいから」

「なら作ろう、俺も手伝うよ！」

目につく牛丼屋もファミレスもどこにでもあるチェーン店で、無理をして食べるでもない。忍の手料理のほうが断然珍しいし興味もそそられる。

「ふたりで作るなら焼き肉とか鍋でもいいな」

「鍋っ？　六月なのに？」

「キムチ鍋は夏でも食べたくならないか？」

「あー……でも忍、辛いの嫌いじゃん」

「キムチ鍋は好きだよ」

それなら、とスーパーに入ってキムチ鍋をするための食材をああでもないこうでもないと話しあいながら買い集めた。白菜、ニラ、豆腐、豚肉、キノコ類に厚揚げ、もちろんキムチ。「もやしも入れよう」とねだったら「スープが薄くなるだろ」と反対されたけど、「食べたい、好きだからっ」と強く頼むと、「……わかったよ」と許可をもらえた。

最後に「土鍋もない」と忍が言いだして、「両手鍋でもいいんじゃん」と提案したんだけど、忍は「土鍋は保温性が高いんだ」とゆずらず、中くらいの土鍋も買うことになった。

「……外食のほうが安くすんだかも。なんかごめんね」

俺が食材を持って、忍が土鍋を抱えて帰路へつく。俺が泊まると言いだしたせいで土鍋まで買うことになってしまい、かえって忍に迷惑をかけた気がする。

「鍋って言ったのは俺だろ。また直央が食べにきてくれればいいよ。もととれるまでふたりで鍋パーティしよう」

忍は優しく誘ってくれる。気持ちが一瞬で晴れ渡って、「うんっ」と強くうなずいた。

「そうだね、お金払ったぶんきっちり楽しめばいいんだよな！」

帰宅すると、早速料理を始めた。忍が切ってくれる白菜やニラや豆腐を、「直央のセンスが試されるな。食欲が湧く盛りつけ頼むよ」と脅されながら俺が鍋にならべていく。

「スープのせいで食材が浮くからうまくならべらんねえよっ……」

「ははは」と笑う忍と、四苦八苦して食材と格闘する自分。ふたりでキッチンに立って料理するのは初めてで、難しいながらも心は高揚していた。嬉しい、楽しい。こんなふうに忍と過ごせる日が再びめぐってくるのをずっと待っていた。

数十分後ご飯も炊きあがり、鍋も完成したのでテーブルへ運んだ。

食器類を買い忘れたせいで、俺は忍の茶碗と味噌汁椀を借りて箸は割り箸、忍はご飯を小皿、キムチ鍋を煮物鉢に入れると言って用意する。

「食器は俺がそっちでよかったのに……」

「直央はお客さんだからいいんだよ。次までに用意しておく。箸もな」

「ごめんね、ありがとう。箸ぐらいは自分で買ってくるよ」

微笑んだ忍が、ソファに腰をおろすとテーブルの横にあった自分のスマホを手にとった。

「完璧じゃないほうが愛着も湧くってもんだろ」

そう言って、カメラ機能でパシャとキムチ鍋を撮る。

ちぐはぐな食器たちと、結局食材をうまく盛れなかったキムチ鍋。出来損ないの鍋パーティ。だけど香りはいいし、ふたりで作った喜びや達成感も相まってたしかに特別に思える。

「うん、俺も撮る！」

コンロも鍋敷きもないからと手ぬぐいの上においた鍋は、忍が言ったように保温性に優れているようでまだくつくつ音を立てて豆腐や豚肉を揺らしている。キムチの赤い汁、ニラの濃い緑、豚肉としめじの茶……豆腐や白菜の繊細な白い食材の隙間にも染み入っている赤い汁が、液晶画面に鮮やかにうつっていて空腹感を刺激する。お腹鳴りそう、はやく食べたい……っ。

それから器(うつわ)にキムチ鍋を盛ると、ふたりで「いただきます！」と手をあわせて食べた。まだ湯気が立っている汁をすすって、白菜と豚肉をつまんで頬張る。はふはふ咀嚼する。

「あ～……むっちゃ美味しいっ」

「美味いな。市販の鍋つゆにキムチと野菜入れただけなのにありがたい」

「ふたりで作った思い出プライスレスだろ」

「ああ、本当にそう思うよ。……ひとりでおなじことしてもきっとここまで美味くなかった。かといって母親相手でもちょっと違う。直央とは、直央とだけ感じられる温かい味がする」

ふいに、以前蒼樹さんに言われた言葉が脳裏を掠めた。

――へえ。おまえは兄ちゃんのせいでヤンキーになったのか。

両親と日向が暗澹と食事している時間に帰りたくなくて、ゲーセンに入り浸っていたころだ。日向を責めている父さんと、そんな父さんに冷たい敵意を剝きだしにする継母さん、ただただ萎縮して反抗するでも嘆くでもなく黙々と食事する日向――そんな三人と食卓を囲んでも料理が不味いだけで、いつからか時間をずらして帰るようになった。

グレているつもりはなかったけど蒼樹さんには〝ヤンキー〟だの〝非行少年〟だの揶揄されていた。違う、俺は崩壊した家族の、あのヒリついた空気が嫌だっただけだ。終始胃が不快でなにを食べても鉛を嚙んでいる気分になる、四人いても美味しくない。甘いものも苦かった。辛いものは痛く、苦いものは心まで痺れて淋しくさせた。哀しみの味しかしなかった。

忍とはたったふたりきりなのに、なんの工夫もしていない辛くて下手っぴなキムチの鍋が、こんなにも優しくて美味しい。

「食事って心でするものなんだな……俺も忍となら毎日カップラーメンでも美味くて温かい味って感じると思うよ」

ささやかなひとり暮らしの空間。穏和でやわらかい空気に満ちた忍のうち。

親同士が冷戦状態の自分の家より、ここのほうが安心するし癒やされる。でもなんだろう……この、胸に閊える小さなしこり。危機感っていうか……罪悪感？　ここを心地いいと感じちゃいけないような、長居しちゃいけない、帰らなくちゃいけないっていう警笛が鳴っているような……俺の母親や日向とおなじ、家族を捨てる裏切り者になるなってこと……？

「眼鏡が曇る……」

温かいものを食べたせいか洟をすすりながら、忍が眼鏡のレンズをこすっている。

食事を終えると一緒に片づけをして、それぞれ順番に風呂もすませてからゲームを再開した。カートレースゲームにすごろくゲーム、とふたりではしゃいで遊びまくって、それでも足りなくて、「眠ろう」と忍があくびしても「もうちょっと！」とくり返しながら続けた。

子どものときは必ず中断して帰宅しなければいけなかったけど、すこし大人になったいまは朝までだって遊べる。こんな嬉しいことない。とはいえ毎日夜に規則正しく眠っている身体は、はしゃぐ心に応えてくれない。

「……直央、おまえも眠いんだろ」

「ンなことねーよっ……」

深夜一時半。格闘ゲームを始めたら急激な眠気に襲われ始めた。瞼が重く、自然とおりてきて目があけられなくなる。しかたなく目をとじながらコントローラーのボタンを押していると、へなちょこパンチとキックしかだせず、忍が横から「直央」と肩や膝を揺すってくる。

「ごめん……ちゃんとやるから、」

姿勢を正して目をこすってしっかりあけて、コントローラーを持ちなおす。でも瞼の重みが増してどんどん痛いぐらいになってきて、和らげるために目をとじているほうが楽でいられる。カチカチ、と忍がボタンを押す音が傍で聞こえる。正面のテレビからも格闘ゲームらしい派手な衝撃音やBGMがながれている。それらが少しずつ遠のいていく……。

は、と気がつくと、いつの間にか部屋が暗くなっていて、ふんわり気持ちいい……ベッドに横たわっていた。右頬を枕に押しつけて、俯せ（うつぶ）に寝ている。……忍が運んでくれた？

まばたきをして目を凝らすとだんだん暗闇に目が慣れてきて、テレビもゲームも消えている
しんとしずかな室内が見えた。しかも隣のソファにこんもりまるまって寝ている、忍がいる。

「忍、」

こっち側に脚があって、奥に頭があるから聞こえないのかもしれない。「忍」ともう一度、声を大きくして呼ぶ。子どものころより身長ものびた忍は、出会ったときから愛用しているふたりがけソファにみっちり身体を詰めて窮屈そうに寝ている。俺があげた柴犬を抱いてる。

「忍ったら」

呼びながら起きてベッドの縁に座り、右手で忍の脚を揺らした。

「……ンあ、」

ようやく起きた忍も、目をしばたたかせて上半身を起こす。

「そんなとこで寝ないで、こっちで一緒に寝ればいいじゃん。ベッドとっちゃうの悪ぃよ」

俺の背後のガラス戸から外灯の光がにぶくさしていて、忍の顔をぼんやり浮かばせている。目を眇めて睨むような顔をしているのは、眼鏡がないからだと思う。

「……。俺はここでいい」

低い声で言って、またソファに寝てしまう。

「なんで。身体痛めるだろ?」

「いいんだ」

「お客さんとかって気づかう必要ねーよ。忍も俺もでかくなったけどふたりなら平気だし」

「……いいって言ってるだろうが、黙って寝ろ」

ぶっきらぼうに突き放されてむっときた。

「意地張らねえでこいよ、泊まりにくるたびこんなんじゃ申しわけなくて困ンだろっ」

力まかせに脚を揺すぶってやる。脚だけじゃなく上半身までゆさゆさ揺れる忍の眉間に、だんだんしわが刻まれていくのも見える。柴犬を抱いて揺れている忍が可愛くなってきて、つい、ふふっ、と笑って続けていたら、いきなり足で手を蹴り払われた。

「ああ、もううるせえな！」

忍らしくない乱暴さと怒鳴り声に、反射的に竦んだ。嘘、そんなに怒らせた……？ と怯えている間に、忍がソファから立ちあがり、前髪を掻きあげながらこっちへくる。

謝りたいのに口がひらかない。忍がかけ布団を持ちあげて隣に入ってくる。目も据わって、口もまがっている怒りの形相が恐ろしくて、硬直して気配を押し殺していたらそっぽをむいて寝てしまった。

チ、チ、と壁かけ時計の音だけが響いている。俺が座ったままでいると、めくれているかけ布団から冷気が入って忍の背中が冷えていく。観念して俺もゆっくり脚を布団に入れ、全身から刃をだして殺気立っている忍に触れないよう、刺激しないよう、背中あわせに横たわった。

……怖い。子どものころも一緒に昼寝した経験はあったけど、睡眠欲で忍がこんなに不機嫌になるなんて知らない、初めて見た。どうしたらいいんだろう。黙って寝ればいいのかな。

「直央」

また突然忍が起きあがってベッドが揺れた。え、と再び緊張して身体をかたく竦ませたら、左側から忍が俺の肩をひいて仰むけに上半身を倒し、仏頂面で近づいてきた。

頭突きされる、と目を瞑って身がまえた刹那、口を、唇で覆われて噛まれた。

「ンっ」

なんで⁉　と疑問でいっぱいなのに怖くて抵抗できない。されるがまま委ねていると、歯でこじあけるようにして口もひらかされた。ぬ、と忍の舌が入ってくる。生温かくてやわらかいのに凶暴な舌が、俺の舌や上顎を舐めてきて、驚愕して、なにがなんだかわからない。……俺、なにされてんの。いまからなにが始まるの。忍がわからない。なに考えてんの……？

「すこしは警戒してくれ」

口を離すと、忍は視線をうつむかせて呟いた。……哀しそうな沈んだ目。

それからため息をこぼしていま一度ベッドへ横になり、俺に背をむけた。

「……兄ちゃんでいてやれなくてごめんな」


忍の家へいくまではあんなに楽しかったのに、帰りはおたがい必要最低限のこと以外なにも話さずにいた。海ほたるにも寄らなかった。俺の家の前に車をとめた忍は「また火曜にな」と別れの挨拶を口にし、「……うん、送ってくれてありがとう」と俺もこたえておしまいだった。

楽しかった、と感じているのも俺だけかもしれない。考えてみれば、忍は俺が家に連れていってほしいと頼んだときも微妙な顔をしていた。泊めて、とはしゃいだときも。

――……兄ちゃんでいてやれなくてごめんな。

恋愛してる男じゃなくて、俺が望む〝兄ちゃん〟でいようとしてくれていたんだ。

学校帰り、考えて悩んだ挙げ句ゲーセンで白い柴犬のぬいぐるみをとったあと、もうすこしひとりでいたくて江川海岸に寄った。日本のウユニ塩湖だ、とＳＮＳで話題になったせいで、近ごろツアーのコースにまでなって人がわんさか訪れている江川海岸は、そもそも潮干狩り場として有名なところだ。昔、継母さんと忍と日向と、四人できたこともある。

〝映える〟のは海にむかってまっすぐならんでいる電柱と、凪いだ海が見せる水鏡の現象。凛とならぶ電柱は、密漁を防ぐために設置された見張り台へ、電気を送るためにつくられたらしい。でも現在では稼働していないうえ劣化もすすみ、撤去されるかも、と噂されている。

朝焼けと夕暮れ時の〝映えタイム〟をさければ人もいない。薄暗くなった海岸の片隅に自転車をとめて、跨がったまま海を眺めた。

潮を含む風は肌にしっとりまとわりついて海の匂いで包んでくる。波は今日も凪いでいる。

思い返せば、潮干狩りをしたときも忍はずっと俺の傍にいてくれた。バケツを抱えて熊手を片手に、夢中で貝を掘り起こしているうちに、大勢の人にまみれてみんなを見失ってしまい、不安で泣きそうになっていると、『直央』と忍が現れて手を握ってくれた。そして継母さんと日向がいるところへ連れていってくれた。

水鏡の現象より、俺が感動したのはここで見た虹だった。忍と日向と俺と、三人で遊んだ帰り道、夕方の空に茜色の虹が浮かんだんだ。それで『海岸ならもっと綺麗に見えるかも！』と三人で走ってここへきた。

炎のような夕焼け空に浮かぶ虹が、凪いだ海にうつって楕円形に輝いていたあの光景は一生忘れられない。黄金色がまざった朱色の燃える夕空と、その光を受けて茜色に染まる虹。

——あれは赤虹(あかにじ)って言うんだよ。

忍がそう教えてくれた。

呼吸を忘れて見入りながら、揺らめく火の粉みたいにのびる雲に呑みこまれそうな気がしてすこし怖くなり、左側にいた忍と、右側にいた日向の手を握った。忍と、それに日向も、強く握り返してくれて心の底からほっとしたのを憶えている。

あのころあんなに傍にあって簡単に握りしめられたふたつの掌は、あるとき急に遠くなった。日向がホモになったせいで、家族が壊れたせいで、なにもかもが冷淡すぎて届かない。

俺までホモになるわけにいかない。母さんと別れた父さんが夜中にひとりで酒を呑んで号泣(ごうきゅう)していた背中を俺は何度も見た。理由も心情も察せられないガキだったけど父さんの哀しみだけは胸が千切れるほど伝わってきて、こっそり一緒に泣いていた。母さんが家族を捨てたのは、自分のせいでもあるのかもしれない、と子ども心に考えたりもした。ぼくがもっといい子でいれば、ぼくがもっと賢い子でいれば、ぼくがもっと愛してもらえる子だったなら、お母さんは一緒にいてくれたんじゃないか——。

——おまえにはなんの意志もない。

——ゲイを嫌ってるのもおまえの親父さんの価値観だろ。日向と俺を責めてるのも、昔三人で遊んでた時間が恋しくて拗ねてるだけだ。だから〝裏切った裏切った〟って騒いでる。

忍の言うことは、たぶん正しい。俺は父さんを価値観ごと愛しながらゲイに八つ当たりしているだけで、忍も……日向も、好きなんだ。全員ばらばらになって、これ以上淋しくなるのは嫌だ。でも父さんを哀しませたくないと想う俺の願いも意志だ。

父さんを二度と孤独で苛みたくない、俺は味方でいたい。だけど父さんは同性愛を嫌悪しているから、父さんを選ぶなら、俺は忍をふらなくちゃいけない。逆に忍を選べば日向とおなじ道をいくことになるんだ。

憧れているし、独占したいし、好かれて嬉しい。ただ、俺はこの感情にきちんとむきあって名前をつけたことがなかった。もしこれが恋だとしたら、俺は——。

……昔に戻りたい。家族も忍もみんな幸せだったころに戻りたい。あたりまえにここにあった日常を送ることが、どうしてこんなに難しいんだろう。

真っ暗な海がぼやぼやにじんで、下瞼に涙があふれていたのを知る。腕でこすると、自転車のかごに入っている白柴犬のぬいぐるみが視界に入った。

忍は心をくれる。心を削ったり、重ねたり、折ったりしながら、俺と幸せになるために寄り添おうとしてくれている。でも俺があげてるのは心じゃない。……心をあげられなかったら、忍とまた会えなくなるのかな。二度と会えなくなる可能性もある……？　嫌だ、もっと一緒に遊びたい、約束した鍋パーティも何度もしたい、次は箸を買っていって、また笑いあって、ふたりで幸せな温かい食事をして、これからも、ずっとっ……。

「う、ぅ……」

どうしたらいいんだろう。父さんのための涙なのか、忍のための涙なのかわかんねえよ。

はあ、と息をついたら涙で痛む喉のせいで呼吸が掠れた。自転車のハンドルを摑んでペダルを踏みこむ。逃げるあてもなく諦めて家へ帰り、二階の自室へ入ってスマホと白柴犬とともにベッドへ転がると、着信通知に気づいた。忍からのメッセージだ。

『今日は会いにいかなくて平気か？』

十分前に届いていたらしい。また涙がこみあげそうになる。一昨日の夜の全部を無しにして平静を装って兄ちゃんに戻ろうとしてくれてる忍の本心は、どこでなにを叫んでいるんだろう。

逡巡（しゅんじゅん）してから返事を送った。

『時間も時間だし、きてもらうのは大変だからいい。でもちょっと話そう。「アニパー」で』

『いいよログインする』

忍は俺の願いを叶えるばかりで、頼みに従うばかりで、自分の我が儘はなんにも言わないで、兄ちゃんでいようとしてくれている。その理由が単なる友情や思慮深さからくるものではないと、いまはもうはっきり理解できるから、こんな些細なやりとりでも心臓が苦しくなる。

下唇を噛みしめて、俺も震える指で『アニパー』のアプリを起動し、やがて現れたつり目の黒いネコと対峙（たいじ）した。俺のアバターのヒカリだ。

すぐに『シノブさんがログインしました』とお知らせも表示されて、忍のアバターがヒカリの部屋にくる。忍は柴犬みたいな茶色いイヌのアバター。

――『きたぞ。直央は夕飯食ったのか』

普段どおりの調子で、あたり障りのない質問をくれた。……俺も普通にしなくちゃ。

――『いらっしゃい。夕飯はまだだよ、忍は？』

――『さっきカレー作って食べた』

――『今日も自分で料理して、忍は偉いね』

――『トマトとナス入れて野菜多めにしたよ。自炊は好きなものを食べられるのがいいな』

――『ヘルシーカレーだ』
昔のままなら忍はピーマンが嫌いだ。甘党だからピザもパイナップル入りのが好きなのに、忍のお母さんは嫌いで、あまり食べられないと哀しんでいた。
――『直央は好き嫌いがなくて偉いよな』
――『父さんのおかげだよ。食べず嫌いはいまだにあるけど』
父子家庭だった時期に父さんが作ってくれた、いかにも男メシって感じの不器用な料理をどれも全部食べていたら嫌いなものはなくなった。忍も俺のこういう事情を知っている。
――『俺は母子家庭でも、嫌なものは嫌だからな。直央はいい子だよ』
忍と日向と俺は片方の親に捨てられている仲間だ。ただ、忍のお母さんは再婚していない。俺の父さんが常識としているような結婚や子どもを育む将来を、忍や忍のお母さんはどう考えているんだろう。……話題にするのはやめたほうがいいかな。話すにしてもはやすぎるか。でも……訊いてみたい。
――『忍は男しか好きになれないこと、お母さんに対してはどう思ってたりする？』
失礼なもの言いになってないかな、と緊張しながら文章にして送った。
――『直央には言ってなかったけど、うちは親父がゲイだったんだ。男をつくって家をでていった。それで母親はゲイに対して嫌悪が強いから、墓場まで持っていくか、カミングアウトするにしても時期を慎重に見極めないとな、とは考えてる』
ぽんと表示された長文を読んで驚愕し、吹きだしが消えるとログでも二度読んで咀嚼した。
――『忍の本当のお父さんなんだよね？　結婚も子どももできたのにゲイってなんで？』

――『子どもつくったあと性指向を自覚する人もいるし、自覚しながら結婚して子どもつくる人もいるんだよ。心の問題は複雑だよな。バイとの違いも曖昧だし』

ふ、複雑すぎる……異性愛が常識の世界だからこそ、自覚が遅れたりもするのかな。

――『けど子どもまでつくれたあとに発覚するって、ちょっと、だいぶ、難しい。性指向はセックスしたいと思う対象で見分けるものだと思ってたから』

――『性欲はひとつの判断基準かもしれないけど、身体より心の繋がりを大事にしてる人たちもいるよ。さまざまな事情でセックスできない人だっているだろ。性欲を満たせなければ愛じゃない、ってのは極端だ。セックスはすべてじゃない。まあ、俺は直央を抱きたいけど』

真剣に読んでいたのにしれっと告白されて、狼狽えて全身が熱した。でも、そうだな……親の性的虐待とかひどいニュースも目にする。セックスに対する思いも人それぞれ違うはずで、しない幸せを欲する人がいてもおかしくない。そうなると人と人が愛しあうために重要なのは、心がもっとも安らぐ拠り所であること、とも言えるのかもしれない。

――『俺は最初、直央みたいな弟がいたらよかったなと思ってたんだよ。素直で明るくて、泣き虫で我が儘で甘えたで純粋で健気でばかで、可愛くてしかたなかった』

――『悪口入ってる』

――『誰といても想い出すのは直央で、心の真んなかに常にいた。性的なことを意識する歳になってもやっぱり直央が浮かんだし、弟って存在を超えて好きなんだな、って自覚したよ。身体は無理でも、心で直央に自分を求めてもらえたら嬉しい。けどキスはさせてくれ』

忍の告白を見つめながら、抱えていた白柴犬のぬいぐるみに口を押しつけた。

——『さっきから、最後のひとことが唐突』
——『直央の気持ちに配慮したいけど、自分の望みも伝えておかないと絶対後悔するからな。これでもおまえに嫌われるのを怖がってるんだよ』
忍を嫌う。
——『嫌わないよ。嫌えないから悩んでるんだよ』
忍じゃなかったらぶん殴って終わりだ。忍だから困ってる。忍だから。
——『ありがとうな。悩ませてごめん』
涙がまた薄く目を覆い始めた。チャットでよかった、と思った。忍の口からこんな〝ごめん〟を聞きたくなかった。忍にこんな〝ごめん〟を言わせたくなかった。
——『忍とのことを悩むのは自分のためでもあるから平気』
——『ありがとう。大好きだ直央』
シノブがおじぎする。……指をとめて考える。忍はいま〝俺も好きだよ〟という返答を待っているんだろうか。自分の心を見つめて、悩んで、当惑して、おれ、と打ってまた指をとめた。
——『俺、父さんを裏切れない』
声を殺して慟哭していた父さんのあの背中が脳裏を過る。
——『忍たちと昔みたいに遊べなくなって淋しかった。忍が疎遠になったのも日向がゲイって知って縁切ったからかなって考えてたし、日向が嫌だと俺もセットで捨てられて終わるのかな、そんだけの仲だったのかなって、そう思うのも辛かった。だから忍が俺のこと好きだったって言ってくれて嬉しかったよ。離れてても心のなかでは繋がっていられたんだと思えた』

――『直央』
――『だけど俺ゲイになれない。なれなかったらどうなるの。忍はまたいなくなる？』
懸命に言葉を考えて文字を打ちながら、忍と繋がっていたいという想いだけは明確にここにあった。

――『傍にはいると思う』
ぼやけた画面にシノブの吹きだしが浮かぶ。
――『思うって不穏だよ』
――『直央にもそのうち恋人ができるだろうし、俺もおまえが他人と幸せになっていく姿を見て、ずっとひとりでいられるほど強くはないよ。状況は変化していくんだと思う』
――『そんな未来のことわからないよ。先に忍に好きな人ができるかもしれないじゃん』
――『俺は直央が恋して、自分に直央の心がむくことはないんだって決定的に確信するまで、おまえ以外の人間を好きになれはしない』
だったら、やっぱり俺は父さんの望む〝常識的で誰もが幸せになれる結婚〟をしたら、忍と決別することになる。
「そんなのひどいっ……」
白柴犬に突っ伏して泣いた。裏切りたくない、誰も捨てたくない、離れたくない。ないのに。父さんも忍も大好きで、大好きだからむきあって懊悩してこたえをたぐり寄せようと足掻いても、結局はどちらかひとりを捨てる道しかないなんて辛すぎる。涙が瞼の縁にあふれてこぼれて、白柴犬のぬいぐるみにも染みていく。

——『直央とこんな会話ができるだけで本当に幸せだよ。昔の自分に教えてやりたい』
柴犬のシノブが黒ネコのヒカリにむきあい、ぐいぐい身体を押しつけてくる。
『抱きしめられないな』とシノブの上に字が浮かんで、俺にはそれが忍の表情と声できちんと見えた。困ったように眉をさげて、泣きそうに頬をひきつらせた苦笑い。情けなさげな声音。
脳裏に江川海岸で見た赤虹の景色が蘇る。日向と忍の、自分のよりすこし大きくて乾いた感触をしたあの掌、たしかな温かさ。幻のようにおぼろなのに人生の中心でひときわ輝く記憶。

日向だけじゃなく、忍もいなくなってしまうかもしれない——その恐怖と哀しみに苛まれて子どもにかえったように泣きはらした翌日の火曜、忍が家庭教師の授業のためにやってきた。

一日経っても瞼に涙の余韻が残っていることに気づかれたくないうえ、文字ではなく声で、どう接すればいいのかはかりかねて無口になる。

「今日は宿題のできがよくないな」

「……ごめん」

「いいよ。じゃあ一緒に見なおしていこうか」

忍は授業を淡々とすすめていく。こうなってみて初めて、いつも無駄話をしたがるのは俺だけだったんだと気づいた。はしゃいで話しかけていた自分が、忍を兄ちゃんにして無邪気に、無神経に懐いていたのもいまさらはっきり自覚した。忍は片想い、苦しかったのかな。耐えて兄ちゃんになろうと努力して、傍にいてくれたのかな。これからも俺は苦しめ続けるのかな。

　俺の顔をうかがいながら、忍は数学の問題を教えてくれる。目の前の問題集の上で、数字を書いている忍の右手が、自分の手にぶつかりそうで説明が頭に入らない。いつからそう変化したのか知らない達筆な字。小学生のときよりさらに大きくなった手は、指が細長く無骨で、爪も艶っぽく綺麗で、ずっと、一生傍で見ていたくて、こんなところにさえ淋しくなる。

「わかったか？　試しにこのページの問題解いてみろ、おなじやりかたで解けるから」

「え……あ、はい」

　どうしよう、聞いてなかったからわかんない。忍は文庫本をだして椅子を机からすこし離し、読み始めてしまう。シャープペンを持ったまま、数字とアルファベッドがならぶ暗号みたいな問題を睨んでかたまり、心のなかで嘆息を洩らした。文字を書く音を鳴らさないと、解けていないことが忍にばれる。焦りに駆られてペン先を問題集につけるけど、なにも書けない。……どうしよう怒られる、昨日のことばっかり考えてるのも見透かされる、困る。

　焦燥と淋しさと情けなさと、いろんな感情がとぐろを巻いて、疲れ果てて途方に暮れた刹那、一階から人の話し声が聞こえてきた。賑やかな気配がただよってくる。

「……？　なんだろ、誰かきたのかな」

　とうに日も暮れて、時刻は七時になろうとしている。

「おばさんから来客があるって聞いてる。直央は勉強しろ」

「来客？　え、さっき？　俺の部屋にくる前に継母さんと話したの？」

「そうだ。ていうかおまえ、俺の説明聞いてなかっただろ。全然すすんでない」

　う、とつまったら、「しかたねえな」と忍が椅子を戻してまた解きかたを話し始めた。

お客さんはリビングにでも招いたのか、もうなにも聞こえてこない。誰だろう……？　継母さんの友だち？　火曜日は父さんも帰りがはやいから、会社の人を連れてきた可能性もある。それにしたって平日の夜に来客なんて滅多にないことだ。

「直央、聞いてるのか」

「あ、ごめんなさい」

眼鏡越しに睨まれて、怖さより気まずさに耐えきれずうつむいて目をそらした。左横から、はあ、と忍の小さなため息がこぼれる。どき、とするとふいに、ペンを離した忍が右手を俺のうしろにまわして後頭部を覆った。……昨晩のことは深く考えるなよ、というふうな、声にしない忍の思いやりが伝わってくる。する、する、と遠慮がちながらも慈しみを沁みこませるようにゆっくり撫でてくれる掌のたおやかさに、また自戒と愛しさが湧いて泣きたくなった。

それからなんとか指定されたページを終えて、間違えた問題を再び忍の解説とともに一緒にやりなおすと、ちょうど授業の終了時刻になっていた。

「これが今日のぶんの宿題な。今回は直央がいちばん苦手な英語だから頑張れよ」

「えっ。……はい」

英文が隙間なくびっしり書かれたプリントを受けとって、げんなりしつつ机の上に伏せる。

忍はペンケースに赤ペンをしまい、帰り支度をしつつ腕時計を確認している。なんとなくいつもより動作が緩慢で違和感がある。帰るのを躊躇っているような。……やっぱり昨日のことちゃんと話しあいたいと思ってるのかな。

「じゃあ帰るな。直央はここにいていいよ、今夜はお客さんもきてるし」

トートバッグを右肩にかけて、忍が椅子を立つ。

「え、ううん、ちゃんと送る」

　いつも授業が終わると玄関の外まで見送りにいく。継母さんも玄関先に『ありがとう忍君』と挨拶にくるのが常だけど、接客していて無理ならなおのこと俺がいかないと、忍をひとりでこそこそ帰すことになるじゃないか。

「……。そうか」

　忍がまた腕時計を見やる。お客さんがきてから三十分ぐらい経過している。階段をおりれば正面が玄関だ。お客さんはリビングの奥に招いているだろうから、たとえ扉がひらいていようとも顔をあわせる恐れはないのに、なんでこんなに気にしているんだろう。

「いこう」と俺も椅子を立って忍をうながした。忍は下唇を噛んですこし黙考してから「ああ」とうなずいてドアへむかう。

　足音を立てないように注意しながらふたりで階段をおりた。だんだん話し声が聞こえてきて、やっぱりお客さんまだいるんだな、と俺もちょっと緊張した。ダイニングへ続く扉はひらいている。近づくと、父さんと……知らない男の人の声がした。

「直央」

　忍が俺の左手をとって、突然足早に玄関へむかった。

「――結婚をして子どもを持つことが幸せだとは言いきれません。結婚が絶対的な幸福であるなら離婚という制度もできなかったでしょう。身体的な問題で子どもを望めない夫婦もいる。男も女もいろんな個性と価値観を持った人間がいるように、幸福も一種類じゃないんです」

心臓が凍りついて足がとまった。忍にひかれていた手がぴんと張って忍の身体もとまる。

「日向は身体に問題などないだろう、ここまで健康に育てたのはわたしだ。我々親にも友人や同僚たちにも祝福される人生が幸福に決まってるじゃないか。子どもを生んで孫の顔も見せてもらいたい。それが親であるわたしたちの幸せにもなる。男が好きなんていうのは錯覚だ、女が苦手だから情けない保身に走ってるにすぎない。ちゃんとつきあった経験もないんだろう？見合いからでもいい、多少強引にでも結婚して一緒に暮らしていけばうまくいく」

「日向君の幸せを願うのなら、日向君自身を知ってあげてください。お継父さんが望んでいるのはご自身の幸福であって、彼の幸福ではありません」

「なんだと……ならきみは仕事先で男が好きだと言えるのか？　親や友人には？　どうなんだ、そんな恥を世間に晒せるのか、え？」

「わたしは世間に祝福されたくて自分の人生を生きているわけではありません。理解してほしい大事な人間にはうち明けますし、そこで意見が食い違うのであればわかりあえるまで時間をかけたいとは思います、いまお継父さんにそうしているように。日向君と出会えたのはわたしにとってかけがえのない幸福です。彼を愛しているのを恥だと思うことは生涯あり得ません」

「そうよ」と継母さんの声が割って入った。

「わたしも早瀬さんとおなじです、日向を恥だなんて思わない。あなたにも恥ずかしい息子だとは言わせない、言われたくありません。孫を見たくてこの子を生んだわけでもない。この子が心から幸せだと思う人生を歩んでほしい、そのために親のわたしたちがいるんじゃない」

……日向だ。日向と日向の彼氏が、父さんたちに会いにきたんだ。

「直央」

　忍の手から逃れてリビングへむかった。左右にむかいあうかたちでおかれたソファの右側に父さんと継母さん、左側に日向と彼氏らしき大人の男が座って対峙している。その四人の視線が、いっせいに俺へむいた。

「よってたかって父さんを責めるな！」

　口が勝手に叫んでいた。

　俺を見返していた日向の彼氏の目に、しずかな敵意が兆したのがわかった。

「日向はお継父さんに責められ続けてきたんだよ」

「それは日向が悪いからだろ、ホモになって家族を壊したから！」

「性指向は罪じゃない、なにも、誰も、悪くないんだよ。ぼくはお継父さんと直央君が日向を理解してあげるのもひとつの温かな家族のかたちだったんじゃないかと思っています。むしろ世界が日向を非難しても、守ってあげるのが家族なんじゃないのかな」

　世界が非難しても、守るのが……家族。

「そ、そんなの綺麗事だよ、父さんが日向を叱ってたのだって日向のためじゃないかっ」

「その〝日向のための叱責〟で、日向が幸せそうに見えたかな」

「しかたないだろ、ここは同性愛が受け容れられない世界なんだからっ」

「しかたなくない。この世界も、徐々に変わってきているんだよ。いまぼくらは地域によって結婚と同等のパートナーになることもできるんだ」

　日向の彼氏の瞳には、日向を一心に想う怒気をはらんだ光があった。

両手で拳を握って、歯を食いしばって睨み返していると、日向が「直央」と小さく呼んだ。

ずっとまともに顔を見ていなかった日向の、数ヶ月ぶりの姿。申しわけなさそうな憂いがありながらも、たしかに凜々しく毅然とした、知らない空気をまとった義兄。

「……継父さんが俺の将来の幸せを思って叱ってくれてたのはわかってる。結婚ができなかったり、周囲の人に堂々と公表できなかったり、子どもが生めなかったり……それを、不幸だと感じるのもわかります。だけどすみません、俺はこういう人間で、変わることもできません。早瀬さんと生きていけるのがなによりの幸せなんです。だけどもちろん、ここで一生を誓ったところで、男同士で幸せでいられるってことをいま証明するのは不可能だし、自分がまだ未熟な人間だってことも自覚してる。だから継父さんにも直央にも、見守っていてほしいんです。幸福を模索しながら早瀬さんと生きていく俺を、どうか見ててください。……お願いします」

「そんなの、勝手だっ」

叫んだ自分の声が掠れていた。日向が俺を見る。

「……直央にも嫌な思いさせて本当にごめん。こんな奴が兄貴だって友だちにも言えないよね。〝普通〟じゃないってことを俺だけが背負っていけるなら、勝手に、自由に生きればいいんだと思う。けど迷惑かけることになってもやっぱり俺、継父さんや母さんや直央と家族でいたいから……受け容れてもらえなくても、理解してもらえる日がいつかきたら嬉しいって思ってる。また忍と三人で遊んだりしたいんだ。考えてくれないかな」

涙が迫りあがりそうになって思いきり奥歯を噛んだ。喉と目の奥がひどく痛くてたまらなくて、この涙を見られるのだけは嫌で、身を翻してリビングをでた。

玄関で靴を履いて外へいく。乱暴に門をとおってがむしゃらにすすむうしろを、誰かがついてくる気配を察知する。

——男も女もいろんな個性と価値観を持った人間がいるように、幸福も一種類じゃないんです。

——日向君の幸せを願うのなら、日向君自身を知ってあげてください。お継父さんが望んでいるのはご自身の幸福であって、彼の幸福ではありません。

人けのない夜道は、連なる外灯のひとつが消えていてそこだけ気味の悪い暗黒に沈んでいた。恐ろしさを無視して歩くけど、どこへいくあてもない。とにかく日向の彼氏と日向、父さんや継母さん——あの家から離れたくて、光を求めて地面を踏みしめた。眩しかったのは、公園の出入り口で煌々と照る自販機だった。ならば、と公園へ入ってベンチに座った。

——ぼくはお継父さんと直央君が日向を理解してあげるのもひとつの温かな家族のかたちだったんじゃないかと思っています。むしろ世界が日向を非難しても、守ってあげるのが家族なんじゃないのかな。

周囲を囲む木々は、近づく夏の暑気を吸いこんで鬱蒼と生い茂り始めている。背後や頭上でさらさら葉ずれの音を鳴らしながら、外灯の光をちらつかせて俺の足もとの影も揺らす。見下ろした靴が、左右違うものだった。左は俺のスニーカーで、右は……誰のだ。

ガコン、と自販機からジュースが落ちた。視線をむけると、公園へ入ってくる人影がある。目もとの眼鏡がきらめいて、忍だとわかった。じゃり、じゃり、と小石を踏んで近づいてきておもむろに左横に腰をおろし、缶ジュースを俺の手もとにむける。俺が好きなレモンソーダ。

黙っていても忍は手をひっこめない。逞しく頑丈そうな、半分大人になった忍の右腕にある傷痕をしばらく見つめてから受けとった。冷たい缶ジュースを、手持ちぶさたに両手で包んで腿のあいだに固定する。

——子どもを生んで孫の顔も見せてもらいたい。それが親であるわたしたちの幸せにもなる。男が好きなんていうのは錯覚だ、女が苦手だから情けない保身に走ってるにすぎない。ちゃんとつきあった経験もないいんだろう？　見合いからでもいい、多少強引にでも結婚して一緒に暮らしていけばうまくいく。

——きみは仕事先で男が好きだと言えるのか？　親や友人には？　どうなんだ、そんな恥を世間に晒せるのか、え？

——わたしも早瀬さんとおなじです、日向を恥だなんて思わない。あなたにも恥ずかしい息子だとは言わせない、言われたくありません。

家へいたくなくてでてきたはずなのに、頭のなかではさっきリビングで見聞きした情景とさまざまな言葉が間近で渦を巻いている。

——わたしは世間に祝福されたくて自分の人生を生きているわけではありません。

——日向君と出会えたのはわたしにとってかけがえのない幸福です。彼を愛しているのを恥だと思うことは生涯あり得ません。

あの空間でぶつかりあっていた憤懣や非難や慈愛や憎悪に搦めとられた愛情が、薄い膜みたいになって身体にまとわりついている。緊張の余韻も皮膚を震わせ続けていて消えない。

——直央にも嫌な思いさせて本当にごめん。こんな奴が兄貴だって友だちにも言えないよね。

考えたくないのに、囚われている。

――また忍と三人で遊んだりしたいんだ。考えてくれないかな。

忍も俺もなにも言わなかった。口を噤んで、無人の暗い公園で、風に髪や服を弄ばれていた。くり返される言葉の圧に疲弊してくると、だんだん思考の視野がひろがり始めた。口論より、さらに前の時間に意識がむいていく。忍と授業していたころ。家庭教師の授業が終わっても、帰るのを渋っていた忍。あの態度。

「……忍は、継母さんに日向がくるって聞いてたんだね」

責めるつもりはなかったのに、棘のある声色になった。

「ああ。直央に教えなかったのは俺の独断だ、すまない」

べつにいいよ、というのは心のなかでこたえた。声にする素直さはいまはなかった。

「日向の彼氏は早瀬新さんっていうんだけど、ふたりが挨拶にきたいって頼んでも親父さんがずっと拒絶してたらしくてな。ゴールデンウィークも日曜も言いわけつけてかわしてたから、平日の夜なら逃げられないだろうって、新さんが強行にでたらしい」

新さん、と忍が親しげに呼んだ。

「新さんがそういう行動にでるってことは、きっと日向が家族との関係を気に病み続けてたからだと思うよ。でも親父さんとおまえに責められて、全部自分のせいにしてた日向が、新しい家族関係を築きたいって頼んだのは驚いたな。ああなったのも、新さんの影響なんだろうな」

忍はひそやかに苦笑いする。

「……俺は幼なじみとして長いこと傍にいたのに、あいつになにもしてやれなかった」

ばれないようにまた奥歯を噛んだ。忍の罪悪感が胸に刺さり、俺のほうが、と言ってその罪悪感をひき受けたい衝動に駆られた。俺のほうがなにもできなかったし、日向を追いつめたんだから忍は傷つかなくていい——でもそんな言葉もまだ、口からでていきはしない。

「……忍も、日向たちが正しいと思うの」

缶ジュースの冷たさが掌を焼く。

「正否の判断は俺にはできない。おまえらの幼なじみなだけで、家族じゃないからな。けど、俺は親父さんにもおばさんにも世話になってきたから、日向だけの味方になることもできない。俺に言えないことを、新さんなら言えるんだなとは思ったよ」

——世界が日向を非難しても、守ってあげるのが家族なんじゃないのかな。

……夏の匂いがかすかにまじる微風に、前髪がながされる。髪の先が目にあたって痛い。これは風のせいで、泣きたいからじゃない。違う。……違うけど、たしかにあの価値観は俺たち家族の陰鬱な家に吹き抜けた新しい風だった。

「でも忍は……忍のままでいい」

忍の苦笑がまた左側からこぼれてきた。今度はどこか嬉しそうだった。その予感を肯定するように、右手で俺の後頭部を覆って、ありがとうな、とでも言うふうに撫でてくる。さわ、さわ、と髪をなぞる掌と、そこから沁みこむ温かさ。絶対的な安心。

——性指向は罪じゃない、なにも、誰も、悪くないんだよ。

——迷惑かけることになってもやっぱり俺、継父さんや母さんや直央と家族でいたいから……受け容れてもらえなくても、理解してもらえる日がいつかきたら嬉しいって思ってる。

父さんの非難を全部浴びて萎れた花みたいになっていたのに、太陽と水を与えられたようにいきいきと凛々しくなっていた日向。その果敢な生命力を、あの彼氏にもらった。俺がずっと傍で一緒に育ったと思っていた義兄は、まったく知らない男になっていた。

急に耐えがたい孤独感に苛まれて、目に涙がにじんできた。一瞬で視界を覆い、揺らぎながら指や缶ジュースにぽつぽつ降っていく。

うぅ、ああ、と呻いて泣いた。嗚咽して、声をだしていないと胸が苦しすぎるから、言葉にならない声と咳をこぼして懸命に泣いた。子どものとき以来の激しい号泣だった。

隣には忍がいるのに世界でたったひとりになったみたいな絶望と恐怖がどんどん大きくなって襲いかかってくる。理由だけが判然とせず、とにかく哀しくて恐ろしくて淋しくて、噎び泣くことしかできない。自分の心を、説明できない。

こういうとき忍は大げさに慰めたりしない。腕が痛むだろうに、隣でひたすら俺の後頭部を撫で続けて、俺がひとりで泣きやむまで黙って傍にいてくれる。泣くことも、哀しむことも、泣きやまないことも、哀しみに暮れ続けることも、全部を許してくれていると思える。だから俺は子どものころから忍の隣で泣くのがいちばん安心だった。

やがて、帰らなければいけない、という合図をだしもしない忍の時間が心配になってくると冷静さが戻ってきた。指が震える俺のかわりに、忍が缶ジュースをあけてくれる。飲んで、さらに落ちついてくる。呼吸も整ってくる。

いま何時、と訊くと忍が腕時計を見て、九時前、と教えてくれた。トートバッグからタオルハンカチをだして俺にくれる。ありがとう、と涙を拭く。日向たちも、もう帰っただろうか。

家まで送っていくよ、と忍が申しでてくれたけれど、俺が近くまで忍を送る、とこたえた。忍はいまから都内の自宅へ帰らなければいけないのだ。でも、今夜は実家に泊まるからいいよ、と断られた。忍の実家はうちから三分ぐらいのところにある。それで結局、うちの門扉のところまで忍が一緒にきてくれて、またな、と帰っていった。

おかえり、と迎えてくれた継母さんとふたりで夕飯を食べた。父さんは部屋にこもっているようすだった。「話しあいの結論はでなかったよ。日向たちまたくるって」と継母さんが教えてくれて、生返事だけ短く返す。

風呂をすませると早々にベッドへ入り、目をとじた。風の音が聞こえる。殺伐とした家の窓を揺らしている。ひとりぼっちの二階の自室でまるく身を抱えていても、歩いて数分の近くに忍がいると思うと、それだけで安堵して眠ることができた。

学校では近ごろ夏休みの過ごしかたについて話しあっている同級生たちの声を耳にする。

来年は受験生で、夏休みを満喫できるのは今年だけだからと、女子はスマホを眺めながら、どこにいこうあそこにいこう、と映えるスイーツや撮影スポットを検索しているし、男子は彼女できねえかな、と、出会えるのは塾かSNSかと場所を探している。

俺も友だちに「おまえは高校のうちにレンアイしておかなくていいの？」とからかわれて、思考に空白が生まれた。

「……恋愛って、高校生だからって理由でするものなのかな」

素朴な疑問が、友だちのテンションにそぐわない真面目な響きをしていて、自分で焦った。けど逆に「なに、直央恋してんの？」と興味を持たれて「相手誰だよ、どこで会ったんだよ、まさかとっくに童貞捨ててるとか？」と面倒な追及にあい、ごまかすのに苦労してしまった。

――日向君と出会えたのはわたしにとってかけがえのない幸福です。彼を愛しているのを恥だと思うことは生涯あり得ません。

日向は高校三年の夏休みに彼氏と出会った。ふたりして恋に落ち、日向の大学進学と同時に新しい人生を始めた。

――継父さんが俺の将来の幸せを思って叱ってくれてたのはわかってる。結婚ができなかったり、周囲の人に堂々と公表できなかったり、子どもが生めなかったり……それを、不幸だと感じるのもわかります。だけどすみません、俺はこういう人間で、変わることもできません。早瀬さんと生きていけるのがなによりの幸せなんです。

家族から逃れて、新しい人生を始めた。見ず知らずの、数ヶ月しか過ごしていない男と愛しあって知らない人間に変わって、彼と一緒に生き始めた。

――なによりの幸せなんです。

自転車をこいで町を徘徊し、いつものように遊ぶ場所もお金も尽きて観念したころ、しかたなく帰宅した。

物音を立てないよう家に入ると、ダイニングで父さんと継母さんが食事している気配があった。二階へひっこもうと決めて階段へむかう。

「それで、なんというか……会社で、ＬＧＢＴを受け容れる動きが始まっていて」

「……。だから？」

「だからって言いかたないだろ」

「あなたはいままで日向にどんな態度をとってきたのよ、これぐらいなに？　普通に訊いただけじゃない」

「おまえな……」

言い争っている。愛情の欠片もなくほとんど喧嘩腰に。

身を翻してもう一度家をでた。制服のズボンのポケットからスマホをだして忍に繋がるメッセージ画面をだし、下唇を噛んで、しまう。再び自転車に跨がって走りだした。

無理だ、あそこにいられない。誰かといたい。


「――で、なんでここにきたんだよ」

「だって、あのふたりのあいだで夕飯とか無理だし、こんなこと、友だちに言えないし……」

ちっさなゲーセンは今夜も筐体から響くゲーム音がやかましくて壁を突き破らんばかりなのに、客は二、三人しかおらずがらんとしている。

蒼樹さんはカウンターに寄りかかって腕を組み、「面倒くせえなあ」とため息を吐き捨てた。

「いつまでも逃げてたってしかたねえだろ。ちゃんと考えておまえも自分の道を決めろよ」

自分の道。

「考えてるよ、ずっと。考えないわけないだろ」

「だったらいますぐ帰ってパパとママと一緒にメシ食って寝とけ」

「誰かに相談したっていいじゃん。逃げたいんじゃなくて、父さんと継母さんは、無理なんだよ。感情的になってるっていうか……むこうも迷ってる最中だから」

「一緒に迷え、家族の問題だろうが。少なくとも、おまえンとこは話しあいができるいい家族なんだから。まじの毒親だったら話し相手にもなんねえんだぞ」

むしゃくしゃするのに、反論の言葉を見つけられなくてうつむく。

正論をぶつけられるのは部外者だからだ。当事者はみんな、正しさだけで片づけられない心を持て余して迷う。自分の望む未来や、過去の行動への反省や、相手を思いやりたい気持ちや、正義や保身や世間体や欲や……さまざまな感情がいろんな人間にむかって道標がこんがらがるから、一筋の確固たる意志――道を、見いだせるまで迷い続ける。

「おまえのは相談じゃねえんだよ。俺に都合のいい言葉を言わせたいだけだろうが」

え、と蒼樹さんを見返した。厳しく鋭い目。

「じゃなかったらなんで俺のところにきたんだ。同性愛を受け容れてくれるかどうか謎の友だちでもない、女でもない、当然父親や母親でもない。俺なら、親のことは無視して義兄ちゃんを受け容れていいんだぜ、って言って、味方になってくれると思ってたんだろ。少なくとも、おまえのことを傷つける言葉は言わないって、勝手に信頼してたんじゃないか？」

心臓にずきと刺激が走る。

「おまえは俺の意見が欲しいんじゃなくて、日向兄ちゃんを受け容れて、忍兄ちゃんとも恋愛していいって、誰かに許してほしがってるだけなんだよ」

蒼樹さんはあくびをして、怠そうに頭を掻く。

「おまえが前にここにきてぼーっとしてたのも忍兄ちゃんの言うとおりで、大好きな兄ちゃんふたりに捨てられて拗ねてたからだろ？　淋しさには素直になれよ、じゃないと孤独になっていく。こんなとこで道草くってねえで、さっさと〝兄ちゃん大好き〜〟って言いにいけ」

「なんで、他人なのにそんなふうに言えるの。俺のこと……全部、知ったふうに」

抗議しているはずなのに、自分の声が明らかに動揺していた。

「他人だからだよ。傍（はた）から見てるだけだからぜ〜んぶお見通しなの。しょんべんくせえお子ちゃんの思考なんかまるわかり」

いつもみたいに、蒼樹さんが俺の頭のてっぺんをぽんぽん叩いて笑う。

「なにかを非難したり正善を主張したりする前に、自分自身とむきあえ。おまえ、最初わざと忍兄ちゃんのこと蔑（さげす）んで、俺に〝同性愛は悪くない〟って言わせようとしたろ。よくねーぞ、ああいうやりかた」

じゃあな、しっし、と蒼樹さんが俺を追いだすように右手をふる。初めから俺の無意識の汚い欲まで見抜かれていた。いたたまれなくて、ばつが悪くて、「うっせー、帰るよっ」と強がってゲーセンを飛びだした。

――いつまでも逃げてたってしかたねえだろ。ちゃんと考えておまえも自分の道を決めろよ。

がむしゃらに自転車をこいで走る。

――なにかを非難したり正善を主張したりする前に、自分自身とむきあえ。

――淋しさには素直になれよ、じゃないと孤独になっていく。

戻ってきた二階建ての立派な自宅は、ＲＰＧゲームでラスボスが住む、禍々(まがまが)しい城みたいに感じられた。大好きで、誰より大事なはずの父さんがなぜかいちばんの脅威だった。

——一緒に迷え、家族の問題だろうが。少なくとも、おまえンとこは話しあいができるいい家族なんだから。

緊張しながらドアをあけて家に入ると、奥の風呂場から水音が響いてきた。

「おかえり直央」

継母(かあ)さんが顔をだして、苦く微笑みつつ迎えてくれる。「父さんいまお風呂だよ、直央もご飯食べちゃって」と続けて呼ばれた。……喧嘩はもうしてないみたいだ。ダイニングへいくと、テーブルには皮を剥いて果肉だけになったピンクグレープフルーツの器があり、瑞々(みずみず)しい桃色にきらめいている。荷物をおいて椅子に腰かけたら、すぐに温めなおしたハンバーグとご飯、ポテトサラダ、オニオンスープがならんだ。「召しあがれ」と継母(かあ)さんはまた微苦笑する。

「今日も遅かったね」

ハンバーグをひと切れ口に入れると、継母(かあ)さんも紅茶の入ったカップを片手にむかいの椅子に腰かけた。

「うん……ごめんなさい」

蒼樹さんの顔がちらついて、べつにヤンキーになりたいわけじゃない、と反抗心が湧き、きちんと謝る。継母(かあ)さんはちょっと目をまるめてから今度は屈託なく笑う。

「いいよ。……直央の気持ちも、わからなくもないから」

家族のみんなが、個々のやりかたで家族それぞれの心情を思いやっていた。

「昨日よりは落ちついた？」

やわらかく訊かれても、素直になりきるには複雑な思いも燻っていて言い淀む。ハンバーグも軽快に嚙めなくなる。継母さんは優しく苦笑する。

「継母さんもね、本音を言うと、再婚してなければ日向を受け容れられなかったかもしれないって思うよ」

「え……」

「最初の旦那と幸せな家庭をつくれていたら、〝結婚するのがいちばんの幸せ〟ってなにも考えずに日向を非難したかもしれないもの。でもわたしは一度結婚に失敗していて、直央のお父さんと再婚して……彼が日向を責める価値観の人だったから、日向の望む幸せに対して柔軟に悩むことができたところもあるの」

驚いた。継母さんは手放しに、自分の息子……自分の、本当の息子のすべてを、愛して守ろうとしているだけだと思っていたから。

「でもわたしが日向を受け容れるってことは〝結婚も再婚もしないほうが幸せ、この家族も失敗だった〟って認めることになる気もして、それを日向や直央にしめすのはどうなのかなって、迷いもあったんだ。継母さんはこの家で一緒に過ごしてきた家族も、思い出も大事で、間違いなく幸せだもの。この気持ちは勘違いしてほしくなくて」

胸がつまって、「そんなことっ、」と言いかけたら喉も痛んで声が掠れた。

「……そんなこと、日向も俺も、考えないよ。継母さんは、結婚とか再婚に〝縛られなくても幸せ〟って気持ちなんだと思ってた。……そうやって日向を守ってるんだって」

瞳をにじませて情けなさげに、嬉しそうに継母さんが微笑む。

「ありがとう直央」

継母さんが紅茶を飲んだ。だから俺も、ポテトサラダをすこしつまんで食べた。

「直央はどうなの。お兄ちゃん、また一緒に遊ぼうって言ってたね」

継母さんが〝弟〟に話しかける口調になる。子ども扱いへの羞恥といたたまれなさが心地悪く、「……本当は離婚、考えてたりするの」とべつの質問で返してしまった。

紅茶のカップに視線を落として、継母さんがしばし考える。

「日向にも似たようなこと言われた。でもね、再婚も楽じゃなかったのよ？　おたがい子どももいて、親や親戚に対する遠慮や申しわけなさもあったし……それでも、もう一度一緒にいたいと想った人だもの。日向と直央の幸せを第一に、話しあっていくよ」

不自然なほど明るく言って笑う。俺たちを不安にさせないためだと容易に知れたけど、継母さんの言葉が嘘じゃないこともわかった。

口のなかを整えたくてスープを飲んだ。ずっと輝いているグレープフルーツも気になって、ひとつ食べる。ちょっとぬるくて、むっちゃ酸っぱい。

「日向のこと……父さんと一緒に責めてごめんなさい」

十年近く、家族として過ごした。それでもやっぱり、父さんと俺、継母さんと日向には線がひかれていて、言葉にするのはタブーだとわかっていても、それを埋められない事実を全員が意識してきたんだと思う。そして俺の謝罪は〝日向の母親〟に対するものだった。

「俺も、父さんを守りたかった。でも……俺が嫌だったのは同性愛じゃなかった」

口にしたらひどく淋しくなった。継母さんが喉の奥でふふと笑う。

「……なんで笑うの」

「ごめんね。けど大丈夫、それはちゃんとわかってるから。だって直央、お兄ちゃんのこと大好きでしょ？　ずっとべったりくっついて、忍君と三人で毎日遊んで泥だらけで帰ってきて……たぶん日向が女の子と結婚しても、直央は拗ねてただろうなって思うもの」

継母さんに指摘されるとなぜか猛烈に恥ずかしかった。継母さんは楽しげに懐かしんでいる。

「最初のきっかけがあんなふうじゃなくて、日向が直央に、自分から性指向を相談できていたらよかったのかもしれないよね。そうしたら直央は素直に、日向の味方になれたでしょう」

その〝もしも〟の空想世界に光を感じた。忍とおなじだ。忍みたいに、もし日向に相談してもらえていたなら俺は日向の痛みに親身になっただろうし、その後日向がカミングアウトして父さんの逆鱗に触れたしても、一緒に説得できたんじゃないか。……うん、できたと思う。

「今度日向がきたら、ふたりでちゃんと話してごらん。忍君に、日向たちの家へ連れていってもらってもいいかもしれないね。忍君は何度か遊びにいってるみたいだから」

そんなの初耳だ、とすこし驚いたけど、そういえば昨日忍は日向の彼氏を〝新さん〟と親しげに呼んでいた。忍は幼なじみとして、友人として、ずっと日向と繋がっていたんだ。

「そうそう、直央、言い忘れてたけど昨日日向の靴片方履いていったでしょう？　しかたないからって日向は直央の靴履いてったんだよ。ふたりしておたがいの靴履いて、おかしいったら。次に会うとき交換しておいでね」

日向は家族を捨てた、と憤っていた思いが揺らいでいく。

――継父さんにも直央にも、見守っていてほしいんです。幸福を模索しながら早瀬さんと生きていく俺を、どうか見ててください。……お願いします。

別々の道を選択したと思っていたはずの俺たちの靴が、いまはおなじところにある。日向は帰ってきた。俺たちを捨てたわけではなかった。そうだ、ずっと家族のままだったんだ。

「やっぱり継母さん、直央のことおいていけないな……」

母さんが言ってくれなかった言葉を口にして、継母さんが幸せそうに苦笑している。


部屋に戻ってスマホと一緒にベッドへ転がると、忍と、日向からメッセージがきていた。

『今夜はいかなくて平気か？』

『昨日はいきなりいってごめん。直央とも改めてきちんと話しあいたい。直央にもそう思ってもらいたいし、その日がくるって信じて待たせてもらえないかな』

……やっぱり絆は消えていない。そう思うと、胸の奥が温まって、ここ数年間ずっと抱えていた苛立ちや怒りや孤独が溶けだしていくのを感じた。

長すぎる極寒の冬のような年月だった。

日向がゲイだ、と発覚してから父さんが騒ぎだして家族のバランスが崩れ、父さんの新しい幸福も、義兄弟の仲も、忍との三人の友情も、日向が全部粉々に壊した、となにもかもを日向のせいにした。父さんの日向に対する怒声や、親同士の喧嘩を見るのも聞くのも嫌で、日向に腹が立って親にも苛立ちが増して、とっとと離婚すればいいのに、と自棄になった時期もある。

でも、本当は毎日ひたすらに淋しかった。

日向に彼氏ができたらしい、というのは夜に部屋から洩れ聞こえる電話の話し声で気づいた。家族をめちゃくちゃにしておいて、おまえは男つくってのうのうと恋愛楽しんでんのかよ、と去年は憤懣と……日向を他人に盗られた嫉妬が、俺のなかで爆発して荒れていた。

日向が家をでることになった、と教えてくれたのは継母さんだ。あの瞬間、泣きたくなった。泣きたくなったのもむかついたし、泣くのも悔しいから、奥歯を嚙みしめてますますゲーセンに入り浸って、蒼樹さんに『またきてるな非行少年』とからかわれていた。

帰宅すると、日向の部屋の外に折りたたまれた状態の段ボール箱がいくつも立てかけてあったりして、荷造りしているのも知った。俺にさよならも言ってくれないで消えようとしている。小学生のときから一緒だったのに、毎日遊んでいたのに、義兄弟なのに、日向はもういらないんだ。父さんも継母さんも、忍も俺も……いらないんだ。捨てていける程度のものだったんだ。そう思ったら、耐えきれなくなって声を殺して泣いた。ふざけんなよ裏切り者、なんで俺が泣かなくちゃなんねーんだよ、とあの夜も苛ついて八つ当たりしていたけれど、ばかだな俺。忍に指摘されるまでごまかし続けて認めなかった。家族も、忍も、日向も大好きなこと。

日向が引っ越す日もゲーセンにいた。お金もなくて、蒼樹さんに『客でもないなら帰れ』と何度叱られても無視して閉店間際までいた。帰宅したら、日向の部屋はもぬけの殻で、一階からは親たちの冷めきった空気だけがただよってきて、俺はひとりだった。

スマホに表示されている日向の言葉を読み返す。

『昨日はいきなりいってごめん。直央とも改めてきちんと話しあいたい。直央にもそう思ってもらいたいし、その日がくるって信じて待たせてもらえないかな』

絆は消えなくても、日向の心の帰る場所はもうここじゃない。日向が人生をともに歩んでいるのは親でも義兄弟でもなく、恋人だ。自立して、一緒に生きていく相手を日向は見つけた。俺はその事実を痛感して、また淋しくなって昨日忍の隣で泣いたんだ。

——世界が日向を非難しても、守ってあげるのが家族なんじゃないかな。

淋しいけど、日向があの人を好きになったのはよくわかる。

格好いい彼氏だったね日向。……ずっとごめんね。俺は自分の孤独ばかり日向に押しつけていたけれど、この家で日向を孤立させていたのは父さんと俺だ。ガキの俺の拗ねた孤独なんかより、人格や性指向を否定されて陥る孤独の底のほうがいかばかり辛いことだろう。ごめんね。近いうちにちゃんと、俺も日向のところへ謝りにいくよ。

『今日は大丈夫だよ。ちゃんとひとりで考えたかったから。ありがとう』

文字を打って、忍に返事をした。すべてを受けとめて自分の気持ちを認めたら、またすこし涙がこぼれた。でもこれは淋しい涙じゃない。

『あんまり思いつめるなよ』

『うん、ありがとう』

俺も大人になろう。もうふたりに傷を負わせなければフェンスを乗り越えられなかった弟は卒業する。俺は俺の、自分の力で、障害を乗り越えてふたりのもとへいかないと。

『忍は今日実家から大学いったの？』

『いったよ、午後からだけどな』

『本当にありがとう、ごめんね。往き来大変なのに今日もいくとか言わせて、心配かけて』

『車があるから簡単にいけるよ』

『じゃあまた、週末は忍のうちに泊まりにいかせて』

——……兄ちゃんでいてやれなくてごめんな。

心を決めて文字を打った。返事は、だいぶ時間が経過してから届いた。

『いいよ』

短い言葉を読んで、鼓動がかすかにはやくなる。

『ありがとう。日向たちと会って、俺、自分の気持ちがよくわかったから。明日、そのことも忍に話すね。聞いてください』

『ああ、わかった』

小さく息をついて深呼吸する。そして日向にもメッセージを返した。

『待たなくていいよ。日向の話を聞くのも俺の気持ちを全部話すのも、容易じゃないと思う。だからその話しあいに時間をかけよう。いままでごめんなさい。彼氏さんにもよろしくです』


英語の宿題は空欄だらけで、まるでできなかったのに、忍は怒らなかった。

「まあいいよ。じゃあこの宿題から見なおしていこう」

授業のすすめかたはいつもどおりで、家庭教師のときは無駄話を嫌う真面目さも相変わらずだけど、目を全然あわせようとしない。忍の違和感に俺は気づいているし、俺が気づいていることに、忍も気づいている。些細な揺らぎも察知しあえてしまう幼なじみは案外、不自由だ。

「……あんまり意識しないでよ」

授業が終わると、耐えきれなくなった俺が先に張りつめた緊張の糸を切った。

「……悪い」

忍も赤ペンをしまいながらすんなり謝る。

「べつに、謝らなくていいけど……」

自分から椅子をまわして、左隣にいる忍にむかいあった。麦茶を飲んで気持ちも整える。

「てか、俺のほうがごめん。昨日〝話す〟って言ったこと気にしてくれてるんだよね。ちゃんと言うよ」

「や、ああ……うん」

「……あのね、俺、忍の恋人になろうと思う」

え、と忍が目を瞠ってかたまる。

「でも直央、ゲイになれないって、」

「うん……あのときは父さんを裏切れないって思ってそう言った。俺の母さんも日向も、父さんを捨てたのに、俺まで捨てるわけにいかない、って思いがどうしてもあったから。だけど、母さんはともかく、日向は、父さんや俺たちを捨てたわけじゃなかったでしょう。〝ゲイの自分を認めてほしい、家族でいたい〟って言って、帰ってきた。……うちがこんな状況だから、俺までゲイになるって父さんに伝えるのはどうなのかとか、そこは忍と考えていきたいけど、裏切るとか捨てるとかじゃなくて、いつか理解してもらうっていう生きかたが許されるなら、俺は忍と別れる選択はしたくない。一生一緒にいたい」

赤ペンを半分ペンケースに入れた格好のまま、忍が俺を見つめて停止している。今日は眼鏡で、綺麗に磨かれたガラス越しの瞳だけがたまにまばたきする。……心臓が波打って、また緊張してきて、俺はうつむき加減に視線をそらした。

「……俺は、弟として直央を好きなわけじゃないよ。恋人になるって意味、おまえわかってるのか」

「わかってる」

「家出ごっこして、テレビゲームして漫画読んで、毎日遊んでいたいって言ってるんじゃないんだぞ、愛しあいたいって言ってるんだよ俺は。平気なのか、そんなこと」

「うん、わかってるよ。忍と、愛しあ……そういうの、したい」

羞恥心に震える声で断言したとたん、自分の部屋や俺たちの身体や、その奥の心のなかまで、桜色の絵の具が降ってきたみたいに彩りを変えたのがわかった。関係が変わった。幼なじみっていうこれまでの関係を一瞬で飛び越えて、自分たちが違うものに変化した。

「無理だ、信じられない」

なのに忍のひとことで、またしゅんと色が戻る。

「なんで、俺がずっと兄ちゃん扱いしてきたせい？」

顔をあげてすこしむっと問いかけたら、今度は忍が眼鏡のずれをなおして視線をそらした。

「直央の気持ちは嬉しいし、責めるつもりもない。恋愛感情で見てもらえたら奇跡だと思う。けど、突然すぎていまは信じられないよ。直央の言葉に甘えて恋人になって、おまえに無理させることになったら俺も幸せにはなれない、って……そこまで考える。悪いな、小心者で」

小心者というか……怯えてくれているのは伝わってくる。

「忍は、親とも日向とも友だちとも違う、特別で、大事な人だよ。それはもう理屈じゃない。幼なじみだろうと、性的なことが無理な相手とはできないはずでしょう？　でも俺、忍がしたいと想ってくれるの嬉しいって喜べるし、現にキスも拒絶したことないよね」

「それは、でも、」

「俺自身〝兄ちゃん兄ちゃん〟って思ってきたけど、忍が俺の頭のうしろのところしか撫でないこととか、その手もひさびさに会ったら大きくて綺麗になってたこととか、いつもどきどきして幸せで、浮かれてたよ。子どものとき手繋いでくれたのも嬉しくて、いまもしたいと思う。もう大人なのに、それって結構、たぶん……変だよね？　忍がほかの誰かと親密にしてたり、恋愛したりするのも考えるだけでものすごく嫌だ。〝兄ちゃん〟を大好きだと想ってきたこの感情に名前をつけたことがなかったから自覚も遅れたけど、俺は、恋で問題ないと思う」

忍がそっぽをむいたまま左手で自分の口を押さえて、それから後頭部を掻いて、またとまる。

「……じゃあ、直央からしてみて。……キス」

忍の耳が赤い。忍のなかで怯えより照れのほうが増していることに気づくと、俺にまでそれが伝染してきてどぎまぎした。

「わ……わかった、いいよ。する。……キス。……だから、こっちむいて」

停止していた忍が、グラスをとって麦茶を飲んで、こっそり「……はあ」と息をつき、ゆっくり俺のほうへ身体をむける。むかいあったらびっくりするぐらい顔全体が赤くて、俺も一気に熱くなった。赤面まで、伝染した……は、恥ずかしい……。

「……できるのか」

目まで潤ませて緊張しているくせに、忍が挑戦的な言葉で煽ってくる。

「うん……できるよ」

こたえたものの、上手にやれる自信はなくて、頼りなげな声になった。心臓ががんがん鼓動していて焦る。目を泳がせて、ひとまず左手を忍の右手に添えて近づいた。忍の傷痕のついた右腕も、すごく熱い。俺たちキスだけでこんなにおかしくなってる。

「い……いままでの、どさくさ紛れのと、全然違うね」

おたがいの緊張を和らげたくて、へらと笑いかけて会話をふった。

「……直央が違うと思ってくれてるなら嬉しいよ」

忍も笑ってくれればいいのに、真面目にこたえてくるから余計どきどきした。

「じゃあ……するから」

宣言して、意を決して身を乗りだした。頭のなかまで心臓の音が響いて聞こえそうで、ああ俺、変な顔になってないかな、と焦りと不安に駆られながら唇を寄せていく。どんどん忍の匂いや体温や存在感が伝わる傍に近づいて、あと数センチ、数ミリ、まで走馬灯のようなスローモーションのなかではかりながら、とうとう、ふに、と唇同士をあわせてキスをした。

一瞬あわせるので精いっぱいで、数秒耐えて離そうとしたら、後頭部をぐっと押さえられて忍の大きくひらいた唇に再び唇を捕らわれた。心臓がばんと破裂したかと思った。

「ンっ……」

「直央、」

上唇と下唇を食んでしゃぶるように吸われる。息をしたくて口をひらいたら、忍の舌が奥にも入ってきた。すこし強引だったけど、決して乱暴じゃなかった。舌をやんわり舐めとって、吸ってくれる。押さえた後頭部も優しく撫でてくれる。きゅと痛む胸をなだめて、自分からも忍の舌を舐めたら、さらに深くまで求められて、喜んでくれたのも感じられた。

言い争いのすえの暴走のキスじゃない、恋のキスはこれが初めてだ、とその瞬間気づいた。だからこんなに心臓が壊れるんだ。いま、俺たちは本当に幼なじみを超えた。きらきらの色彩に包まれて、温かい幸福な世界にやってきた、忍とふたりで。

「……直央」

俺の下唇を甘噛みして、口端も舐めて、頬にも忍がキスをしてくる。そしておたがい離れがたいと想っているのを知りながら、これ以上しているととり返しがつかなくなる、という危機感も共有しつつ、そっと、唇と身体を離していった。

うつむく視線の先に、忍の緑色のワイシャツと、白いTシャツと、右の掌がある。

「忍は……もう、俺の？」

幼いころ毎日一緒にいて、自分を守るように傍で手をひいてくれた憧れの大好きな兄ちゃん。この人を、俺がもらっていいの。独占していいの。ずっと一緒にいて、二度とひとりになることもなく、ふたりで生きていきたいと想っていい……？

「……俺は昔から直央のものだよ」

至福感が胸いっぱいにこみあげてくる。忍の右手の指のところを摑み、持ちあげて、自分の頬にあてがってみた。忍も照れくさそうに苦笑して俺の頬を包み返してくれる。

「俺も、忍が淋しいときとかに、一緒にいて癒やせる特別になれるかな」

「え？」

「忍は俺が哀しいとき、隣で泣かせてくれたでしょ。俺、人前で泣けるの忍だけだよ。泣けるのって、幸せの証しでもあるんだって聞いたことある。だから俺も、弟みたいな歳下の子どもじゃなくて、忍を泣かせてあげられる場所になりたい。そういう対等な恋人でいたい」

日向も彼氏とおたがいを想って、守りあっていた。俺も忍の恋人になれたなら、もう一方的に守られるのは嫌だ。いつも遠かった歳上のこの人の、誰より癒やせる唯一になりたい。

「……ちょっと、泣きそうになるからやめてくれ」

顔を隠すみたいに抱き竦められた。

「はあ……頭が追いつかなくて狂いそうだ」

「狂う？　なんで」

「今夜、決定的にふられるのかもしれないと思って覚悟してきたから」

「ふるって、どうして……〝ゲイになれない〟って言ってたから？」

「長い片想いだったんだよ」

苦笑してそう言うと、忍はもう一度俺の顔を覗（のぞ）きこむように近づいてキスをしてきた。

長い片想い——俺が忍の心に刻んだ孤独も、今後時間をかけて癒やしていけるだろうか。

「……ありがとう忍。大好きだよ」

約束した金曜日まで、毎日家庭教師の授業のあとや『アニパー』で、恋愛のことや日向たち、家族のようすについて話しあい、おたがいの想いを重ねあって過ごした。

　男同士のセックスに関しても、自分も勉強しておこうと考えて調べたら、抱かれる側の準備を知って驚愕した。でも、そりゃそうだよな……と納得もする。日向も彼氏と愛しあうために、想いを受けとめる身体にするための準備をしてるんだろうな。日向がしていると思うと不安や恐怖は消え去って、純粋な愛情だけにむきあえた。俺もしてみよう、忍と愛しあうために。

　忍のうちには金曜の夜、家庭教師の授業を終えたあと一緒にいこうと決めた。継母さんにも許可をもらってある。「楽しんでおいでね」と言ってくれた継母さんが、今週はいろいろあったから、と慮ってくれているのも感じた。休日の土曜も待たず家を不在にする俺を、俺以上に思いやってくれているのが、優しい表情となにも追及してこない短い返答から伝わってきた。

　そうして金曜日、すべての〝準備〟をこなして授業も終えると、ダイニングで夕飯を食べていた継母さんと、父さんにも「忍の家に泊まりにいってきます」と告げて家をでた。

　車できてくれていた忍と一緒に、今日は夜のドライブだ。「嬉しい、こんな時間に都内まで遊びにいくの初めてかも」とはしゃぐ俺を、忍はまた海ほたるへ連れていってくれた。

　薄暗い海は昼間より不気味だったけれど、デッキの階段が青く輝いていたり、オブジェがライティングされていたりしてとても綺麗だった。人も全然いないので、ふたりきりで夜景とイルミネーションを堪能できる。

　夜にふたりきりで、家出のような解放感を胸に抱えて見つめる大きな海。日向の心に触れている気がする。

「……そういえば、日向が俺に電話してきたよ。直央からメッセージの返事がきたって、半泣きになって喜んでた」

「え、なんだよ日向、忍に言うなよ恥ずかしいなー……」

「許してやれよ、俺も嬉しかったよ」

照れくさく感じながらも、三人のあいだで隠し事ができないのも知っている。……あ、この感覚ひさびさかも。

「……今度、俺も日向のうちに連れてってよ。忍、いったことあるんでしょ」

目を伏せて、小声で頼んでみた。夏の気配の混ざった潮風がながれてくる。

「ああ、いいよ。なら俺が声かけておくよ」

「や、ううん、いい。俺が日向に言う。忍に連れてってもらっていいって、訊いてみるから」

左横に立っている忍が、俺をふりむいたのがわかった。見返せずにいると、忍が潮風に溶けるかすかな苦笑を洩らしたあと、俺の左手をさりげなくとって繋いだ。

「日向もきっと喜ぶよ」

「……うん」

ふたりであさりまんを食べてまた車に乗り、木更津を離れていく。忍の家へむかって。


「――……でも直央、本当に大丈夫なのか。無理しなくていいんだぞ」

忍の家に着くと、ふたりで半分服を脱いでベッドにならんで腰かけた。忍はジーンズだけ。

俺はノースリーブと下着だけ。

海のそばで暮らしていたぶん、夏にはおたがいの裸を見る機会も何度もあったからこの程度の薄着など平気なはずなのに、セックスという目的のもとに対峙しているとなると、心持ちも意識も、部屋の雰囲気までまったく別物に感じられてくる。それに、忍の身体も、子どものころとは明らかに違う。

「無理はしてないよ……大丈夫」

「こっちむいてみろ」

左にいる忍が身体ごと俺のほうに傾けて顔を覗きこんでくるから、挑むように、俺も首だけ動かしてむきあう。余裕ぶった言葉を言うくせに、やっぱり忍も頰を紅潮させている。

「……忍も、緊張してるじゃん」

「……してるよ。自分が昂奮する姿を直央に見られるのが恥ずかしいからな」

「〝からな〟とか、格好つけて……強がってる」

「言うなって」

ちょっと怒った忍が可愛くて、ふっと小さく吹いたら忍も肩の強ばりをほどいた。ふたりして苦笑いして、ほんのすこし幼なじみの空気に戻る。

左手をあげて、忍の裸の腹に掌をあててみた。忍がほんのわずか息をつめたのがわかった。

「身体……子どものときと全然違うね。縦にのびて、胸も胴体もひき締まってて」

潮干狩りのときも海水浴のときも、ずっと手を繫いでいたし、『ぎゅ〜』とふざけて抱きあったりもしていたから、当時の感触は憶えている。なのにいま目の前にあるのは小麦色に焼けた細マッチョの格好いい〝男〟の身体で、あのころのふわふわしたやわらかい身体じゃない。

「気持ち悪いか？」

「え、ううん。全然、気持ち悪いとかは考えてなかった。……俺、男も女も、セックスしたい人っていないよ。格好いいな、可愛いな、とかは思っても、精神的な面で不信感が拭えなくて、なんか無理。ここまでしたいと想えるのきっと一生忍だけ」

忍が顔の角度を変えながら近づいてきてキスをした。

「……本当に直央の一生がもらえたらいいな」

長い片想い、の忍が淋しげな言葉をこぼす。

「忍のもね」

俺も忍の唇にキスを返した。今日は緊張しすぎずに自然とできた、と思いながらゆっくり離したら、赤い顔した忍もぱちぱちとまばたきをしてからいたたまれなさげに視線をすっと横にそらし、おなじことを考えたな、とわかってしまった。

「いまロマンチックなところだったろ」

忍の腹にあった手でぺんと叩いて笑ったら、忍も吹きだした。

「悪い。望んでたけど、心が読めすぎて直央と恋人っぽいことするのは激しく照れる」

「わかるけど」

ふたりでくすくす肩を揺らして、笑いの花が咲いた。ほころんだ雰囲気に乗じて、じゃれるみたいに忍がまた軽くキスをしてきて、俺もお返しに忍の唇を食む。額をつけて、おたがいの目で、直央も照れてるだろ、忍のほうがまだ照れてる、とつっこみあって笑う。初めて同士で幼なじみ同士のぎこちないキスだけど、これが俺たちっぽいからいい。忍が大好きだ。

「じゃあ……寝てみて」と忍の腕に支えられてベッドの枕に頭をあずけ、仰むけになる。忍もリモコンで部屋の灯りを消してから俺の上へ身体を重ねた。お腹とお腹をあわせてぴったりくっついてみると、おたがいの体格の変化に若干の違和感を覚えても、ここは自分の居場所だと懐かしく感じ入るぐらいしっくりなじんだ。

「……すこしずつ触っていくよ。無理だったらとめろ」

忍の双眸が、暗闇のなかで哀しげにゆがんだのを見逃さなかった。とめろ。無理なら言え、じゃなくて、とめろ。〝俺を正気に返せ〟〝夢から覚めさせろ〟みたいな響き。

「……ねえ忍、俺、男同士のセックス勉強したんだよ。それでちゃんと準備してきた。だから俺のこと疑ったり、不安になったりしなくていいよ」

「準備って……え、嘘だろ?」

「疑うなって言ったそばから疑うな」

睨んで抗議しても、忍はほうけていた。

「そんな苦労かけてると思わなかったから……相談してくれてもよかったのに、ひとりで辛い思いさせてごめんな」

右手で額を撫でられた。心底申しわけなさそうに俺の右肩に忍が顔を埋めてきて、腰を抱き竦められる。

「苦労でも辛いことでもないよ。てか謝られたくない」

「うん……そうだな、悪い。ありがとう直央」

大事に抱く、と耳もとで囁かれて心臓がぎゅとちぢんだ。俺も忍の背中を強く抱きしめる。

それからもう一度キスをした。さっきまでどぎまぎしていたキスが、おたがいの心をなだめて落ちつかせる行為に変わっていた。唾液でふやけてよりやわらかくなった忍の唇が気持ちいい。こすりあわせるように口先だけあわせてしゃぶりあい、また笑いあう。

そうしてそっとノースリーブをめくられて胸をあらわにされた。忍の瞳に性的な光を感じると、自分も、自分の胸をとてつもなくいやらしく美味しそうなデザートかなにかに錯覚した。忍の唇が首筋について、やわらかく、次にきつく、きゅと吸われる。そうしながら右手で左胸を撫でられる。

「……は、」

掌で下から上へ撫であげられて、乳首を転がすように左右にさすられたあと、掌がゆっくり浮いて指先でつままれた。首筋も、乳首も気持ちよくて、喉につまる快感を放つために声をだしたいけど、恥ずかしくてできない。

う、ぅ、と唸って息を嚙みしめていたら、首筋が解放されて、ほっとしたのも束の間、忍の唇が右の乳首についた。あ、と心中で焦っているうちに舌で舐められて、唇で挟まれて、甘く吸われる。

「は、わっ……」

気持ちよすぎて我慢しきれずに声が洩れた。でも忍は応えるように強く激しく吸ってくる。俺の声を聞いて喜んでくれているんだ。忍も、昂奮してくれている。

「しの……忍、」

「うん」

「俺が、あんあん言っても、笑わない……？」

「笑うか」

叱るみたいに左側の胸にもやんわり噛みつかれた。指と唇で執拗に快感を与えられ続けて、次第に自分の下半身にも欲望が兆してきてしまい、羞恥が増した。忍にもきっとばれている、と思うとたまらなくて、全身が火照ってくる。

胸から口を離して戻ってきた忍が、右手で俺の頭を撫でつつ、慰めるようなキスをする。

「……下も触っていいか」

「うん……ごめん、俺、もう勃ってる」

言っちゃったほうが気が楽だ、と声にして苦笑いしたら、忍は俺の上に倒れこんで「……あんまり可愛いこと言うなよ」と憎らしげに呻いた。

忍の左手が下におりていって俺の下着をずらす。唇が口から顎、喉、鎖骨、胸、とさがっていくのと同時に、下着も一緒に脱がされていく。俺も腰を浮かせて手伝う。

「……幸せだよ直央」

忍は俺の目を見つめてそう言い、瞳をにじませて微笑んだ。兄ちゃんでも幼なじみでもない、ひとりの男の幸福そうな笑顔で俺を見つめてくれている。俺の胸の中心からも、熱い至福感があふれだしてきて全身にひろがっていった。いま忍の恋が報われて長い孤独が霧散している。忍の喜びが、自分の心も幸福で満たしているのがわかる。

「俺も」

愛しあうって、こんなに温かくて幸せで苦しい泣きたくなるような行為だったんだ。

ふたりしてかたく抱きしめあって、またくり返しキスをした。……なんか泣きそう、と呟いて苦笑いしたら、忍は、俺はさっきから泣いてるよ、と全然余裕そうな笑顔で囁いた。

額にもキスをくれてから、忍が起きあがって俺の脚を折り、尻の下へきて下着を脚からとっていく。俺は脚を胸に抱える体勢で、忍が俺の尻の下にバスタオルを敷いて、ローションのボトルをとるのを見つめた。

「ほぐしていくよ」と優しく囁いた忍が、掌にローションをのせて、その指で俺の尻を探る。触られて、うっ、と恥ずかしさに竦んだけど、力んで我慢した。まわりをなぞるように塗られる。自分でもひんやり濡れていくのがわかる。忍の指にじっくり触られているのも。

「指一本ずつ挿入(い)れていくから」

「……はい」

こたえると、ゆっくり指が進入してきた。異物感と、それが忍の指だという事実に内心で焦りながらも、忍の指の細さや長さを感じつつ受けとめた。しずかに抽挿(ちゅうそう)して、「痛くないか」と忍が訊いてくるから、「平気」とうなずいて返す。「じゃあ増やすよ」という宣言どおり、次は指が二本になる。押しひらかれる瞬間わずかな圧迫感が走ったものの、ひどい痛みもなくなんとか挿入(はい)ったようだった。また「大丈夫か」と訊かれて「うん」とこたえる。

「……直央、脚ひらいて」

忍の声音が熱っぽい。

両脚をそろえて抱え、股間が隠れる体勢をとっているから、見たいってことかもしれない。情欲を得た魚みたいな右手が、俺の左脚を這う。

うなずいて、恥ずかしさと闘いつつひらいていくと、苦しげに目を細めて眺めている忍の表情があった。小学生のころは〝ちんちんぶらんぶら〜ん〟と腰をふって笑って見せつけることのできた面白おかしい部分が、いま、忍には欲望を内包した愛の証かのようにうつっている。

「ありがとう……直央が気持ちよくなるように、努力するから」

約束してそこを掌で握りこむと、すこしずつ動かしてこすり始めた。

「あ、ぁ」

ゆるく上下されただけで、そこから快感の塊みたいなものが駆けのぼってきた。痺れてひろがって、腰を震わせて乳首まで伝わってくる。欲望が体内に蓄積していく。

「あ、……ぁっ、」

うしろも同時に刺激された。指のかたい違和感がどういうわけか快感を誘発して、忍の手が動くたびに、背筋にもぞくりと甘い痺れが走った。力んで拳を握っていないと耐えられない。我慢できない、すぐ達きそうっ……。

「や、ゃ」と頭をふって枕を摑んだ。達くのを見られるのはさすがに恥ずかしすぎる、となけなしの理性が働いて、左腕で顔も隠す。するとふいに、身体の奥のほうで信じられない強烈な快感が発生して「あぁっ」と悲鳴に似た声がでた。

「や、忍、そこ……っ、気持ち……いっ、いや、」

反射的に拒絶心が湧いたのは、こんな快楽知ったら身体がおかしくなる、と怖くなったからだった。劣情に呑みこまれていま以上に恥ずかしい姿を晒してしまいそうで。

「だめ、ぁ、」

なのに忍は探りあてたそこを、もっと感じるよう指をまわしながら抽挿を続け、性器と一緒にこすりあげてくる。

「だめ、気持ち、よすぎ……から っ……、」

拒みながら達してしまった。お腹の上に液が散って、たっぷりだしきるまで忍はこするのをやめなかった。心地いい余韻とともに、疲労感も全身に満ちていく。腿も、腕も、掌も震えて、はあはあ荒い呼吸を整えるのに必死になる。

「もう一度達ける……?」

うしろから指を抜いて、忍が俺の顔の位置に戻ってきた。

「わか……ない、」

すこし休みたい、という希望を口にできないまま、キスをされて、朦朧としながらこたえていると、まだ握られていた性器にひたりとなにかがついた。……忍のだ。

「俺にもつきあって」

自分のと、忍のを一緒に握りこまれて、再び上下に動き始める。

「まだ、そんなっ……」

「直央、」

忍が頬に嚙みつきながら激しく扱いてきて、自分の性器も再び起きだすのがわかった。忍と一緒に昂奮してる、と頭で認めてしまうと感情も昂ぶってくる。顔をさげた忍が乳首も吸ってくれた瞬間意識が飛んだ。性器をこすりながら、胸も唇と指先で刺激される。器用すぎる愛撫に翻弄されて、果てのない快楽に溺れてまたすぐさま達ってしまった。遅れて、忍も達する。

鉛みたいに重たく疲れきった身体を投げて、ふたりで天井を見あげながら息を整えた。怠さが薄れるまでなにもできそうにない。でもどうしよう……すごく、途方もなく気持ちよかった。下で達けるようになるには時間がかかる、みたいな知識もネットで得ていたのに、達けてしまった。指で、前もこすってもらっていたから？　わからない……けど、こんなの知っちゃって俺どうなるんだろう……。

「……落ちついたら風呂に入ろう」

左横に寝ている忍が俺の手を握って言った。「うん……」とぼんやりこたえる。

「腹減ってるなら、風呂あがったあとなにか作るよ」

「うん……ありがとう」

身体をこっちへ傾けて寄り添ってきた忍に、横から額を撫でられた。

「……俺もありがとう直央。幸せだったよ」

本当に幸せそうに、瞳を潤ませて微笑んでくれているのが俺も嬉しい。

「俺も、幸せだった。昔みたいに、遠慮なく触りあえたのも嬉しかったよ。……初めて触ってもらったところも、いっぱいあったけど」

額を近づけて、手を握りしめあって、ふたりで疲れまじりにくっくと笑いあった。

「そうだな……昔も軽い抱擁はよくしてたもんな。直央も言ってたけど、どこへいくにも手を繋いでたし。おばさんに『お兄ちゃんと手繋ぎなさい』って叱られて、直央が『は〜い』ってにこにこ走ってきて俺と日向の手握って……」

忍が当時の情景を見ているような懐かしい目をする。

「直央が俺らの手をぶらぶら揺すって、謎の歌をうたいだすのめちゃくちゃ可愛かった」

「謎の歌？」

「子どもっていきなり即興でうたいだすだろ。憶えてないか？『帰りましょ～帰りましょ～お兄～ちゃんと、手繋いで～』とか、おまえしょっちゅううたってたんだよ」

「やだ、なんかハズい」

忍は嬉しそうに笑って、棚に用意していたタオルをとり、俺の身体を拭き始める。

「……俺ももちろん、当時は子どもでさ。母子家庭でひとりっ子だったから淋しかったんだ。だから日向と直央がいてくれたおかげで救われたんだよ」

「……うん」

「直央を好きだと想うのは、弟が欲しかったからなのかって悩んだ時期もあった。直央がいる家族を俺は欲してるのか、って。でもどれだけ考えても、そういう自己満的な想いじゃないんだよな。自分の淋しさを癒やしたかったたってことじゃないんだよ。俺は直央を、自分の愛情で幸せにしたいんだ」

うん、と相づちをうって、俺も忍の手からタオルをとり、身体を拭いてあげた。忍が照れながら泣きしわを頬に刻んではにかむ。

「幼なじみとして直央の特別だっていう自信はあっても、恋愛としては諦めと半々だったから本当に幸せだよ。好きだって言わせてもらえることも、抱かせてもらえたことも、まだちゃんと実感できてない。……それぐらい嬉しい。ありがとう直央」

ありがとう、と忍が言うたびに、忍にとっていまこの時間が奇跡なのだと思い知る。

忍の背中に掌をぴったりつけて抱き寄せた。これは子どものころの戯(たわむ)れ以上に、想いのこもった熱く優しい抱擁だった。大人になったからできる、たしかな慈しみ、守りあい、愛しあう絶対の安堵の交換。

「……俺もありがとう、忍」

風呂でも忍が「疲れさせたから」と身体を洗ってくれて、そのあとはオムライスまで作ってもらい、ふたりで食べて幸せすぎる時間に浸った。

寝るまでもたくさん思い出話をした。さっきまでしていたセックスのこと、次にしてみたい愛撫、子どものころ俺の友だちを忍が可愛がって、俺が猛烈に嫉妬して喧嘩したときのこと、日向と忍と俺とで砂の城をつくった夏のこと、俺がひとりでありんこを追いかけて遊んでいたら、たまたま通りがかった忍が家まで手を繋いで送ってくれた秋の夕暮れ時のこと——。

翌日の土曜は若者らしく渋谷(しぶや)と原宿(はらじゅく)で遊ぼうと決めて東京を満喫した。竹下通(たけしたどお)りもスクランブル交差点も、普通にぶつかる距離で人がわんさか密集していて、歩くだけでもひと苦労する。おたがいお金もあまりなかったから買い物はほとんどしなかったものの、木更津にはないレストランで食事して、東京の味を堪能した。

「こっちの魚は千葉(ちば)で獲(と)れた魚だったりするから、だったら木更津で食べたいなあと思うよ」

「あ～わざわざ東京に運ばれたの食べるの変な気分だね」

「東京は他県のいいとこの寄せ集めなんだ。なんでもあるけど東京産ってないから駄目だ」

ははは、と笑いあって地元愛を口にしつつも、東京だけの華やかさと高揚感も分けあう。

雑貨店に寄ったとき忍にあげたのに似た指輪があって、忍がそれを俺にプレゼントしてくれた。俺が買ったのより値段が倍以上して躊躇ったんだけど、「恋人になれた記念に持っててほしいんだよ」と微笑まれて、それならと受けとった。

夜はまたセックスをした。まだ無理だろうからと、またほぐすだけにとどめて達かせてもらい、忍は俺の腿のあいだに挟んでこすって達した。指だけなのに、やっぱり頭が狂ってばかになりそうなほど気持ちいいうえ、素股もいやらしくて劣情を限界まで煽られ、勃った俺を慰めるみたいに、忍はもう一度俺を愛撫して達かせてくれた。

「……男って、受け容れるための身体じゃないはずなのに、困るぐらい気持ちいい……女の人ならもっと気持ちいいのかな」

素朴な疑問のつもりが、忍は眉をひそめた。

「女とシたいのか？」

「え、そうじゃなくて、一応男と女でスるのが本来のセックスなわけだから、気持ちよさも違うのかなっていう単純な話」

「セックスに〝本来〟なんかない」

地雷を踏んでしまったらしい。俺は女の人を抱きたいっていうより、自分が女だったらいま以上に気持ちよかったのかなと妄想の話をしただけだ。とはいえ、弁解したところで忍も俺を女にしたいわけでもないから余計怒らせるだけだろうし、なにも言えなくなる。

空気がよどんだものの、そのあとはまた忍が風呂で途切れることなくキスをしながら俺の身体を洗って、夕飯になるとレタスチャーハンとスープとサラダも作ってくれて、言葉と態度ですこしずつ距離をちぢめながらごめんもなしに仲なおりしていった。

　俺も、忍が誰かの容姿や性格を褒めたりして、心でそっぽをむかれるのが昔から嫌だった。タレントや芸人などの手の届かない相手にすら嫉妬したから、忍もおなじなら、申しわけないけどちょっと嬉しい。今後は言動に注意していこう、とこっそり反省する。


　再び朝がきて日曜になると、外出するのはやめて家でのんびりゲームをして過ごし、夕方ごろから木更津へむかった。

「免許とりたての初心者の運転、怖くないか？」

「え、全然」

「友だちには〝まだおまえの運転を信頼できない〟ってからかわれるんだよ」

　海ほたるへ繋がるトンネルへ入っていく。オレンジ色のライトが連なる長いトンネル。

「ふうん……俺は忍を信頼できなくなることないからな……」

「そうか」と忍が運転しながらちらと俺に視線をむけて、機嫌よさげに微笑む。

「日も暮れたし、ひさびさに江川海岸に寄っていくか」

　忍が誘ってくれて、もちろん「うんっ」とこたえた。

　〝日も暮れたし〟っていうのは無論、夕焼けの〝映え〟を狙う観光客もいなくなっただろうし、という意味だ。

　海ほたるへ寄るのはやめてアクアラインを走り抜け、木更津に着くとまっすぐ江川海岸へ入っていった。車をとめて、海岸まで歩いてすすむ。

案の定太陽が沈んで陽光の淡い余韻だけが残る海岸には、ぱらぱらとしか人がいなかった。その人たちも周囲がどんどん暗くなるにつれ、スマホや撮影機材をしまって去っていった。

波が凪いで、潮風もゆるく吹いている。ならぶ電柱が、黒い影になっている。忍が左横からそれとなく、でもしっかりと、手を握りしめてくれる。

「あ、そうだ」

ふと思い出して、繋いだ手をいったん離し、背負っていたリュックから紙袋をだした。

「……ごめん、家にいるとき渡せばよかったのに忘れてた。これ忍に」

大きめな紙袋から、白柴犬がはみだしている。底のほうには大学でもつかえるであろうシャープペンなどの文具と、ブレスとかちょっとしたアクセサリーも入れている。

「お返しあげれば忍がいつでも会いにきてくれるって約束したときのやつ。もう必要ないかもしれないけど忍のために選んだからもらって」

「ああ、ありがとう。……じゃあこれから、このぶんも直央のこと大事にしていくよ」

袋からこぼれ落ちそうな白柴犬だけ小脇に抱え、忍は微笑んで俺の手を繋ぎなおした。

「……俺大学でサークルに入ったとき、男の恋人がいるって自己紹介したんだよ。自分を理解してくれる人とつきあいたいから〝特定の相手と幸せにしてるゲイ〟って公言したほうが非難も和らぐっていうか、面倒も減るだろうって判断して、直央が心の恋人ってことでホラ吹いた。でも真実になるって、あのときの俺はどれぐらい信じてたんだろうな……思い出せないよ」

海を眺める忍が唇で薄く微笑んでいる。その横顔を見ながら、ほんのすこし淋しくなった。

「そっか……俺らって好きな人がいるって言うだけでも気をつかうんだね」

わかっていたけど、俺たちが選んだのは決してゆるやかな道じゃない。

「直央に辛い思いはさせないよ。ゼロってわけにいかなくても、俺が責任持って守るから」

ふりむいた忍が俺の掌を強く握りしめた。頼りになる真摯で美しい瞳だった。

「俺は新さんとおなじようには直央を守れない。新さんは日向が家族を想う気持ちも酌んでるけど、日向が家族を恨めないかわりに、心のどこかでやっぱり責めてるんだよ。日向が苦しみに耐えた時間を、新さんは背負ってる。でも俺はおまえの親父さんを責めきれないんだ。〝あなたの価値観が息子を追いつめた〟なんて論破する勢いで挑めない」

「それがいい」と思わず縋るように訴えていた。

「……お願い、そうしてて」

「うん」と忍も俺のほうに身体を傾け、繋いでいた手を離して肩を抱いてくれる。俺も忍の背中に手をまわした。

「……忍のお母さんも俺の父さんも、カミングアウトするのは難しい相手だと思う。するのが正しいのかどうかもわからない。だから忍に一緒に悩んでほしい。その先がどんな未来でも、俺も、忍のこと守っていくから」

たとえすべてが穏便に解決する輝かしい未来などないとしても、俺が父さんを想う気持ちは変わらない。忍もきっとおなじだと思う。パイナップル入りの甘いピザを食べさせてくれないお母さんを忍は大好きだ。全員が相手を想っていても、想えばこそときには衝突も生まれる。だけど今度は間違えて誰かを傷つけないように、忍とふたりで誠実に歩きたい。この道を。

「ああ、もちろんだよ」と忍が俺の額にキスをくれる。白柴犬のぬいぐるみを抱えなおす。

「……しかし、直央はイヌに襲われた思い出があるのにイヌ嫌いじゃないよな。うちにイヌのぬいぐるみが増えていく」

しょんぼり言う忍が可愛くて、ははは、と笑ってしまった。

「うん、イヌ好きだよ。凶暴な子もいるけど、おとなしい子もいるし……イヌにもいろんな子がいるじゃん。ひと括りにはしないよ」

「……そうか」

なぜか嬉しそうに忍が苦笑し、口にもキスをくれる。

「てか、忍はなんで『アニパー』のアバター、イヌにしたの？」

「あれは、去年直央に〝『アニパー』やってるなら繋がろう〟って言われたのをきっかけに始めたからさ。おまえのイヌって意味だよ」

「俺のイヌっ？　嫌だそんな奴隷みたいなの」

ははは、と今度は忍も笑う。

「片想いこじらせてたんだよ、俺も」

うーん……過去形なら、まあいいけど。

「直央は？　本名隠すにしても〝ヒカリ〟ってハンネはどこからきたんだ？」

凪いだ海を渡って潮風がながれてくる。大好きな忍が幸せそうに微笑んで小首を傾げている。俺も微笑み返した。江川海岸の夜の海のむこうを見据え、胸を温める日向と忍と自分の三人で見た、赤虹を想う。

「ヒカリっていうのはね――」

7月29日（日）

「——じゃあお邪魔しました〜」

「いえ、たいしてなにもできなくてごめんね。またきてね」

「とんでもねーよ、楽しかった。ありがとう、こっちこそまた遊んでな」

日向が結生君と親しげに別れの挨拶をかわしている。対面した一日ですっかり仲よくなってしまって、日向のおひさまのような柔和さと、結生君の快活な人当たりのよさを実感する。

「忍も、また今度直央ときてね」

「……ああ。家庭教師の授業のときにでも、直央の時間が空くか訊いてみる」

忍君が暗く沈んだ返答をすると、一緒に靴を履いていた結生君が横から「ごら」と忍君の腕を叩いた。

「おめーはなんなんだよ、嫌われてるわけでもないのにグチグチグチグチ。彼氏も大変な時期なんだからもっと信じて支えてやれよ。おまえがそんなんでどうするんだ、っとに」

「わかってますよ、べつに愚痴ってはいないでしょう」

「よく言うよ、かまってくんなくて淋しい〜ってダダ洩れてるぜ、せんせ。さすがに去年みたいに〝俺より女がいいんだ〟とか疑ってるわけじゃねえよな？」

「恥ずかしいからやめてください、こんなとこでっ……」

「彼氏、受験生なんだぞ。親父さんとの仲も複雑になってるんだから、どんとかまえて守ってやれよな」

「ええ……すみませんね、淋しがって」

日向の横顔を盗み見ると、唇は笑みのかたちをしているものの、瞳は物憂げに沈んでいる。無理もない。日向と直央君の親は、お継父さんの転勤をきっかけに昨年末離婚してしまった。

木更津の家や直央君の大学進学の問題があり、単身赴任の方向ですすんでいたはずの話は、子どもたちの手の届かないところでもっとも辛い決断にたどり着いていた。

『日向と直央のせいじゃなくてわたしたちの問題だから』とお母さんはしきりに子どもたちに言い聞かせたが、お継母さんと千葉に残ると決めた直央君は『父さんごめん』と泣きに泣いて落ちこんだし、日向はやはりきっかけをつくったのは自分だと、自己嫌悪を捨てきれずにいる。

『日向の性指向は罪じゃない。夫婦の問題はまた別物で、ふたりにしか繋ぎ得ない縁があるんだよ』と俺だからこそ説得力を持って口にできる言葉で慰め続けてはいるが、親の離婚はただ単純に淋しいものでもあり、いまは日向と直央君の、試練のときなのかもしれない。

「……結局俺は直央を守れている自信がなくて、そんな自分が不甲斐ないんですよ」

うん……それは俺もすこしわかるな。

「ばか。〝自信がない〟っておまえが言うな。一緒に生きていくってのは、幸せにゃんにゃんな時間だけが続いていくことじゃないって最初からわかってただろ。直央君とふたりで乗り越えていくって決めたんだろうが、挫けるなよ忍。俺も相談乗ってやっから、な？」

結生君がもう一度忍君の背中を叩いて活を入れ、俺も目が覚めるような心地を味わった。

……そうだな。さすが、結生君は結生君だけが言える、説得力のある言葉を持っている。

「しゃーねえ。てか今度さ、大柴さんと大柴さんの彼氏も加えて、みんなで会うってのはどう？　うちの彼氏の友だちが食事処の店主さんだから、お店に予約入れさせてもらって、オフ会みたいにさ。直央君も受験勉強の息抜きになるんじゃね？　美味いもの食って癒やされて、心の風とおしをよくしたらちょっと視界がひらけるかもよ。もちろん忍も、俺らもさ」

結生君が玄関のドアをあけながら提案する。かわりに日向が一歩踏みだして靴に足を入れ、「いいね」と表情を明るく輝かせた。

「食事処か……むっちゃいってみたい、美味しいもの食べたい。大柴さんたちにもひさびさに会いたいし、直央は俺も心配だし。俺はオフ会賛成だよ。やろう、忍、新さん」

日向がいきたいのなら俺に異存はない。俺が「いいよ」と笑顔で応じると、忍君も「そうだな。新鮮な出会いがあると直央も気分転換になるかな、誘ってみます」とうなずく。「すみません、かえって気づかわせて」とも、小声でつけ足す。

「ふふふ、じゃあいい日になるように俺らも準備していくよ。細かいこと決まったらまた電話か『アニパー』で連絡するな！」

「うん」とみんながこたえた。

そして俺も靴を履き終えて全員でエレベーターへ移動し、マンションをでる。

「しかしいいな～、ふたりとも今夜は花火デートか～」

結生君が日向の頰を横からつんとつついて冷やかした。日向も「ふふ」と照れて笑う。

「緑さんは仕事だぜ。そうじゃなくても、あんな大勢の人がいく都内の有名な花火大会に一緒にいってくれるか謎だけど」

「俺らも人混みは苦手だよ。でも俺も新さんも東京のイベントはあまり参加したことなかったから、記念に～みたいな」

「それ俺らもだし、緑さんなんか青森県民だぞ。めちゃんこ東京かぶれてんのに、俺らふたりして人混みは苦手なんだよな。けど花火とか夏祭りデートって夢だよな～……俺もなんか誘ってみよっかなあ……」

恋の話を好む結生君らしく、恋人とのデートを夢想して幸せそうにほうける顔が可愛らしい。

彼の言うように、俺と日向は今夜花火大会へいく約束もしていた。本当は昨日の予定だったのだが、天候のせいで順延になったことを、結生君たちにも告げてあったのだった。

「新さんと日向は結構デートするの？」

「うん、俺も新さんももともと料理しないほうで、ちょっと苦手だから外食が多いんだよね。普段は大学が終わるころ時間があえば新さんのお店に寄って、一緒に夕飯食べがてらどこかにでかけたりって、よくするよ」

「なるほどな～……いいな、めっちゃ幸せそう。——羨ましいよな、忍」

「なんで俺にふるんですか」

みんながすこし笑って、まだ昼間のように眩しい晴天の夕空に笑い声がひろがる。

「結生君は彼氏さんとあまりデートしないの？」

駅へむかって四人で歩きながら、俺も訊ねてみた。

「うん、しないです。緑さんも俺も仕事が好きで、そっちに時間とっちゃうから。俺らは仕事を通じて心が繫がってるとこもあるから全然苦じゃないんだけど、緑さんのほうが気にしてるかも。『デートしなきゃな』とか言って」

「のろけいただいちゃったな」

「やめてよ」

日向とならんで前を歩いている結生君も、軽くこちらをふりむいて照れ笑いをする。

「おたがいの仕事をリスペクトしてる関係も素敵だよね」

「ありがとうございます。……うん、やっぱり自分の半分は、おこがましいけど、創作家っていうか……大好きなモンスターたちを創ってる自分でできてるから、それを殺せって言う相手だと、俺つきあえないんですよね。そこ認めてくれる緑さんと会えたのは、俺にとっても幸せなことだったなあって、ほんと思います。だからデートしなくてもいいけど、したいだろって訊かれると困っちまう、ちょー我が儘。あははは」

結生君の横顔と語りに帯びる、創り手の魂の声のようなものが胸に響いた。結生君にとってなにげない、あたりまえの呟きのようなものが、自分には一生足掻いても到達し得ない感覚なんだろうとわかるから、余計に。

「結生と彼氏さんがそうやって想いをこめて創ってる子たちに、俺らも癒やされてるよ。俺、『ライフ』も本当に大好きなんだ。みんなむっちゃ可愛くって毎日ずっと見ちゃう」

日向が温かく肯定すると、結生君も「へへへ……あんま褒めるなよな～」とでれた。日向にとってもゲイ同士の、尊敬できるいい友だちが増えてとてもよかった。

ふいに「……新さん」と、俺の右隣にいる忍君が小さく呼びかけてきた。「ん？」と耳を寄せてこたえると、彼はそっと頭をさげる。

「デートの日に押しかけちゃってすみませんでした。結生さんと〝迷惑かけてないかな〟って心配してたんですけど、日向が大丈夫だって言ってくれたんで、甘えました」

「はは。いや、花火が順延になったのは忍君たちのせいじゃないし、俺たちは〝昼も夜も楽しい日になるね〟って話してた。むしろこっちのほうが追いだすかたちになってしまって申しわけない。またいつでもおいで。オフ会も楽しみだね」

「はあ……新さんはまじでほとけです」

「またそれ」

日向の友だちのサヤちゃんたちのあいだで流行りだした〝シンさんほとけ〟はいまでは忍君までひろまっている。しかし全然ほとけなんかじゃない。俺の本音は、日向が楽しければ大歓迎、それだけだ。

「忍君は本当に大丈夫なの」

傷つけないよう注意を払いつつ問いかけると、彼は前髪を右手で忙しなくながして、ため息を洩らした。

「……すみません。自分でも情けないって自覚してるんです。でもまた限界きたら相談させてください」

「うん、いいよ。俺でよければいつでもどうぞ」

「新さんにしか頼れないことがあるんですよ」

忍君が顔をあげて、拗ねたような、しかし意志的な瞳で俺を見返してくる。

忍君はあるときから直接俺にコンタクトをとるようになって、主に日向と直央君の親たちや、彼ら義兄弟（きょうだい）について会話をかわす仲になっていた。家族の〝外〟から義兄弟（きょうだい）たちを愛している同志的な仲間意識を抱いてくれているらしい。といっても、だいたい彼の弱音に終始する。

直央君とつきあい始めたころは、『直央は結構するっと俺のこと受け容れてくれたんです。本音言うと俺、それがずっとひっかかってます。直央のなかでいつ〝兄ちゃん〟から〝恋人〟になったのかって。……身体の関係もあるし、愛されてるのもわかるんですけど、俺は直央を騙（だま）して恋人になってもらったんじゃないかって……たまに考えます』と罪悪感に苛まれていた。『セックスのあとに〝女とシたらもっといいのかな〟って訊かれたんですよ？　あれは一応「俺より女がいいんだろ」ってダサい喧嘩して誤解解いて、仲なおりしましたけど』とも。

親の離婚が決まってからは進路の選択とも重なって悩み、落ちこむ直央君を、やはり兄のようにも親のようにも支え続けて『……俺が告白しなければ、直央は結婚して、親父さんとも幸せでいられたんでしょうか』と誰にも言えないのであろう胸中を吐露（とろ）していた。

幼いころから想い続けてきた初めての恋で、今年ようやく成人する忍君が抱えるにしては、たしかに重たい事柄が多すぎるのかもしれない。『なにも考えないでいちゃつきたい……』というのも、彼がしょっちゅうこぼす嘆きだ。

一方、直央君は直央君で、忍君と恋人になったあとうちへ遊びにきてくれたとき『最初に家で会った日はすみませんでした。……俺、父さんが好きで、日向も、忍も好きで、我が儘喚（わめ）き散らしてるガキでした。新さんの言葉で、目が覚めました』と謝罪をくれた。

ふたりきりのタイミングでこっそりくれた謝罪だったのだが『俺はなにもしてないよ、家族とも忍君とも幸せにね』と返したら、微笑んで『はい。忍といるのが幸せだって、俺もいつか新さんたちみたいに父さんに伝えて理解してもらうのが理想なんですけど……』と素直に忍君への想いを口にしていたので、気持ちがすれ違っているだけなのだろうと楽観視してはいる。

なんにせよ、直央君の大学進学が決まって、心の荷物がひとつおりるまで進展は難しそうな案件だから、忍君にとっても忍耐のときなのだろう。

「時間がゆっくり解決してくれるよ、っていかにもおじさんの発想だから言いたくないけど、そうだな、直央君が大学合格したら家庭教師の先生からご褒美デートに誘ってみたら？　直央君もきっと喜んでくれるし、忍君も楽しみが増えるんじゃないかな」

「デート……それご褒美になりますかね。俺だけが楽しいんじゃないですか？」

「はは。いいから、誘ってごらん。直央君と俺を信じて」

「……はい。わかりました」

俺のなかには、日向を苦しめたお継父さんが消えるのは当然の報いだと、切り捨てる残酷な自分もいる。本当に、俺はほとけでもなんでもない。しかし日向や忍君や直央君と接していると、そう単純なことではないうえに、お継父さんを愛する存在もいるのだと自戒させられる。さらには、お継父さんがしめし続けたのも、本人にとっては日向への愛情だったことも知る。

忍君は頼ってくれるが、俺自身なにが最善なのかを判断するのは難しいし、後悔と闘うこともある。こうして接して学ばせてもらいながら、それでも、日向を守れたらいいなと想う。

「……日向はほんと、幸福者です。新さんのおかげです」

——子どものころから、俺はおなじゲイの日向を守ってやってるつもりでいました。でも、実際は友だちも好きな人も守れなかった。ふたりを救ったのは新さんです。

忍君は折に触れて、俺をそう過大評価する。

「忍君たちと過ごしてきた時間が、日向っていう子をつくってるんだよ。俺はきみたちの輪にあとから加わらせてもらった部外者だからね。感謝してもしきれないのは俺のほうだよ」

「……とんでもないです」

「忍君はちょっと責任感が強すぎる。自分にむけられている想いも、蔑ろにしないでちゃんと受けとめて生きなね。どうあれ、直央君も親離れして、自立して、忍君と生きる道を選択したんだから。そこは自信にしないと直央君にも失礼だよ」

「はい……ですね、善処します」

真面目な子に課題を増やしてしまった感も否めないが、今日もひとまずは落ちついたかなと、彼の肩を軽く叩く。日向と結生君が大笑いしてお腹を抱えながら前をすすんでいるようすに、ほっと癒やされた。

やがて駅に着くと、行き先の違うふたりと「じゃあまた」と挨拶をかわして別れ、移動した。

「結生君とどんな話してたの」と日向と話して電車に揺られているうちに、どんどん人が増えてきて、そのなかに浴衣（ゆかた）を着ている人たちも多いことから、目的がおなじなのだと悟る。

「新さんの浴衣姿、見たかったたな」

満員電車のせいで俺の胸のなかにおさまっている日向が、俺を見あげながら笑顔で言う。

「うん……ひなが浴衣を着たら可愛いだろうね」

細身の身体のラインを綺麗に浮きだたせてなじむ、愛らしい浴衣姿を想像する。

「俺はいいよ、新さんの浴衣が見たい。むっちゃ色っぽいんだろうなあ……」

日向にも俺の姿を想像されているらしい。

「なんにせよ、長いこと着てないね。最近だと『アニパー』で着たぐらいかな」

「ははは、俺もだ」

夏のイベントで、畑クエストの賞品になっていたのを日向と一緒に頑張って手に入れたんだ。ヒナタとシンに着せて、ふたりで花火大会が開催されているイベント会場へいき、画面のなかの花火も眺めた。

「新さん、学生のころ友だち同士で浴衣着てお祭りいったりした？」

「お祭りにはいったけど普段着だったよ。昔より、いまの若い子のほうが浴衣をよく着ると思うな。安く気軽に手に入るようになったし」

「あー……歳の差が……」

左手で日向の後頭部を覆って胸にひき寄せ、髪を掻きまわしたら、「あわははっ」と日向が肩を竦めて笑った。

「でも新さんはいかにもリア充って感じに男女で遊んでたイメージだな……」

男友だちに誘われてでかけていくとそこに女子も数名いた、ということはたしかに多かった。だが、事前にメンバーを告げてもらえないのは素直に不快だったし、自分から率先してリア充的な遊びを計画した経験はない。

「ひなは？　それこそ浴衣で遊びにいこうって誘われたりするんじゃないの？」

「子どものときは忍と直央と三人で浴衣着ていったよ。俺はもともと大勢ってそんな得意じゃないんだけど、中学のころは忍が『日向は賑やかなの苦手だろ』とかってあいだに入ってきて、うやむやになってたな。いま思うと、あれ忍なりの優しさだったんだと思う」

「ああ……」

「高校になると、継父さんが厳しかったから遊ぶのも控えてた。けどそれも助かってたかも。〝彼女欲しいだろ〟〝あの子可愛くね？〟って、恋愛の話ふられるの結構辛かったから」

窮屈な電車内で、日向がうつむきがちに小声で披瀝する。苦しかった当時の話も近ごろでは自然と口にしてくれるようになったが、愉快な話題じゃないのはわかる。思春期の多感な時期に継父からも世間からも〝普通〟であることを求められていたゲイの日向が、どんな孤独を味わったかは、本人にしか知り得ない。

「ひなは優しいから、まわりの人たちの気持ちも自分の心も守りながら生活するのは大変だったろうね。でもそのおかげで、俺はひなの初めての男にしてもらえた。とても嬉しいし、もう淋しい思いはさせせないよ」

俺も日向の耳に小さく、何度となくくり返してきた誓いをまた伝えた。過去の日向を抱きしめてあげられないぶん、ここにいる日向は、この手で温めたい。

「……いちゃつくのはやすぎかな」と続けておどけて笑いかけたら、日向もこっそり俺の腰に手をまわしてしがみつき、頭をふって掠れた笑い声を洩らした。

電車が駅にとまってまたたくさんの人を乗せ、走りだす。数分後やっと目的地へ到着すると、笑顔に戻った日向と「むっちゃ混んでた～」「生き返るね」とホームへおりて歩きだした。

予想はしていたが、駅をでてもどこもかしこも人だらけ。道路も歩行者天国になっており、道という道、店という店に、人がわんさか大挙して訪れている。老若男女問わず、街全体にあふれてながれる川みたいな状態だ。

「すげー、とんでもねーっ」

日向も驚くのをとおりこして笑っている。はぐれないよう手を繋いで、人混みを掻き分けながらまずは浅草寺へむかう。

下町の風情のある街並みに、大きな和菓子屋や甘味処や人力車があって心躍る反面、ファミレスや居酒屋やファストフード店、カラオケボックスや銀行もあってちぐはぐな印象を抱く。古きよき時代の穴に、新しい文化がぽつぽつ埋まって侵食しているこのカオスさも、現代の日本らしいといえばらしい。

「すっごく素敵だね……人形焼き食べたい～っ」

日向は俺の手をしっかり摑み、周囲の店を興味津々に眺めて浮かれている。こういうとき、俺みたいにつまらないケチをつけない日向の純真さに心が洗われる。

「あまり寄り道してると時間がなくなるから、参拝だけ先にすませようか」

「はいっ」

雷門の周辺にものすごい数の人が集まって撮影を楽しんだりしている。外国人観光客も無論群がっていて、とんでもない光景だ。足をとめたらそのまま前へすすめなくなる。

にこにこ喜んで興奮している日向をひっぱるようにして門をくぐり、仲見世へ入ると、お土産屋が左右にびっしりならんでいてさらに人で埋め尽くされていた。

　外国人むけの雷門を描いたTシャツや、富士山、忍者、侍グッズに、下駄や草履、居合刀に美術刀、と独特で興味深い品物も数多く陳列されている。

「惹かれるものばっかりなのによく見えない、人がやばい～っ」

「こんな日じゃなくて、また改めてこよう、絶対に」

「うん、今日は駄目だこりゃ、あははは」

　さっきの満員電車とほとんどおなじ密度で、暑いなか他人とぶつかりながらすすまなければいけないのに日向は笑っている。どんなときでも楽しむ余裕を失わず明るく笑ってくれる日向に俺は驚嘆するし、ひどく魅了される。

「おいで」と肩を抱き寄せて、日向が怪我をしないよう注意しつつ先を急いだ。なんとか仲見世を抜けても、本堂まではまだすこし歩く。その途中には、今度は屋台がたちならんでいて腹を刺激する香りが増した。定番のお好み焼きや焼きそば、たこ焼きのほかに、ラーメンバーガーや串もんじゃ焼きなど、ここならではの食べ物もある。

「ラーメンバーガーやばいねっ」

　ふたりで背伸びして調理しているようすを眺めたら、大判焼きのような平たくまるい鉄板にラーメンを入れて焼き目をつけ、具材を挟んでいるのが見えた。はみでる肉とネギとなると。

「全然美味しそうじゃない！」

　日向がまたおかしそうに笑う。

「うん……見た目はいただけないねえ……」

　食べてみたら美味いんだろうか。

「新さん、見て」

　ふと、日向が俺の手をひいてべつの屋台を指さした。それは色とりどりの光を放つ電球で、屋台ののぼりにも〝電球ソーダ〟とある。

「なんだあれ」

　電球のまるい部分にジュースを入れて飲むらしい。赤や青や緑や黄色の液体……味はだいたい想像できるものの、決して食欲をそそる容器とは言えないだろう、と度肝を抜かれた。

「すごいね、噂は聞いてたけど俺も初めて見た。綺麗～……」

　日向は瞳をきらめかせて見入っている。これも許してしまうのか、と俺はにわかに裏切られたような感覚を抱いて、はたと思考が躓いた。

　――豊シリーズのシンプルさは俺も気に入ってるけど全体的に色が暗すぎるんだよ。なんかいまいち味気ないっていうか。

　春の新作に頭を悩ませているいま、棚橋に指摘されてからずっと胸に燻っている言葉だ。

　――シンプルだからってべつに白とか灰にこだわる必要ないだろ？　ビビッドな色あいでもシンプルはつくれるじゃないか。

　――でも、食卓を豊かにする食器なんだよ。派手すぎても違うだろう。

　――そうか？　つうかはっきり言ってワンパターンでつまらない。豊は新しさに欠けてる。

　棚橋が頭のなかに思い描いている答えを見いだせず、困惑していると、右の拳で心臓のあたりを軽く押された。

　――ひなちゃんに昔の情熱をとり戻させてもらったんじゃねえのかよ。しっかりしろばか。

「ひな……あれ欲しい？」

豊シリーズの生みの親と言っても過言じゃない、日向の顔をうかがった。

「うん、欲しい！」

日向は屋台のライトを受けててらいなく、愛らしく微笑み、あっさりうなずいて見せる。

「あれは、飲み物を入れる容器ではないよ」

俺が核心的なひとことを言うと、日向も俺の複雑な思いに気づいたようすで目を瞠った。

「あ、そっか……ごめんなさい。けど俺はいいなって思うよ。どんなかたちでも、食べる人の心に幸せを与えられるなら、間違いじゃないはずだから」

心に、幸せ……脳天に落雷を受けるような衝撃とはこのことか。

いま一度屋台に視線をむけると、若い男女や子どもたちが「やばこれ、待って撮る」「すごい～きらきら～」と電球の容器を持って、たしかに幸せそうに瞳を輝かせている。

「そうか……そうだね。俺は柔軟性を失っていた」

〝常識的〟じゃないからといって容易く排除してはならないと、日々学んでいるじゃないか。差別や偏見をなくしたいと思っているのに、時折ゆずれない矜持が邪魔をして頭がかたくなる。これが老害ってやつか。

「ふふ、そんな真面目にならなくても。俺のほうこそごめんね、器のプロにはちょっと型破りすぎたよね……」

「いや、そんなことない。むしろプロだからこそ、なんでも興味を持って手にしなくちゃいけないんだ。あとで一緒に飲もう。……ひな、ちょっと顔が火照ってるよ。暑くなってきた？」

ひた、と両手で日向の額と後頭部に掌を添えて体温をはかる。日暮れとはいえ、熱中症には気をつけないと。

「うん……ちょっと暑いかな」と、それでも笑顔でこたえる健気な日向が愛おしい。

「じゃあ参拝したらすぐ飲もう、電球ソーダ」

「ふふ……はい」

手を繋ぎなおして正面に見えている本堂へむかい、ふたりで参拝した。神さまに挨拶もすませたら、いよいよお楽しみの食事と花火だ。

食べたいと思った屋台料理を日向と選んで買いながら、きた道を戻って大通りへ移動する。

電球ソーダは下の部分にボタンがあって、ライトが照る特殊な容器になっていた。……これは真似できないにしても、綺麗さは認めざるを得ない。

日向は桃色のピーチソーダ、俺は黄色のレモンソーダを選んで飲んだ。上の部分に氷が浮かんでおり、ジュースが薄くなって鮮やかなグラデーションを描いている。ストローから飲んでみると、やはり味は想像どおり、かき氷のシロップをソーダで割ったものだった。

「美味しい、生き返る～……」

日向は本当に、非難するという発想がない。しかしそんな日向と飲むからこそ、日映い容器で飲む安っぽいジュースの味も、幸せな夏の想い出のひとつになる。日向はいつどんなときも俺の世界の色を幸福な光彩に塗りかえてしまう、太陽の力の持ち主だ。

「新さん見て、花火も始まるよ！」

日向が左手をあげて、すっと指さした。道路の先に、ドドンと音をあげて花火がひろがる。

「うわあ、綺麗～……」

光の玉を軸に、無数の細い火が柳のようにひらく。赤と橙、緑と青、黄色と白の美しい花。すれ違う人たちが着ている浴衣の朝顔や金魚の柄、水槽に浮かぶ水風船の清楚ならせん模様、電球の底からソーダの粒を照らすライトのきらめき……日向が教えてくれる色彩のある世界。シンプルだけどここには膨大な熱とぬくもりと、多幸感が生きている。

「……見えたかもしれない」

「ん？」

微笑んで俺を見返してくる日向を、ひとまず歩行者天国の道の端に誘導した。アスファルトにも人が座りこんで花火を観賞しているその傍らに、ガードレールの隅の空きを見つけたので、ハンカチを敷いて「座りな」とうながす。「ええ、悪いよ」と日向は躊躇ったけれど、念を押すと渋々腰をおろしてくれた。俺も隣に落ちつく。

「こんな場所でごめんね。もっと穴場を調べてからくるべきだった。来年はそうしよう」

「え、ううん、全然楽しいよ？　ふたりで事前に調べておくのも、当日こうやって慌てて見つけるのも、新さんとなら俺絶対どっちも楽しいな～」

日向が頬を赤らめて微笑みながら、小首を傾げる。その頭上に、赤い花火がパチパチ火を弾きながら降っている。温かみのある赤と黄色の変容。夕焼けのような、春の桜並木のような。

「俺のほうこそ……今日はごめんね。一日ずっと新さんに甘えまくってた」

「え。どこが？」

まるで心当たりのない日向の自省に、ほうけて困惑した。

「っと、その……新さん最近、豊の新作のことで悩んでたでしょ。俺は創る才能ってなくて、新さんの苦労もわからないし、アドバイスなんかできないからさ、今日結生と会えたら新さんにもなにかいい刺激になるかなとか、勝手に期待してたんだ。でもずっと俺が浮かれてただけで、花火も、新さんに楽しませてもらってばっかりで、俺駄目だなって……」

……へへ、と眉をゆがめて苦笑いする日向が、花火の音のなかで眩しく尊い。

花火を楽しむ人たちの賑やかさと、空に花を描く光がふいにぶれて、心にも壮大なぬくもりが咲いた。去年も今年も日向と見ることのできた春の桜並木を想い出す。心身ともに凍える冬が終わり、うららかな陽気のなか優しい日ざしを受けて揺れる桜を眺めた。やがて日が沈み始めると、背景には空を赤く焼きながら、地平線に沿って黄金色の光を放つ太陽も加わった。

坂の上の丘から日向とその光景を眺めていたあの日、果てしない幸福に呑みこまれる錯覚をして、隣にいる日向の手をとった。握りしめるとしっかり握り返してくれた俺のおひさまは、見返すと、きのこカットの髪を風になびかせて、泣きぼくろを揺らして愛らしくはにかんだ。

「……ばかだね。ひなはいつでも俺のミューズだよ」

持っていた電球ソーダを、日向のそれとコツンとあわせて微笑みかけた。

「ミューズ？」

「春の豊の新作を待ってて。きっと伝わると思う」

「え～……？」と日向が嬉しそうに笑って、俺のほうへ身体を傾けてくる。その肩をやんわり抱いて俺も微笑み返し、ふたりで空を仰いだ。モノトーンなんかじゃない、色にあふれた世界。人生を諦めていた俺に、きみがくれた極彩色のぬくもりと幸福たち――。

「――早瀬さん。老いってのはね、身体だけじゃなくて心からもすすんでいくんですよ」

今年の春から自分の下について働いてくれている新入社員の小鎌はなにかと厳しい。

「老いってひどいな……」

「本当のことです。ようやくスマホに変わったんだから気持ちも若々しくフレッシュにね！」

「はいはい」

「せっかくだから『アニパー』も登録しときましょ」

「『アニパー』？」

社員食堂で昼食をとりつつ、さっきから小鎌は俺のスマホを〝便利〟にしてくれている。

数ヶ月間毎日『ガラケーはダサい』と責められ続けてきて、つい数時間前にとうとう機種変させられ、手もとにきたばかりのスマホなのだが、持ち主の俺はまだほとんど触れていなかった。

「『アニパー』ってなに？　ゲームはたぶんやらないぞ」

「ゲームだけじゃないですよ、なんでもできるんです。情報収集も動画鑑賞もチャットも」

「へえ……」

「興味なさそうな返事するのやめてくださいって」

ほら、と正面にいる小鎌が俺にスマホを傾けてくる。画面には『アニマルパーク』と大きなタイトルが表示されていて、下のほうにちょこまか動く動物たちもいた。

「この動物の絵柄可愛いでしょ？」

「ああ、まあ可愛い」

「このなかから好きな動物選んで、自分のアバターをつくっていろいろやるんですよ。俺も登録してるから一緒に遊びましょう」

「あばたー？　遊ぶのはいいけど、なんだかよくわからないな」

「アバターはユーザーの分身的なやつです。勉強がてら早瀬さんも自分でつくってみます？」

「小鎌やって」

「オッケーっす。早瀬さんってなんかあだ名ありますっけ？」

「あだ名？　大学のころはシンって呼ばれてたよ」

「んじゃそれで。えーとアバターはー……キツネでいいか。顔のパーツどうしよっかなー……いっそめちゃくちゃ格好よくしちゃいます？」

「普通でいいよ」

「いや、格好いいアバターつかってるいけ好かない野郎になりましょ」

「どういうことだよ……」

小鎌は食事しながら片手で悠々とスマホを操作し、クリーム色のキツネの顔をつくっていく。ちゃんとキツネらしいきりっとしたつり目と、ひかえめな口。瞳の色は茶色で、ほくろや傷や頬紅などの飾りはナシ。

「ま、こんなんでいっか」

小鎌センセイも満足したらしい。笑顔でスマホをさしだして「こうやるとキツネが動きますよ」とボタンを押しておじぎさせたり笑ったりさせて教えてくれる。可愛い。

「おじぎは大事なアクションです。もし万が一誰かに会ってチャットがうまくできなくても、これつかっておけばなんとかなりますから」

「チャット？　うーん……まあわかったよ。困ったときはおじぎな」

「ええ。操作は自分で慣れるっきゃないんでたまに遊んでみてくださいね。早瀬さんも抵抗なく楽しめそうなら、そのうちテニスとかオセロとかして一緒に遊びましょ」

「オセロなら得意だよ」

「お、言いましたね。負けませんよ～？」

ふたりで笑いあってスマホを胸ポケットにしまい、食事を続けた。

つかいこなせそうにないスマホへ機種変させられたのは痛かったものの、言うなればこれも仕事の一環だ。歳の離れた新人と親睦を深めて、仕事を円滑にすすめていければいいなと思う。小鎌もまだ教育は必要そうだが悪い奴じゃない。ほかの社員に迷惑をかけないよう注意しながら立派な社会人に育てていこう。

「じゃあ、頑張ってスマホの勉強してみるよ」

「はい、ぜひぜひ」

しかし最近の若い子は本当に携帯電話の世界にとじこもるのが好きだなあ……。

「――どうしてあなたはそんなに頑ななんですか、俺だってあなたに本気で惚れてるんですよっ。これから数年簡単に会えなくなるのに、冷たすぎませんか……?」

給湯室から洩れ聞こえてきた声に、囓っていたあんぱんをあぐっとつまらせてしまった。

時刻は夜九時。……残業で会社に残っているのは自分だけだと思っていたのに、どうやら深刻な場に遭遇してしまったっぽい。

「何度も言ってるじゃない。わたしは若くもないし独り身でもないの。あなたよりずっと歳上のおばさんで、バツイチで、おまけに中学生の子持ちなのよ、わかってる?」

「わかってくれないのは鈴恵(すずえ)さんでしょう? 鈴恵さんのことも、メイちゃんのことも、俺は愛してるんです。今後一切あなた以外の女性に惚れることはありません。本当はふたりに札幌(さっぽろ)まできてほしかった、一緒に」

「無理だって言ってるの。メイは学校があるんだってば」

近々異動する後輩の佐和(さわ)と、経理課の田部(たべ)さん、だよな。佐和が田部さんに惚れこんでいるのは知っていたが、なんというか……テレビドラマの世界だ。

「無理なのもわかってます。だから待っててほしいんです。俺が戻ってきたとき鈴恵さんに認めてもらえる男になっていたら結婚してください」

「まったく、こんなところで……」

「場所はまた改めますよっ、いまは俺の本気だけ受けとめてくださいって」

「充分よ」

他人のプロポーズを初めて聞いてしまった……とほうけていたら、給湯室のドアがあいた。

「あら、早瀬君いたの？」

「わ、早瀬さんっ」

ばれた。

「えっと……なんかごめん」

あんぱんを口からはずして謝罪したら、田部さんが苦笑した。

「謝る必要ないよ。ていうか知ってたでしょ、わたしたちのこと」

「ええ、一応……」

佐和本人から想いは聞かされていたので。

「早瀬君もこの子説得してよ。こんなおばさんとっとと諦めろって」

「鈴恵さんはおばさんなんかじゃありません、素敵な女性です」

「ほらもう、頭のおかしいことばっかり言うんだから、笑っちゃうでしょ？」

「おかしくありませんってばっ、俺の気持ちをばかにしないでください！」

イヌみたいに赤裸々に熱い愛を晒す佐和と、半分笑いながらいなす田部さんは、本当にテレビドラマの登場人物のごとく輝いて見えた。あと数話ぶんの時間を過ごせば、必ずハッピーでコミカルなエンディングに到達するような、そんな。

「なんていうか……ふたりの感じ、いいなあと思った」

俺の素直な感想は、間抜けな傍観者の呟きみたいに響いた。傍観者というか、ドラマの主役をひきたたせるモブか。

「やめてよ」

田部さんがまた苦笑いして、佐和は満面の笑顔でガッツポーズをする。

「よっしゃ、早瀬さんも認めてくれましたよ。結婚式は早瀬さんに仲人お願いしましょうね」

「なに言ってんの」

「もっと若くて可愛い女の子探しなさい」と素っ気なく言い残し、田部さんが右手をひらひらふってオフィスのほうへ去っていく。佐和も「待ってくださいっ」と追いかけていった。

食べかけのあんぱん片手にひとりとり残されて佇む自分だけが、名もない脇役じみていた。


かつて孤独な老人がそっと息をひきとった、といういわくつきの我が家へ、今夜もようやく帰宅した。スーツを脱ぎ捨ててシャワーを浴びると、買ってきたコンビニ弁当をあけて食べる。今日は夏らしくさっぱりしたとろろそば。味は申しぶんないが、夏場は体力が心配だから明日は小鎌を誘って栄養のつくものでも食べにいこうかな。

テレビをつけて、好みじゃないバラエティ番組にげんなりしつつチャンネルをかえた結果、いつもどおりニュースにあわせる。男性アナウンサーの低い声で暗い世界情勢を聞いていると、次第に気分まで沈んでいく。ここには明るいものがない。

そばをずるずるすすりながら、ふとスマホの存在を思い出した。そういえば数日前機種変して以降、電話とメールしかつかっていなかった。

小鎌が入れてくれたアプリも全然触ってないな、と鞄からひっぱりだしてきて眺めてみる。ん？　このやたらファンシーで可愛いアイコンは……ああ、『アニパー』だったっけ。

スマホの勉強するって約束したしなあ、と起動してぼんやり見ていたら、きりっと賢（かしこ）そうなクリーム色のキツネが現れた。アバターは分身だと小鎌が教えてくれたけれど、それにしては格好よすぎる。

オセロしたいな、となんとなしにメニュー画面や遊びかたを確認してみてもよくわからない。おまけに、小鎌に〝大事だ〟と躾（しつ）けられていたおじぎのボタンがなくなっている。

んー……？　と困ってヘルプを検索し、あちこち押していると、突然シンが歩きだして外の庭へいってしまった。そこでいきなり『あなたも自分の畑をつくりましょう！』と表示されて、〝ここをクリック！〟という矢印のナビにあわあわ従っているうちに、庭に小さな野菜畑まで完成した。この野菜を素材にして毎日ジュースを作っていくと、洋服がもらえる、とのこと。えらい世界へ迷いこんでしまった。

ナビが〝作ったジュースを納品してこい〟というので、観念して続けて移動してみる。きりかわった画面には華やかな町の納品所が表示され、受付にウマがいた。シンを誘導すると、どうぞ、てなふうに両手でジュースを渡す。で、ぽんぽんコインがあふれて報酬がもらえた。

……うん、まあ可愛いは可愛いけども、おじぎができないのは問題だ。どうしよう。

周囲にはさまざまな色と種類の動物たちが集まっていて、ちゃんとおじぎの動作をしている動物もいる。やっぱりシンになんらかのエラーがでているのか……？

スマホ画面の下方には文字入力欄があるから、たぶんここに言葉を入れて送信すれば話しかけられるんだろうが、どうする。解決策を訊いてみるか。それとも明日小鎌に頼んでなおしてもらうか。

つけっぱなしにしていたニュース番組は、明日の天気予報のコーナーにかわっていた。

窓の外にはセミだけが鳴いている虚しい夜がひろがっていて、街の灯も遠く薄暗い。

さっき会社で見た佐和と田部さんの姿が脳裏を掠めた。シンは俺に背中をむけて、人混みのなかでうつむきがちにぽつんと佇んでいる。……おまえも俺と似て、ひとりぼっちなんだな。まわりのみんなはおしゃれをしているのに見窄らしいTシャツと短パン姿で、なんだかごめん。やけに淋しげで、裸足で放りだされた捨て子みたいで罪悪感まで湧いてくるよ。分身ってこういうことなのか。

ふいに、麦わら帽子をかぶった白いネコが、ぱっと現れた。受付へとんとん歩いていって、ウマにジュースを渡している。桃色や黄緑の奇抜な色をしている動物たちと違い、ごく他愛ない白いネコは目にも心にもすんなりなじんだ。

——『こんばんは、すみません』

声をかけてみると、はたとゆっくりふりむいた白ネコは黒いつぶらな愛らしい目をしていた。左目の下には泣きぼくろ。可愛いな、この子。

——『こんばんは、初めまして』

あ、こたえてくれた。心臓が波打って、ちょっと愉快な気分になる。

本名も実際の外見もなにも知らないが、これもある種の出会い、と言えるのかもしれない。脇役の自分がいまさらドラマの主人公になれるとは思わない。でもひとつぐらい新しい扉をひらいてみてもいいだろうか。スマホ画面のなかの、こんな小さな世界の扉ぐらい。

——『初めまして。ぼく初心者なんですけど——』

二〇一七年二月十九日

『窓辺のヒナタ』発売記念リアルサイン会　おみやげ小冊子

7月30日（月）

「――……あれ、またただ」

日付も変わって、そろそろお父さんのご飯をさげようかなと仏壇の前へきて異変に気づく。

「なんでだ？　おかしいなあ……」

ここ最近、お父さんのお味噌汁が減っている……ように見える。器の位置に目線がくるよう身体を屈めて、お味噌汁の量を目ではかってみても、違和感が拭えない。さっきは縁から二センチぐらい下までよそったはずだ。なのに、たぶん三センチ……まではいかないものの、二、五センチぐらいまでなくなっているように感じる。こぼれているわけでもない。

ご飯は減ってないよな？　と器を眺めながらキッチンへ移動し、それらを片づけていたら、玄関のほうから声が聞こえてきた。

「……ただいま結生～」

緑さんだ。濡れた手を拭いて迎えにいく。

「おかえり～。仕事お疲れさま、緑さん。……って、なにこれ！」

疲れたようすの緑さんがバッグとはべつにでっかいものを左手にぶらさげている。そのなかから「ぎゃ～ぎゃ～」と悲痛な鳴き声が響きだした。

「ああ、ネコなんだ。さっきから怯えきって、ひどい声で鳴き続けてる」

布製のおしゃれなキャリーバッグは、なかが見えづらくなっている。緑さんが玄関の床にそっとおろすのにあわせて、俺もしゃがんで黒いメッシュの蓋部分から覗き見ると、トラ模様の大人のネコがいた。ふかふかのネコが、まるい大きな瞳でこっちを見あげている。

「か、可愛いっ……！」

「だろ？　草野が〝帰省するあいだあずけられる相手がいない〟って困ってたからひき受けた。可愛くてたまらないんだよ……」

緑さんが蓋をあけると、肢をそろえてちぢこまり、警戒している薄灰色のトラ猫が現れた。

「可愛いけど……めちゃんこ怖がってるね」

「この子はものすごく内気で臆病らしい。名前は豆腐だよ」

「〝とうふ〟？　え、食べ物の？」

「草野そういう奴だから」

「え、わかんない。ちょっと待って、え、豆腐？」

「なあ……」と、その瞬間、心細げに豆腐が鳴いた。内気で臆病者の、小さな豆腐。

「とりあえずまだ車にトイレとか載せたままだからとってくる。結生も手伝ってくれ」と頼まれて、「わかった、この子ひとりにしていいの？」「すぐ戻ろう」とふたりで駐車場までおり、トイレやご飯を持って戻って廊下にトイレ、リビングにご飯場所をつくった。

緑さんがバッグからだしてあげても、頼りない身体をまるめてひろい室内を見まわしている。撫でてあげると、「なあ」と弱々しく鳴いた。

「草野さんが恋しいのかな……捨てられたと思ってる？」

「かもな。淋しんぼうだからペットホテルも苦手なんだと。いままでは友だちがあずかってくれてたみたいなんだけど、そっちでも慣れなかったらしい」

「ふうん……やっぱり性格ってあるんだね」

「ノラだった子で、草野に懐くまでも時間がかかったって話だからな」

「ほらこい」と緑さんが豆腐を抱きあげて、腕のなかに仰むけに抱っこする。無骨な掌で豆腐の細い身体を支えて、小さな頭を撫でる仕草と、緑さんの幸せそうな表情……それは、ちょっと狡いぞ豆腐。嫉妬しつつ俺も慎重に肢を握って、肉球を揉ませてもらった。やわかい……。

「触らせてはくれるね」

「ああ。俺らには懐いてくれたかな？　怖がってるだけか？」

調子に乗った緑さんが、ひき寄せて顔に頬ずりする。「ふわっふわだ……」と蕩けているから、「狡い、俺もしたい」とお腹に顔を埋めたら、さすがに「あ〜っ」と嫌そうに鳴いた。

「ははは」とふたりで顔を離す。「うわ、顔が毛だらけになった」と緑さんが肩で拭って、俺も「ほんとだ〜」と頬についた毛を掌ではらう。それからまた豆腐の頭を撫でる。

じっと緑さんを見あげるまるく大きな黄金色の瞳、長い睫毛……見れば見るほど可愛い。

「ネコにも睫毛があるんだね……こんなに近くで見たの初めてでいま知った」

「うん。〝女の子〟ってひと目でわかる顔つきしてるよな」

「え、顔で性別わかる？　たしかに美人だけど……」

「動物にも人相があるよ。豆腐は〝にゃん相〟か？　ふふ」

そっか……そうだな、動物にだって当然性差や個々の特徴、顔つきってあるんだな。自分がモンスターたちを描くときは意識するのに、動物に対しては思考したことがないってどんだけ無頓着だったんだ俺。

「緑さんはペット飼ったことある？」

「ないよ。でも草野もそうだけど、飼ってる人がまわりにいるからたまに触らせてもらったりしてるな。話もよく聞くし」

「なるほど……てか羨ましいっ。いいな、俺も豆腐と仲よくなって、この機会に勉強もさせてもらいたい」

「勉強？　はは。豆腐がいるあいだは結生もうちにいてくれるってことかな？」

　唇の端をひいて、にぃと嬉しそうな笑顔をむけられた。

「う……まあ、そうだね、緑さんが留守のあいだ豆腐の面倒見ることにするよ」

「やったぜ。木曜までの四日間だよ、俺も極力残業しないように帰るから三人でいような」

　緑さんの笑顔がいっそう輝いて、「じゃあ先にシャワー浴びて汗ながしてくる。豆腐のこと見ててくれ」と豆腐をソファにおろし、俺の頭も撫でてくれる。

「緑さん夕飯は？　お腹空いてるならおにぎり温めるよ」

「ああ、なら握り飯と味噌汁だけいただこうかな」

「オッケ」

　グッと右手の親指を立てて応えるとキスが返ってきた。ひひ、と照れて笑いあい、緑さんが部屋へいって荷物をおろしてから浴室へむかうのを、「さっぱりしてき〜」と見送る。

「豆腐、怖がんなくていいよ。ちょっと食事の用意してくるから待っててな」

おとなしく座っている豆腐を撫でて俺もキッチンへ移動し、夕方握っておいたおにぎりを冷蔵庫からだしてチンする。お味噌汁もコンロに設置して温めた。

——豆腐がいるあいだは結生もうちにいてくれるってことかな？

……本当はずっとここにいたいんだけどな、とこっそり苦笑いする。おたがい望んでいても準備やタイミングは必要で、現在のところは半同棲状態だ。緑さんも淋しんぼうだからあんな満面の笑顔で喜ばれると胸が痛むんだけど、まだ学生の俺にはできることも少なくて歯がゆい。

ほ、と息をついて、緑さんの食事の用意がすむとお父さんにもさっき夕飯をさげたかわりに水ようかんと麦茶をあげた。

「な〜……」

「ん……？　豆腐？」

か細い声で鳴く豆腐が、ソファをおりて歩いていくうしろ姿を視界に捉える。小さな肢で、お尻をふりながらすすむようすを見守っていると、ドアが開け放されている寝室の奥を覗いて「な〜」と鳴き、次に右隣の俺の部屋があるほうへ「なー……」と鳴いた。心配になって傍へいったら、まるい頭をふってきょろきょろ周囲を見まわしている。

「豆腐……もしかして草野さんのこと探してる……？」

「なあ……」

俺に気づいて顔をあげ、まるで〝おまえは違う〟とでもいうふうにふいと伏せた瞳が痛いほど物憂げで、目に涙がにじんだ。「豆腐っ」と思わずひき寄せて抱きしめる。

「結生〜風呂あがったよ〜……って、どうした？」

「豆腐が……草野さんを恋しがってるんだ……」

「え。……あー」


緑さんの食事が終わると、俺たちはその夜豆腐を真んなかに抱いて三人で眠った。

「……これも嫌がらないね」

豆腐は意外にもおとなしくまるまってじっと寝てくれている。

「そうだな。やっぱり懐いてくれたのかもな」

「淋しすぎただけじゃないかな……」

「慣れると甘えんぼうらしいよ。草野にはべったりくっついて離れないんだって。どこへいくにもうしろをついて歩くし、寝るときもこんなふうに一緒だしって、よくのろけてる」

「ふうん……じゃあ俺たちには草野さんの匂い？　とか、気配？　みたいな、なにか似たようなものを感じてくれたとか？」

「きっとそうだ。いや、ひょっとしたら俺らが特別なのかも」

「ふふ。でも面白いね……ネコにもやっぱり心があるんだね」

自分がいかに〝ネコはツンデレ〟っていうイメージで、軽率に括っていたのかを思い知る。

緑さんも俺も、草野さんも豆腐も、この世にたったひとりの生き物で〝人間〟〝動物〟じゃ括れない。当然みんな個性が、ちゃんとあるんだ。

「明日は草野とネット通話しよう。Ｗｅｂカメラでおたがいの姿も見られるから」

「うん、それいいね。豆腐も草野さんも、会って安心できるといいな」

眠りを邪魔しないように、艶やかな毛を掌でなぞる程度に身体を撫でる。じんわり伝わってくる体温と鼓動、ひくひく反応する耳。目がすっと一の字にとじている寝顔が可愛い。

「ところで今日結生はどうだった？　忍君たちと遊んで楽しかったか」

緑さんも俺のお腹にかかっているタオルケットをなおしてくれながら訊く。

「うん、楽しかった。日向も、彼氏の新さんもすっげえいい人だったよ。緑さんがすすめてくれたおみやげも大好評で、みんなで食べたんだ。〝絵描きさんのセンスはおシャン〟って褒めてもらってさ、〝教えてくれた彼氏がおシャンなんですぅ〟って俺ものろけてきたぜ」

緑さんに頭をわしわし撫でられて、ふたりで声を抑えてくすくす笑いあった。

「でね、シイバさんってやっぱり大柴さんなんだって」

「お、なんでわかった？」

「日向たちもゲイルームで知りあって、おまけにリアルでも交流があるって教わったからさ。『アニパー』の副社長って言ってた、もうガチだよ。疑う余地ない」

神妙な面持ちで、緑さんが俺の右頬を揉み、弄び始める。

「……じつはな、俺も別ルートでガチだって知ったわ。草野が担当してるフリーのイラストレーターが大柴の会社とも仕事してて、まあ草野経由でたまたま聞いたんだけどな。大柴は男とつきあってるどころか、そのことを社内でもカミングアウトしてるそうだよ」

「えっ……嘘、まじで？」

「ああ」とこたえた緑さんの鼻にしわが寄って、見る間に苛立たしげな表情に豹変していく。

「そーいうところなんだよ……そーいうところも嫌いなんだよっ……もともとノンケだったくせにしれっと男を好きになって、ゲイの俺らが尻ごみすることも容易くやってのけやがる……陽キャだかなんだか知らねえが、愛だの信頼だの絆だのをあっさり味方にするんだよあいつは。おまけに近ごろじゃ世間のながれもLGBTに寛容になってきてて、時代まであいつの味方で、まわりの奴らもこぞって奴に理解をしめしてやがる。いつだってそうだ。すべてがあいつの有利になるようにまわってて、なにもかも簡単に手に入れていくんだよ！」

「緑さん豆腐が起きるっ」となだめても、本人は歯ぎしりして目をぎらつかせている。ほんと大柴さんのこと嫌いだな……とやれやれしつつ、頬をぐいぐい揉みしだかれる。

「簡単だったかどうかはわからないじゃん。大柴さんが陽キャなのは認めるし、一緒に仕事してて運がいい人だなーって感じることも結構あったけど、努力や苦労はしてると思うよ？」

「そら見ろ、結生もあいつの味方だ」

フン、と緑さんの手が離れていったから、今度は俺が頬をつまんでやった。

「〝簡単に手に入れてる〟とか〝楽してる〟とか、他人に対して他人が言っちゃ駄目なんだ。それに大柴さんだって手に入れられなかったもんがあるだろ？」

「なんだよ」

「お、れ。俺は大柴さんの誘い蹴って、緑さんの会社にいくって決めたじゃん」

ふふん、と得意げに笑う。自分の価値はともかくここは偉そうな演技をしておくとこだろう。

「おまえは俺のだよ。おまえまで奪られてたらあいつは彼氏も結生も手に入れて宇宙の勝者になってたじゃねえか、させるかンなことふざけんな」

ははは っ、と口を押さえて笑ってしまった。宇宙って。

「まあさ、大柴さんはともかくさ、この際みんなで会って食事しないかって計画してきたんだ。オフ会だよ、オフ会。東さんのお店で予約とらしてもらって会うのはどうかな。俺、明君にも会いたいし」

「ああ……かまわないけど、明は引っ越し控えてるし、俺らもお盆には青森に帰るだろ。俺と大柴はいま仕事も結構忙しいうえに、秋になったら結生の妹も生まれるじゃないか」

「あー……新さんも季節ごとに催事があるから忙しいって聞いたな。来年の春の新作も考えて大変って」

「おまえも就職の準備があるんだからな？　同棲の件もある。そこらへん、もうすこしみんなとあわせて決めていこう。東は一週間余裕持って頼めば貸し切りにしてくれるから」

「うん、わかった。日向たちにもまた予定訊いてみる。東さん一週間前で平気なの？」

「俺の頼みならな」

どやあ、とした表情で言われて、ふたりで「ははっ」と笑った。

「……またゲイの友だちが増えて、楽しい一日になってよかったな」

大好きな人が自分を想って、いまこの瞬間世界でいっとう恵愛に満ちた笑みを浮かべてくれている、と感じた。見つめられていると照れてしまって、へへ、と幸せに頬がゆるんでいく。

「うん、楽しかった。……緑さんが仕事してる日に遊んじゃってごめんね」

「はは、それは謝ることじゃないだろ。むしろ日曜も一緒にいられなくて俺のほうがすまない。やっぱり全然デートできないな」

「ううん、それこそ謝ることじゃねえじゃん。仕事本当にお疲れさま。……素敵だよ、緑さんのこの頑張りは、これからたくさんのユーザーさんを幸せにするんだ。もちろん俺もね」

「結生……」と、緑さんが彼の頬にある俺の掌に頬ずりをする。

「てか緑さん、今日花火大会あったの知ってる？　この部屋のリビングからも見えたんだよ。緑さんちって花火も見えるんだ〜って感動した。めちゃんこ綺麗だったよ、あの花火も緑さんが俺に見せてくれたものだよ」

　話していると興奮して、知らず知らずのうちにますます笑顔になった。自分の笑顔が緑さんのことも幸せにできていたらいいな、と想う。

「ああ、俺もオフィスで見てた。隅田川の花火大会だろ？　結生とビール呑みながら見てぇ……ってげんなりしてたよ。俺が見せたなんて冗談じゃない、家でひとりにさせてごめんな」

　俺の掌に、彼がキスをくれる。ありゃ、余計罪悪感を抱かせたみたい。

「ひとりじゃないよ、お父さんもいるし」

「……愛してる結生。ほかの花火大会も結構見えるから、ひとつぐらいは絶対一緒に見よう。来年は隅田川の日も空けるよ、必ず帰ってくる。ふたりで見よう」

「来年は緑社長の会社で働かせてもらっているはずなので、オフィスでも家でも、どこにいてもふたりで見られるんじゃないでしょうか……」

「そうだった、絶対に一緒だ」

　ふふ、と笑いあう。やっとふたりして幸せ笑顔になれた。

「……この距離だとキスできないな」

緑さんの瞳がふっと細くにじんで色っぽい微笑に変わった。豆腐ひとりぶんの距離がある、この幸せで淋しい三人の微睡（まどろ）みの輪。

「してやるよ」

緑さんの頬をつまんでいた右手の人差し指で彼の唇を軽く押し、その部分を自分の唇につけた。「ひひ」と笑うと、また大きな掌がのびてきて髪をわさわさ掻きまわされた。

「犯したくなるようなことするなよ」

「ぶはっ、犯すゆーな」

深夜一時過ぎ、あらゆる生き物の気配が夜の静寂に呑まれている世界の隅で、緑さんと豆腐と俺がいる。……子どもを生めたら、こんなふうに三人で眠ったのかな。

「……明日起きたらキスしてやる」

緑さんが小声でそう囁いて、また俺が喉で抑え気味に笑うと、緑さんも笑った。空に近い、地上七階のひろい寝室内に、俺たちの笑い声がくすくす響いて空気を震わせている。

七月のユキ

「――結生、お盆休みはどうする」

「え、お父さんのところにいくでしょ？」

なんでそんなことわざわざ訊くのさ、と首を傾げたら、緑さんは唇の端でふっと小さく苦笑して、嬉しそうに、泣きだしそうに目を伏せた。

「……それ以外」

そしてそう言う。

緑さんは俺が彼のお父さんに対して家族として接すると、いまだにちょっと感謝というか、他人事めいた感情を見せる。なんだよばか、と思って笑いながら彼の腰に両脚を巻きつけた。

「それ以外？　青森のほかにもどこかいくってこと？」

「せっかくの休みだろ。いきたいところないのか？」

「あ〜、いきたいっちゃいきたいけど……どこもかしこも人がいっぱいいいそうじゃね？」

「いるだろうなあ。まあデートスポットは完全にカップルと家族連れだらけだろ？　映画館もショッピングも厳しいな。旅行も、近ごろ国内は外国人観光客でホテルが予約いっぱいだって聞くし。いっそ海外でもいくか」

ベッドの上で緑さんも俺に襲いかかってきて、彼の腰に脚を絡めたまま仰むけに倒された。覆い被さってきた彼が俺の首筋に顔を押しつけて、こすりつけて、甘えながらはしゃぐから、俺もくすぐったくて「えははは」と笑う。

「結生、いこう海外！」

「へふふっ、もう〜……海外ってすごすぎじゃん。ハワイとかいくの？」

「どこだっていいよ、おまえがいきたいところ選べ」

「ちょーっ、お金かかるんだからどこでもとか簡単に言うなし」

「俺相手に金の心配をするのか？」

めっちゃ得意げな顔で見おろしてくる。そうだよな、海外くんだりまでいくことになったら俺がだせるお金の限界があるぶん、緑さんに負担をかけちゃうんだよな。

「んー、やめよ。俺パスポート持ってないし」

「とればいいだろ」

「青森も海外旅行もってなったら疲れちゃうしさ。だいたい、緑さんは毎日仕事で残業だってしてるんだもん、休みの日まで旅行でふりまわすの嫌だよ。お盆のあいだはここにいるから、毎日近所へ買い物にいったりしてまったりしてべたべたしよう」

緑さんの下唇が、むっとへの字になった。「不満だ」と表情どおりの言葉も洩れてくる。

「いーじゃん、同棲気分で。俺らラブホぐらいしかいったことないし、近所デートしよーぜ」にしししと笑いかけて緑さんの両頰を両手で上げたり下げたりして撫でたら、変な顔になってもっと笑えた。「ははっ」とへらへらしている俺を見て、そのうち緑さんもつられて吹きだし、唇にめちゃくちゃなキスをしてくる。

「来年おまえもうちで働きだしたら、海外なんていけなくなるかもしれないんだぞ。ふたりでおなじ日に有給とるのもなんだしな。いいのか？」

ンン……。

「いいよ。まったり過ごそーぜまったり」

「なんだよ、結生にとびきり楽しい想い出つくってやりたいのに」

「俺、緑さんと一緒にいられればどんなだってとびきり楽しくって嬉しいよ？」

無理して遠くにいかなくったって、近所デートでも充分わくわくする。なに言ってんだろ、この人は。

「ったくおまえは……もっと俺とのつきあいに貪欲になれよ」

呆れられた。

「どういうこと？　毎日一緒にいて、昼前にぐだぐだ起きて一緒にシャワー浴びて食事してさ、それでまたぐだぐだべたべたして、夕方近くになったらデートがてら買い物いくでしょ？　で、帰ってから夕飯作って食べて、セックスして寝んの。めっちゃくちゃ贅沢じゃね？　自分たちのこと以外なんにも考えなくていいんだよ、超天国じゃん！」

「ん〜……まあな」

「ほら。ほらよ、ほら」

今度は俺が得意げに緑さんの頬をつんつんしながら笑ってやったら、複雑そうな顔になった緑さんにまたキス攻撃をされた。ふへはは、唾液で濡れるよばか。

「結生の言うとおり、俺らデートってしてないんだよな。ラブホ以外は羽田ぐらいか」

「羽田空港？　あんときはギリ恋人じゃなかったし、ノーカンじゃね？」

「ノーカンにされるとラブホしかいってないことになる」

「あとは青森ね」

「それも親父と一緒にいただけだろ。……駄目だなこりゃ。とりあえず明日デートするか」

「明日っ？」

明日は七月四日の水曜日で、俺はもうほとんど大学にもいかずテスト勉強して過ごしているけれど緑さんは仕事だ。

「いいの？」

「俺が誘ってるんだよ。仕事終わるのがたぶん七時ごろになるから、そのあと食事しよう」

「うん、する！」

やばい、めっちゃ嬉しいよ外食デート！

待ちあわせの駅も決めて、食べ物も和食ってことで約束する。

「結生はほんと和食が好きだよな」

緑さんが俺の前髪をよけて額をまるだしにしながら言う。

「そうだね。好き嫌いはないけど夜は白米が食べたいな。腹にしっかりたまる感じがいいよ。あと、お味噌汁も飲まなきゃだし」

額にキスされた。……緑さんが微笑んでいる。また泣きそうな切なげな瞳をしていて、喜んでくれているのがわかる。

「……俺も明日楽しみにしてるよ」

うん、とこたえて、俺も緑さんの唇に自分の唇を近づける。

『結生、ごめん。ちょっと遅れそうだから駅前にある喫茶店に入って待っててくれるか。すぐ迎えにいく』

駅に着いたら緑さんからメッセージが届いて、『オッケー！　大丈夫だよ、ゆっくりでいいからね』と返事をしているあいだもうきうきだった。彼氏が遅れてくる、っていうこのシチュもデート感があってよくね？

うへへ、とにやけてゆるむ頬を隠しつつ、緑さんに指定された喫茶店へ移動する。

夏の夜は繁華街を往き交う人たちもどことなく陽気で、街がいつもより賑やかに感じる。

夜風は涼しくなってきているものの、日中太陽に炙られたアスファルトから熱気が浮きあがり、まだ若干蒸し暑くもある。はやくクーラーがきいてる店に入ろ、と足早に信号を渡って店へむかい、ドアをあけた。

「いらっしゃいませ」

あ、と俺が小さく息を呑んだ瞬間、相手の男性店員もおなじように、あ、という顔をした。

やばい。

「……本宮君」

――冗談じゃないよ。ホモって尻孔つかうんでしょ？　そこまでは無理、くさそう～……。

店長だ。

「おひさしぶりです……いま、ここでお仕事なさってるんですね」

「ぁ、ああ。あの店は閉店してしまってね。……まさかまた会えるとはね」

短く清潔感のあるヘアスタイルになっている以外、外見に大きな変化はない。相変わらず穏和な空気をまとっていて、小首を傾げて優しく微笑んでいる。……昔この笑顔が好きだった。

「えっと、ひとまずこちらへどうぞ」

「あ、はい」

奥へうながされて、「あの」と声をかけた。

「すみません、待ちあわせで、あとから人がくるので、よろしくお願いします」

店長は一瞬、おや、というふうに目をまるめてから、「かしこまりました」とにっこりうなずき、俺を四人がけの席へ案内してくれる。メニューをくれた彼が一礼して去っていくと、自然と肩の力が抜けて、自分が緊張していたことに気がついた。……なんで緊張する必要があるんだ。もう、俺には緑さんがいるのに。

——そんなクズに泣かされるのも癪(しゃく)だから今日のこれで終わりにしろ。

……うん。もうトラウマなんかじゃないよ。

「すみません」

手をあげると、再び店長がきてくれたのでアイスキャラメルラテを注文した。店長は「かしこまりました」とまた丁寧に頭を下げて、にこと笑んでから去っていく。

店内にはウェイトレスさんもふたりほどいるけど、こりゃ俺のテーブル担当は店長になったっぽいな。てかこの店でも〝店長〟なのか？　よくわからない。知らなくてもいいんだけど。

緑さん、はやくこないかな。

スマホを持って『ライフ』をひらき、自分が育てているモンスターを眺める。と、突然ガシャン、とカウンターのなかからグラスの割れる音が響いて、俺もほかの客もびくっとした。

「すみません」とウェイトレスさんと店長が謝りながら、ふたりで片づけている。なんだか気になって、スマホ画面とカウンターを交互にちらちら見てしまう。

バイトしてたころ、俺もコーヒーカップを落として割って、迷惑かけたことあったな。

——手を怪我しないように気をつけて。

——すみません、店長……。

助けにきてくれた彼に優しく声をかけてもらって、嬉しかったっけ。

めちゃくちゃいい人だった。あったかい人だと想ってた。あのひどい暴言があの人の口からでたなんて、改めて考えてみても信じられない。けど、現実だ。

右手にしていた指輪を左手につけかえた。

やがて注文したラテを店長がはこんできてくれて、「どうぞ」「どうもです」とテーブルにおいてもらっていたところで、ちょうど緑さんがやってきた。

「あ、すみません、連れがきました。——緑さんっ」

手をあげて緑さんを呼ぶ。彼も俺に気づいてふっと頬をほころばせ、近づいてくる。

「お連れの人、本宮君の……、」と店長がなにか言いかけたとき、緑さんが「悪い、待たせた」とテーブルにきた。

……ん？　店長いまなんて？

「飲み物、まだきたばっかりか?」

「え、うん、そう」

「じゃあせっかくだから、それ飲んでからいくか」

緑さんも俺のむかいの席につく。「ただいまメニューをお持ちしますね」と店長が言うと、緑さんは「あ、いえ」と手をふった。

「これ、俺も一緒に飲んじゃうんでいいです。すみません」

店長が驚いたように目をまんまるく見ひらいている。

「ひとり一品、注文が必要でした、かね? すみません」と緑さんも首を傾げた。

「い、いえ……、……ごゆっくりどうぞ」

微妙にキョドったようすで頭をさげ、店長がすごすご離れていく。獲物を横どりし損ねた、ハイエナみたいなうしろ姿……お連れの人、がなんだったたんだろ。

「甘ったるいな」

緑さんは俺のキャラメルラテを飲んで顔をしかめている。眼鏡のずれをなおす指のしぐさ、走ってきてくれたのかすこし乱れている髪。夏でも汗くさいどころかさっぱり爽やかな香水の匂いをただよわせている。今夜も格好いい。

「緑さん、俺まだそれ、ひとくちも飲んでなかったんだけど」

「ああ、悪い。喉が渇(かわ)いて」

「飲むのはいいよ、でも文句は言うな」

「文句じゃないだろ、ただの感想だよ。キャラメルラテは子どもコーヒーだ」

「子どもコーヒーってなんだよ、もう」

奪い返して飲んだら、たしかに甘かった。けど俺は、これぐらい甘いのがちょうどいい。

「怒るなって」と緑さんが眉を下げて苦笑し、俺の髪を右手で掻きまわす。大きな掌が、髪をぐいぐい梳いてくる。「んーっ」とグラスを口から離した。

「ばか、こんなとこでいちゃつくな」

「べつにいちゃついてないだろ？」

「いちゃついてるよ」

「触っただけじゃないか」

「触るのもいちゃいちゃして見える」

「嬉しいくせに。赤くなってるぞ～、ほっぺた」

「はっ？　嘘だ。嘘でしょ？」

「ははは」と緑さんが笑う。俺は手でぱたぱた顔を扇ぐ。はずいっ……。

「俺に変なことして嗤われんの緑さんだかんな」

「だったらべつにいいだろ」

「だから、よくないの」

「厳しいなあ、個室の料亭予約しておいてよかったよ」

「なっ、料亭っ？　すごい店選んでくれたの？」

「いってからのお楽しみ」

ぱち、とウインクされる。

「はやく飲んじゃうぞ」

またグラスを奪われて、緑さんに甘いラテをぐ～っと一気飲みされてしまった。

店をでるとき、お会計も緑さんがしてくれた。彼の左手には薬指に指輪がある。店長もそれに気づいたようすだった。

「またのお越しをお待ちしております」

丁寧に頭を下げる店長に、俺も「どうもです」とこたえて店をあとにする。

「……なんか、あの店員やたらと慇懃じゃなかったか？」

緑さんが不思議そうにしている。

「そう？」

なにも言わないのもあれだし、あとでゆっくり話そうかな。どうだろう。もうどうでもいいって気もする。なんにせよ、店で教えてたらこの人確実に喧嘩売ってたよな。……なんか、そんなふうに確信できるのも幸せな証拠っていうか、贅沢っていうか。嬉しいな。

「……俺、緑さんに会って、やっぱちょっと変わったみたい」

「ん？」

「愛されること知っちゃった」

「なんだいまさら」

緑さんがおかしそうに苦笑している。唇を噛んで困ったような顔をして笑うこの顔も好き。

俺の大好きな、甘い甘～いキャラメルラテみたいな白クマ彼氏。

「結生、食事したあとはドライブしよう。なんだかんだで、俺今日一日浮かれてたよ」

また幸せをくれようとしている。俺もどうしたって両頬がゆるんでいく。すべては、愛し、愛される幸福を、毎日なにげない言葉から、温かい仕草から、いくつもの約束から俺にくれる、この人のおかげ。

「うん、俺も！」

二〇一八年四月十五日
『氷泥のユキ』発売記念リアルサイン会　おみやげ冊子短編

7月30日（月）

ネコってのは、にゃんとは鳴かない。

「にゃおわん……」

ご飯を食べている豆腐を横でスケッチしていたら、おもむろにこっちをむいて鳴かれた。

「〝にゃおわん〟かよ、はは。食べてんの見るな、って言ってるのか？」

ビー玉みたいに綺麗で大きい黄金色の瞳は、人間の心のすべてを見通してるんじゃないかってぐらい純度が高くて無垢(むく)だ。淀みや濁りが一切ない眼力は強い。

「豆腐の前じゃセックスできないな～。すんごい卑(いや)しいことしてる気分になりそうだもん」

「なあわお」

「ん？　まじでなんかしゃべってるみたい。ふふ、人間語の真似してんの？」

食事を再開した豆腐が、器の端からウエットフードを「はふっはふっ」と食べていく。舌でぺろぺろ舐めて囓って、をくり返しているのを真横からじっと覗きこんで観察していると、ちょっとずつしか食べていないのに、見る間に減っていくのがわかる。

「めっちゃ美味しそうに食べるなあ……」

「あおわ～」

「ごめんごめん」

眺めていると気になるのかすぐ食事を中断して、あっちいけ、みたいに見返してくるから、しかたなくリビングのソファへ戻った。スケッチブックの描きかけの豆腐を、頭に刻んだ姿を頼りに続けて描いていく。睫毛とはべつに、目の上にも髭（ひげ）とおなじぐらい長い毛がある。これは眉毛でいいのかな。瞳は、日中の明るい時間帯だと瞳孔が細く一本線になる。顔はまんまるで白と灰色の毛はふさふさ。次の『ライフ』の新しい子の参考にしよう。

いままでも動物園や水族館へでかけて写真を撮ったりスケッチしたりしていたし、図鑑を眺めて動物の身体のつくりを勉強したりしてきたけど、これだけ傍で一緒に過ごしてみると全然違う。発見がたくさんあって勉強になって、なにより愛情が増す。

「なわ〜」

食事が終わったのか、豆腐がとことこ歩いてきてソファに乗り、俺から一メートルほど離れた場所で身体を舐め始めた。窓から入る太陽の光に照らされて、コントラストが綺麗。テーブルにおいていたスマホで写真も撮った。お腹をだして舌をのばして、れんろれんろ舐めて毛繕いしているようすと、気がすんだのか、うしろ肢を投げだした格好でぺたりと座って眠る姿……昨日怯えていた豆腐はどこへやら、すっかり無防備にくつろいでいる。観念した、しばらくここにいてやる、ってことかな。淋しさが落ちついたのならこっちも安心だけども。

スマホの時計は午後二時になろうとしている。夕飯の買い物にいきたいけど、いまちょうど外がガンガンにあっちいんだよな……と、なにげなく『アニパー』へログインした。緑さんにログイン通知が届くから、仕事の休憩中なら会えるかもしれない。

ローディング画面から〝ユキの部屋〟へきりかわる。と、友だちリストに日向がいた。
――（結生、こんにちは～）
お、プライベートチャットで話しかけてくれた。
――（やっほー日向。日向もアニパーしてたんだな）
――（うん、畑のクエストやってるから、夏休みなのもあって結構いるんだ笑）
なるほど、畑か。ゲーム系はハマるほどやったことなかったな。
――（畑面白い？）
――（面白いよ。それに、大柴さんには申しわけないけど、俺無課金で遊んでるから新しいお洋服ももらえて嬉しいんだ）
そう言う日向のアイコンに表示されているヒナタは、浴衣を着ている。
――（その浴衣も畑でもらった服？）
――（うん、素敵でしょ、新さんとおそろい）
――（このあいだもペアルックしてたな。ダサいあにぱあTシャツ）
――（⁉　可愛いでしょあにぱあTシャツ！）
――（え、変Tのノリで着てたんじゃねえの？）
――（ねえよ！　なんなのみんな……なんであの可愛さがわからないの……）
俺以外の奴にも笑われてるんじゃんか。思わず「ぶふ」とリアルでも笑ってしまう。
アイコンを押して日向のいる場所へ移動すると、ヒナタの畑へ飛ばされた。ヒナタが浴衣姿で野菜をひっこ抜いていて、傍でひのこもふらふら歩いている。

――『きちゃったぜ〜。浴衣で畑仕事ってのも斬新だな』
――『からかいにきたな』
――『あにぱあTは変Tだって』
――『まだ言うし！　可愛いおしゃれTだからっ』
ヒナタがどろんと服を着替えた。白地に赤い文字で〝あにまるぱあく〟と書かれたTシャツにジーンズと麦わら帽子。
――『ほら、おシャンだろ？』
――『うん、まあファッションって本人が楽しく着られることが大事だもんな』
――『なだめるなっ』
ユキにお腹を抱えて笑う仕草をさせたら、ヒナタは地面をだんだん踏んでぷんぷん怒る仕草をした。センスはともかく、日向が可愛くてからかいたくなっちまう。
――『今度大柴さんに会ったら言いつけてやる……』
大柴さんか。
――『なあなあ、日向と新さんは会社とか学校でカミングアウトしてる？』
――『ん？　大柴さんみたいに？』
う、察しがいいな。
――『うん、俺一緒に仕事してても知らなかったんだけど、大柴さん社内じゃ男とつきあってることカミングアウトしてるって聞いて、最近はオープンにしてる人も増えてんのかなあと思ったんだ』

緑さんの言うようにLGBTに対する世間の意識は変化していっている。差別や偏見を抱くものじゃなく、現在では企業でも〝理解するもの、受け容れるもの〟の対象として動き始めていた。〝理解すべき〟って行動こそ差別だっていう意見もあるし、そういう特別視が困る、と非難する人たちもいて、歩み寄るのもなかなか難しいけど時代が変わりつつあるのは事実だ。

──『俺、友だちには言うようになってきたかな』

ヒナタが畑の隅にあるテーブルへ歩いていって『こっちに座ってどうぞ』と誘ってくれた。『サンキュ』と椅子にユキを座らせると、むかいに腰かけたヒナタはぽんとジュースのグラスもだしてユキにくれた。そして言葉を続ける。

──『大学に入ったころ新しい友だちができたんだけどね、男の恋人と同棲してるってことを友だちにうち明けたら新さんにも迷惑かけるかなと思って、一年経っても隠してて、結局友だちとも新さんともこじれたっていうか……微妙な感じになった時期があってさ』

──『あー……』

──『大柴さんたちのことも知ってたし、忍も大学でカミングアウトしてるんでしょ？　そういう身近な人たちを見てて、俺も信頼してる相手からすこしずつ伝えていこうかなって、いま行動にうつせるようになってきたところ』

──『そっかあ……そうだな、忍はすげえよな。俺もあいつの影響でかかったから』

──『忍は度胸あるのも本当だけど、言いかた変えれば周囲に厳しいんだよ。理解しあえない奴はいらない、って本気で思ってるから。それもそうなんだけどさ、世間も他人もすっぱり捨てられないのも人間ってもんじゃない……？笑』

自分の唇が自然と笑顔になった。日向がスマホのむこうで苦笑いしているのも見える。
――『わかるよ。媚び売るってんじゃないけど、わざわざ関係を切りにいかなくてもって、俺も思っちゃうとこある。忍は〝ンなこと知るかー〟って挑んでくからな、どやどやっと』
――『はは。でもたしかに、長くつきあっていけるのって、ゲイの自分が誰を愛しているのかを理解してもらいながら、信頼関係を築けた相手だけなのかも、って考えたりする。気をつかったり隠し事したりしてる相手とは、それだけの関係にしかなれないのかも、って。だから結生と友だちになれたのも嬉しいよ。最期まで結生たちと新さんといられたら幸せだな』
……雪深い青森の地で、たくさんの友だちに囲まれて幸せそうにしていたお父さんの笑顔が過った。日向が『重たい話しちゃったかな。てかじじくさい？笑』と笑っている。
――『いや、わかるよ。俺〝緑さんの恋人の自分〟を無しにしたら自分じゃない。〝キャラデザの仕事が好きな大学生〟ってのも俺だけど、緑さんの恋人ってこと無かったら欠けた俺だ。俺も大事な人たちには、伝えるようにしていこうかな』
大柴さんの話を聞いたとき、正直羨ましかった。なんでもかんでも暴露すりゃいいってわけじゃないけれど、単純に大柴さんが彼氏のことを心から愛しているんだ、と感じ入ったから。彼氏を恥じるでもなくひとりの人間として尊重して、非難さえ超えられるほどの絆で結ばれていると、その姿勢から、あの人は主張している。そしてそうさせる彼氏のほうも、大柴さんが受ける嘲笑ごと背負う覚悟でいるんだろうとまで察せられた。敵わねえ、と胸のうちで唸った。
――『でも俺たち、新さんの会社には内緒にしようって決めてるよ』
ヒナタもジュースをだして、ひとくち飲んだ。

――『そうなの?』

――『うん。新さんはもともと結婚してた人だから。社員さんにも元奥さんとの関係を知ってる人がいるし、そもそもいまだに仕事でも繋がりがあるしね。新さんに新しい恋人がいて、それが男だなんて公になったら、元奥さんまで好奇な目で見られるっていうか……立場がさ』

――『会社関係の人と結婚してたのか……なら性別関係なく気をつかう必要はあるかもな』

――『うん。元奥さんはとっくに再婚してるけど一応ね。新さんからすでに報告はしてて、社員さんの何人かにも俺のこと言ってくれてるから、俺は充分すぎるぐらい嬉しいよ』

――『めちゃんこ素敵な関係じゃん。状況に応じて、おたがいを思いやった対応ができることこそ大事なんだって、俺思うもん。いいな、日向たちからも愛感じるな……』

――『はは。照れちゃうよ、ありがとう』

カミングアウトできるかできないか、で愛が試されるわけじゃない。ふたりで納得いく道を選択していく姿勢に愛情が生まれるんだ。大柴さんたちも日向たちも、誠実にまっすぐ相手を想いながら世間や周囲の人間たちとむきあっている。ほんと、理想的な恋人関係だな……。

――『結生も彼氏さんが社長だからカミングアウトの範囲は難しそうだね』

――『うん……てか俺来年緑さんの会社に就職させてもらう予定だから、絶対無理じゃねえかなって思う。男でも女でも〝新人で社長の恋人です〟なんて言う奴、扱いづらすぎんだろ』

――『ははは。うん、ちょっとやばいかも。社内恋愛自体難しいのに、相手が社長って』

――『な～? 同棲も考えてるんだけど、緑さんは俺を居候(いそうろう)させてるって言えば、社員も納得するって強引な計画立ててるんだぜ』

緑さんがクリエイターを大事にすることも、長年俺のファンでいてくれたことも周知の事実だから、ちょっと俺に尽くしたところで社員も驚かない、と緑さんは言う。なので、俺が就職するにあたり、ひとり暮らしの家を探していたら緑さんが助けてくれることになった、てな嘘で乗りきるつもりでいるんだ。

――『はは。けど、俺が聞いても同居は違和感ないかな。だって社長にとっては大柴さんのところから奪ってきた「ライフ」のデザイナーで、ただの新人じゃないし。自分の会社に就職してくれて、専属デザイナーになってくれるっていうなら下宿ぐらいさせそう。逃がさんぞって感じに』

――『ほんと？　むちゃくちゃじゃね？』

――『いいじゃん、多少強引だとしても。そこは彼氏さんの〝大丈夫〟を信じてついていくところだよ』

日向が優しく背中を押してくれて、ああ、俺はこの言葉が欲しかったのかも、と我に返った。緑さんがどれだけ平気だと言ってくれても、自分には会社の空気も社員の人柄も未知だから、緑さん以外の人にもこの浮かれた計画を肯定してほしかった。……ほしかったんだ。

――『ありがとうな日向。すげえ救われた』

――『そんなに？　はは。どういたしましてだよ』

ヒナタが微笑む仕草をして、俺もユキからおなじ笑顔を返した。『アニパー』の畑にも、俺がいる緑さんの家のリビングにも、明るく温かい夏の日ざしがおりて、スマホのなかの白ネコと白トラを包んでいる。

一年後のヒナタ

「新さん、ただいまー」

「ああ、おかえり。遅かったね」

「うん……ごめんね。なかなか抜けだせなくて」

日曜日の夜、大学のサークルの呑み会を終えて帰宅すると、もう日づけが変わっていた。寝ずに待っていてくれたのか、新さんはリビングのソファから立ってテレビを消し、傍へきてくれる。

「顔が赤い。酔っ払ってるね？」

「んー……呑まされた」

「水持ってきてあげるよ、座ってな」

「ありがとう……」

ソファに腰かけてショルダーバッグをおくと、ウォーターサーバーからグラスに水を汲んで新さんも戻ってきた。

「どうぞ。冷たくて美味しいよ」

「……うん」と受けとって飲む。身体の奥にひんやりした水が落ちていく。本当に美味しい。

「今日もまた中条君？」

「うん、呑みのあとカラオケいって、それからボーリングして……最後までつきあわされた」

「お疲れだったね」

大学に入ってできた最初の友だちは、中条という同い年のサークル仲間だった。

入部したのは映画サークルで、名作や話題作のBlu-rayをみんなで鑑賞するのが主な活動だ。このサークルを選んだのはもちろん、新さんと映画の話をしたかったから。でも合コンとか……呑み会も多くて、人づきあいがちょっとめんどい。

中条は映画に詳しくて、面白い作品をたくさん教えてくれるから嬉しいんだけれど、いかんせん呑み会も大好きなパリピだったりする。たまに困るぐらいあちこち連れまわされて、こんなふうに帰宅も遅くなる。

「新さん、夜遅くまで待っててくれてありがとう。明日仕事でしょ？　もう休んでいいよ」

ソファにぐったり沈んで新さんを見ると、苦笑して俺の頭を撫でてくれた。

「日向は？」

「俺はお風呂入ってから寝る。最初の店が焼肉屋だったから匂いが気になっちゃって」

「そうか、わかった。ゆっくりしておいで」

「うん、ありがとう」

新さんの手が俺の前髪をよけて、額があらわになるとそこにキスしてくれた。続けて唇にも。

「おやすみ日向」

「……おやすみ、新さん」

彼がソファを立って寝室へいき、ぱたんとドアがしまる。手のなかのグラスが、指先を冷やしていく。水を飲み干して息をつき、浴室へ移動した。

新さんと同棲して一年ほど。最初のころ四六時中べたべたしていた生活もすこし落ちついてそれぞれの時間を大事にしながら家事も分担してこなし、上手に暮らせるようになってきた。

平日はおたがい仕事と大学を中心に頑張りつつ、たまに夜に待ちあわせて外食をしたりする。休日もふたりで掃除洗濯をしてから映画を観にいったり美味しいものを食べにいったり、家で映画のBlu-rayを観たりして幸せに過ごしていた。

ただ中条との関係が、あまりよくない。先週の土曜は新さんとデートの約束をしていたのに、中条に呼びだされて断りきれず、なしになってしまった。

『俺とはいつでもでかけられるし、いまは友だちを大事にしな』と優しくゆずってくれた新さんも、本当はいい気分じゃなかったと思う。いま中条の話題をだすのも、ちょっと憚(はばか)られる。

お風呂で綺麗さっぱり肉の匂いも、汗も汚れも、ついでにもやもやな複雑な思いも洗いながすと、パジャマを着て俺も寝室へいった。眠っている新さんを起こさないようベッドへ入って、彼の背中にくっつく。

んん、と眠たげな声をだした新さんが寝返りをうち、起こしちゃった……？　と身がまえてかたまっていたら、彼の腕が俺の身体にまわって、抱き寄せてくれた。ひろく深い胸の、ここにぴったりおさまって眠るのが好きだ。俺も彼の腰に手をまわしてしがみつく。

窓の外に冬の夜空がひろがっている。星は見えない。でも新さんが温かい。……とっても、途方もなく、温かい。

月曜日は朝から雪になった。

ニュースでも『大雪に警戒するように』と散々観ていたので、俺と新さんは今夜一緒に帰宅する約束をしている。車で出勤した新さんが、はやめにお店を閉めて俺を大学まで迎えにきてくれるってあんばい。新さんは『映画館もご飯屋も空いてそうだからナイトショー観て外食するのもいいね』とも言っていて、俺も『いいね！』と賛同したので、もしかしたら楽しい夜になるかもしれない。電車がとまって交通機関も混乱しているのに不謹慎だけど、ついわくわくしてしまう。

「日向、おまえどうすんの？　はやく帰んねえとやべーっつって、みんな焦ってんぜ？」

のろのろ帰り支度をしていると中条がきた。

「うん、もうちょっとしたら帰るよ」

「なに、なんかやることあんの？」

「ないけど」

「じゃあ一緒に帰ろうよ」

えーと……。

「じつはこのあと迎えにきてもらう約束してるから、今日はごめん」

「はあ？　親？」

あははは

っ、と中条が笑う。

「違うよ」

「じゃあ誰、カノジョ？　てかカノジョに迎えにこさせるわけねーか。兄弟とか？」

新さんと暮らしてることは中条に話していない。

『恋人がいる』とは言っているけど、同棲については伏せて『実家をでて暮らしてる』という説明にとどめていた。同棲を公言したら、会わせろ、とか、家に連れてけ、とかせっつかれそうだし、中条と新さんが出会して（でくわ）ゲイってことがばれれば、新さんにまで迷惑をかけそうで。

自分が友人に性指向を知られて、その結果どんな扱いを受けようとかまわないけれど、もともとノンケだった新さんには余計な差別や蔑視に晒される辛さなんて味わわせたくないから。

「穿鑿（せんさく）すんなよ。誰と待ちあわせてたっていいだろ。中条は先に帰りな、雪に気をつけてね」

あまりきつく響かないよう注意して拒んだら、むっとされた。

「おまえなんでそうなの？　人を自分のテリトリーに入れないっつうかさー……まあいいけどんじゃ、うちくる？　大学から近いし、迎えがくるまで一緒に遊ぼうよ」

う、こんなこと言われたら断りづらい……しかも、中条は――。

「うん……わかったよ。待ちあわせ時間までだいぶ余裕あるし、なら遊びにいこうかな」

「よっしゃ！　やった、いこうぜ！」

子どもみたいに邪気のない笑顔で喜んでくれる中条を見ていると、たしかに、恋人の新さんの存在を隠している自分は、誰に対しても、とても汚いな、と胸が痛くなる。

『新さんごめんね。大学から中条の家に移動した。待ちあわせは、約束した大学のそばのコンビニで大丈夫なんだけど、いくまでにすこしだけ時間がかかるから、到着の十五分前に連絡ください』

『わかった。中条君の家にいるんだ』

『うん、ごめん』

『どうして謝るの』

『なんとなく』

『なんとなく?』

『最近、中条とばっかり遊んでるから』

『俺、怒ってるように見える?』

『そんなことないけど』

スマフォのメールがそこで途切れて、そわそわしていたところで『もうすぐ着くよ』という一通が届いた。テレビゲームに夢中でふりむきもしない中条と、「帰るよ」「うん、気をつけてな～」と別れて雪のなかを走り、約束のコンビニで新さんと落ちあえた。

「お疲れさま、ひな」

新さんは駐車場にとめた車のなかにいて笑顔でむかえてくれる、けど、目が笑っていない。

「……うん、新さんもお疲れさま。きてくれてありがとう」

買い物していこう、とうながされ、コンビニで中華まんと温かい飲み物を購入するあいだも、微妙に新さんの態度を冷たく感じた。

……やっぱり中条といたの、不愉快だったかな。

車へ戻って、新さんは特製肉まん、俺はピザまんを食べながら帰宅の途へつく。

店や映画館はさすがに閉まっていたので諦めた。道路も混んでいて、ときどき衝突事故現場にも遭遇したけど、新さんは昨日のうちにタイヤをスタッドレスにかえていたので、抜け道をすいすいすすんで夜八時には帰れた。

「新さん、車のタイヤかえてたの正解だったね」

「ああ、自分を褒めたい」

笑いかけたら、新さんもやっとすこし笑ってくれた。

「小鎌は首都高で事故渋滞にハマってるらしいからね」

「ええ、首都高もそんななんだ……ニュース観てみよう」

「ひな」

リビングへいこうとした右肩を摑まれた。ふりむくより先に膝裏を掬(すく)われて抱きあげられ、「えっ」と声にだしたときには自分の身体が浮いていた。

「新さんっ？」

ひょいひょい歩いて寝室まで運ばれる。灯りもつけずにベッドへどさっと仰むけに転がされ、彼も上へきた。……真剣な、怖い顔をしている。

「新さ、」

「怯えた顔して。俺が怖い？」

「え……」

怖いか、って……そんな。

「なに、されたって、いいよ……でも、新さんを怒らせてたら、辛い」

「やっぱり怒ってるように見えるんだ」

「違う。怒らせること、してるかもって……俺がうしろめたく思ってるから、それで、」

「その〝怒らせること〟ってなに。なにがうしろめたいの。さっきもメールで謝ってたね」

新さんの言葉はやわらかいのに口調が厳しくて心臓が冷える。

「……最近ずっと、中条ばっか、選んでたこと」

室内は薄暗いのに、真正面にある新さんの鋭い瞳が不穏にきらめいている。

左手で顎をくっと押さえられた。親指で唇を右から左、左から右、とゆっくりなぞられる。次に顎を掌で撫でられて、その指が喉から下へ。

……なに、と困惑して怯えていたら、ニットコートのボタンをひとつずつはずされた。全部ひらくと、今度はカーディガンのボタン、それから、ワイシャツのボタンも。

怖い。新さんの心が見えないことが怖い。

「……ひな。俺はずっと考えてたんだよ。すこしぐらい怒った素ぶりをして見せたほうがいいのかなって」

シャツをさいて、冷気に触れた右胸を掌で撫でられた。乳首をきゅっと痛くつままれる。

「んっ……」

「大学生のひなが友だちと遊ぶのはあたりまえで、それはべつにかまわない。若い子同士、話もあうだろうしね。俺といるのとは違う楽しさがあるんでしょう。理解もしてるよ。……嫉妬しないって言ったら嘘になるけど」

「昔からこういうときは我慢してきた。相手の好きなようにさせてきた。でもね、そのせいで失ったんだってことも学んだいまは、態度を変えてみようかと思ってる。ただ、初めてだから加減がわからないんだ」

「俺……どこも、いかない、」

「中条君を好きなの？　とか追及するべきなのかな。誰とも遊びにいくな、なんて束縛するのは恋人じゃなくてストーカーかサイコパスだよね。ああ、サイコパスっていうのはひなが俺に嘘をついたり、黙って友だちとでかけたりするたびに、監禁しておしおきするようなのを言うのかな」

かり、と人さし指の爪で乳首を軽くひっかかれて、首筋を甘嚙みされた。

「ン、ぁっ」

こんな愛撫されたことない。いつも優しくて、痛めつけるような触りかたは、新さんはしなかったのに。

「浮気……してないよ、新さんが、好きだよ」

訴えたら、目に涙がにじんできた。

「……ん」

相づちをうった新さんが、俺の喉を吸って唇にキスをしてくれる。あたたかなキス。

かさついた部分を潤すように舐められて、唇をひらかされて、舌を吸われて、奥まで支配される。

「新、さ、ン……」

乳首をつねっていた指が、そっと離れて胸全体を撫でてくれた。俺もキスに応える。新さんの舌を吸う。

「……俺にも独占欲があるってこと伝わった？」

新さんが苦笑して囁いた。いつもの新さんの、温かい声に戻っている。うん……、とうなずいたら、両腕で強く抱きしめられた。

「ならいい。俺がひなに執着するぐらい愛してるんだってことは憶えておいて。たまに俺のこともかまってくれれば充分だよ。ひなにだって友だちとつきあう権利はある。自由だ」

頬にもちゅとキスをくれてから、新さんが優しく微笑んで髪を撫でてくれた。……晴々(はればれ)している。俺はなんだかほうけてしまって、安堵と驚きがまだ綯(な)いまぜなまま整理できない。

「……怒ったふり、してたの？」

「ふりってこともないけど、ひながびくびくしてるから、ああ俺怒れてるんだなあ、成功かなあ、とは考えてた」

「成功、って……」

「本心を言わずに優しい大人の男でいようとすると失敗するだけだったからね。ひなには適度に本音をだしていきたい」

「本音って、嫉妬ってこと……？」

「十九歳になれないのが悔しい。ひなにはもっとひなにあう男がいるのかもしれないと思うと辛い。どこでなにをしても、誰といてもいいけど、最後には俺のところへ帰ってきてほしい。俺を愛していていてほしい」

新さんだ、と目の前に光が咲いたような感激があった。新さんだ。俺が知ってる、俺が好きになった新さん。

「うん、帰る。ずっと愛してるよ、当然だよっ」

両腕を新さんの身体にまわして俺も抱きついた。

「よかった」と新さんも応えてさらに強く抱き竦めてくれる。

「全然、浮気なんて考えてないよ。してない」

「そう」

「サークル入ったときにも話したでしょ、中条は映画に詳しいんだ。あと……あいつ、両親が不仲で、別居してて、大学進学してからひとり暮らししてる奴でね、ちょっと淋しさがわかるんだよ。あいつが呑み会とか頻繁に参加するのも、ひとりでいたくないからだって感じるし。今日俺のこと誘ってくれたのも心細いからだよ、きっと。そう思うと放っておけなくて」

「危ないなあ……それひなが弱いタイプってことじゃない？　いまにも奪われそう」

苦笑しながら、鎖骨をかぷっと噛まれた。

「そんなことない、共感と救いはべつでしょ。俺を救ってくれた新さんは一生でたったひとりの神さまで、青空で、恋人だよ。大好き」

やや乱暴なキスに襲われて、新さんが喜んでくれたのを察した。俺も感情が昂ぶって、舌をのばして彼の舌の動きにあわせながら絡めていると、また右胸をきゅとつままれた。でも今度のは痛くない。先を転がして刺激する、甘やかな愛撫。

「……新さん、優しいだけじゃないんだね」

「ん？」

「さっきここんとこぎゅってされた」

「痛かった？」

ふ、と笑って、唇を舐めつつ胸を撫でてくれる。

「痛いっていうか……新さんの知らない一面を見たって思ったから」

「ごめんね、怖がらせたね」

顔を俺の胸に埋めた新さんが、手じゃなくて唇と舌でそこを吸って慰めてくれる。ン、と声を洩らして、俺も新さんの頭を抱きしめる。

「ううん……新さんの考えてることがわからないと怖いけど、普通にプレイなら、黒い新さんも嫌じゃないかもって思ったよ」

「あれ、変な性癖に目覚めさせたかな」

ふたりでくっついてくすくす笑いあった。

「そうか、日向はソフトSMが好きってことか」

「その言葉……すごい、卑猥」

「大事な恋人の身体に傷をつけるのは好きじゃないけど、精神的に追いつめるだけならしてあげられるかもよ」

反対の胸も吸って、パンツのホックをはずされる。ジッパーがさがっていく。

「精神的に、って……どんな？　ここがいいの、これをどうしてほしいの、みたいの……？」

「そういうこと、誰に教わってくるの？　教えてごらん」

胸を甘噛みされて、背筋にぞわっと昂奮が走り、「あっ」と声がでた。

「やだ……それ、言葉責め？　どきどきする、」

「可愛いね、この程度で涙目になって昂奮して」

戻ってきた新さんが俺の頭を撫でて右頬を噛み、またきつく抱きしめてくれる。

い、いじめる言葉責めだけじゃなくて、こんな、甘く攻められたりもするなんて、手も足もでない、最強すぎるよっ……。

「あ、新さ、」

力強い腕に縛られて、彼の胸にすっぽり埋（うず）まって、火照る身体を持て余した。

「しよう、もう、しようっ……」

夕飯はあとまわしで新さんが欲しい。好きだから。一年経っても、一年前以上に好きだから。たったひとりの、生涯唯一の恋人だから。いまもそう想ってるから。ずっと俺の青空だから。大事でたまらなくて、愛してるから。

「エッチだね、日向」

「……や、名前、」

「必死に欲しがってくれる日向も可愛くて、全部苦しいぐらい愛してるよ」

キスをくれながら、新さんが自分の服を脱いでいく。その姿も格好よくセクシーでどきどきした。

窓の外は、雪のせいか普段より明るく感じる。

上着を脱いだ新さんの身体が、俺の上へ重なってくる。逞しい背中に俺も手をまわす。

朝日が昇るまでたっぷり時間もある。暗くて寒い冬の夜のあいだも、ふたりでくっついて、俺が、この人のことを温める――。

二〇一八年一月二十三日
年賀状お礼短編

新さんと一緒に夕飯を作っていたら、ピンポンとチャイムが鳴った。

「ごめん日向、でてくれる？」

「うん、大丈夫だよ」

野菜炒めを皿に盛ってくれている新さんに笑顔を返して、そばのインターフォンにでた。

「はい、どちらさまですか？」

てか、こんな時間に来客ってなんだろう。

『俺』

インターフォンの画面に見知った顔がうつる。にやっとカメラ目線で笑っている。

「新さん〝俺〟って人がきた」

「あー……しょうがないからあげていいよ」

俺も、ん〜と唸って、新さんの言葉どおり「しょうがないからどうぞ」とロックをあけた。

『しょうがないってなんだよ』

文句を洩らした彼が、画面から消えるとやがてエレベーターをあがって部屋の前まできた。

もう一度チャイムが鳴って、今度は新さんが「俺がいくよ」と言うから背後についていく。

「よう、こんばんは。きてやったぞ」

会社帰りらしく、スーツ姿で現れたのはタナこと棚橋さんだ。妙に態度がでかい。

「なんだよ〝きてやった〟って」

新さんも呆れながら招き入れる。

「引っ越し祝い持ってきたんだよ。みんなでワイン呑もうぜ」

「日向はまだ二十歳になってないよ」

「いいだろ一年ごまかすぐらい」

「駄目。日向にはそういうことさせません」

「セックスはしてるくせに」

「おまえさ……」

うしろからついてくる棚橋さんを、俺も新さんと一緒に睨んだら、にやけた顔をした彼に「ほれ」と尻をぺろっと撫でられた。

「わあっ」

「棚橋」

足をとめた新さんが棚橋さんの左肩を押さえてむかいあい、じっと見つめて時間をとめる。

「――やめろ」

そして十数秒間たっぷり威圧したあとに、ひとことだけ言った。

「へいへい」

ぱ、と手を離した新さんが、今度は俺の腰を抱いてしっかり守ってくれつつ部屋へむかう。

しかし新さんに本気で怒られたところで棚橋さんはてんで反省しないし、新さんもどうせ通じないと知っていて叱っている節がある。このふたりのバランスって相変わらず不思議だ。

「俺たちいまから夕飯だったんだよ」

「俺も食う」

「わかってる。でもふたりぶんしか作ってないからおまえは俺のつまめ」

「うい。ほんじゃ俺はこっち用意しとくわ」

棚橋さんがリビングのソファでワインをあけてチーズをならべているあいだに、俺と新さんは料理とグラスをテーブルに運んだ。それで全部そろうと、棚橋さんのむかいに新さんと俺が座って三人でささやかな引っ越しパーティが始まった。

棚橋さんと新さんは合図もなしに、息ぴったりにグラスをかつんと鳴らしてワインを呑む。

「本当は引っ越したあとすぐきてやるつもりだったんだけどな」

棚橋さんが言う。

「一生こなくてもよかったんだぞ」

しれっと拒絶した新さんに棚橋さんが「おい」とつっこむと、俺は笑ってしまった。

新さんと同棲を始めてもうすぐ一ヶ月経つ。棚橋さんと会うのは今日で二度目だ。一度目は新さんのお店で偶然鉢あわせした日。新さんは俺と棚橋さんを会わせないよう注意をはらってくれていた反面、どうせいずれ会うだろうと予想もしていたようで、あのとき『……はやかったな』と不満げに洩らしていた。

新さんが警戒しているとおり、棚橋さんは俺を子ども扱いしてものすごくからかってくる。

最初に会った日も『本当にちんちんついてるのか？』『俺もまじで男前だろ、一晩相手してやってもいいぜ』とむっちゃセクハラされて不愉快だった。『お調子者なんだよ』と新さんも口では穏やかに言うものの、セクハラ行為に関しては内心ぶちギレてくれているのを感じる。

「この夕飯、新が作ったのか？」

「近ごろ日向とふたりで料理の勉強を始めたんだよ」

「おまえが料理とか……恋は人を変えるんですかね～？」

「そうだね」

「フツーに認めるんじゃねえ、こっちが恥ずかしいわ」

俺が味つけして、新さんが炒めてくれた野菜炒め。それを俺も頬張っていたら、棚橋さんが「こいつ昔は料理なんてしなかったんだぞ」と目配(めくば)せしてきた。

「入社したころは新も寮にいて、毎っ晩一緒に呑んでたんだ。当時はクソみたいな上司しかいなかったから愚痴ってばっかりだったけど、仕事はいまより楽しかったなあ……」

棚橋さんが宙を仰いで懐かしげに微笑む。……あれ、この人こんな無防備な顔もするんだ。

「毎晩お酒？」と訊きながらふたりを見やると、新さんも苦笑した。

「うん、外食もしたけどね。だいたい弁当とつまみ買って帰って、部屋でふたりで呑みながら愚痴と夢語(かた)って青春してたんだよ」

「社会人でも青春？」

新さんが「そう」とうなずいて、棚橋さんも「俺は学生時代より楽しかった」と言いきった。

「社会人になると自分で金稼げるから、成果がかたちで返ってきてやりがいもある」

「棚橋は特別商才があるんだよ。安月給のまま働き続けてる社員のほうが多いんだから」

「違う、いつも言ってるだろ？　そいつらは無能なんだよ。会社は能力のある人間をちゃんと評価する。だから佐和だって札幌にいったし、おまえもいま店のこと好きにやらせてもらってるんじゃないか。カフェの計画も順調にすすんでるって聞いてるぞ」

「まあな」

「やる気のない奴は死ぬまで下で燻ってる。当然の結果だ」

「怖いな」

「すましてんじゃねえ、おまえも才能のある人間だろうが」

厳しく諭されても、新さんは笑顔で相づちをうっている。ワインを揺らすふたりの大人は、長い歳月を経て育み続けた友愛の輪に覆われていて、悔しいほど格好よくて、遠く届かない。

「……会社の仕事の大変さとか楽しさとか俺にはまだ難しいけど、棚橋さんいきいきしてるね。新さんの『商才がある』って言葉うなずける。勉強でも楽しんでる奴ってやっぱ強いし」

「ひなちゃんは勉強楽しくないのか？」

「楽しいのと楽しくないのがあるよ」

「ははー、おまえが楽しいのは保健体育だな？」

またセクハラ！　と憤慨したら、俺が反論するより先に、新さんがなだめるみたいな仕草で俺の後頭部の髪を撫でてくれた。

「それは俺とふたりだけの大事な授業だよね」

微笑みかけられて、心臓が砕ける。……うん、もう、うん……はい……。

「いちゃつくんじゃねえ」と棚橋さんがワインのコルクを投げてきた。いて。

「やめろ棚橋。同棲カップルの家に押しかけてきたのはおまえなんだから辛抱しろ」

「甘ったるいおまえ見てるとうげーってなんだよ」

「我慢できないならこないこと。ここは男子寮じゃなくて俺と日向の家だからね」

「……けっ、虫ずが走るわ」

　棚橋さんがワインを呑み干す。すると、苦笑した新さんがボトルをとって棚橋さんのほうへ傾け、棚橋さんも自然とグラスを寄せて受け容れてワインが注がれていった。仲がいいんだか悪いんだか……そのふたりの鮮やかなリズムにほうけてしまう。

「おまえ今夜はここで寝ろよ、毛布貸してやるから」

　新さんが囁くような声で続けて、棚橋さんも「ああ」とこたえた。

「え、棚橋さん泊まるの？」

　びっくりした。そんな話、一度もでてなかったから。

「ずいぶん嫌そうに言ってくれるなあ、ひなちゃんよ」

「嫌じゃないよ、驚いただけ。棚橋さんがくるとそれって泊まるって意味なの？」

「ううん、今日は泊まるんだよ」と、新さんがこれまた当然のことのように言う。

「え、メールで〝泊まるよ〟って先に連絡もらってたとか？」

「いや、ないけど」

「えぇっ？」

　どのタイミングで新さんが〝棚橋はうちに泊まる〟って察したのかまったくわからない。

リビングの窓辺にあるソファの、この夜空のすぐそばで、ふたりはまたワインを呑んで笑いあっている。そして脈絡もなく仕事や同僚の話題を繋ぎあわせて、リズムよく話し続けていく。ふたりにはふたりだけに通じるテレパシーみたいな会話方法があるんじゃなかろうか……と、俺は疑わずにはいられない。

俺だけ最後まで野菜ジュースを飲んでパーティが終わった。

棚橋さんが酔っ払ってリビングのソファで眠ってしまうと、新さんに誘われて一緒に風呂へ入ってから俺たちもベッドで横になった。

「……今日会社でね、棚橋は苛々することがあったんだよ」

むかいあっておたがいの腰に腕をまわし、落ちついて目をあわせると、新さんがしずかな声で教えてくれた。

「苛々……？」

「そう。そういうとき昔から〝助けて〟って感じで、あいつ、俺のうちにくるんだ。それで酒呑んで泊まっていくの」

もちろんあいつは助けてなんて口じゃ言わないけどね、と新さんがやんわり苦笑する。

「それ、ふたりして黙っててもわかるんだ」

「長いつきあいってやつかな」

「そっか……」

新さんの左手が、俺の前髪を撫で梳いてくれる。

「ひなと恋人になってから自覚し始めたんだけど、たぶん棚橋は誰かと恋愛をしたとしても、精神的な面で俺に抱かれてないと生きていけない一部分があるんだよ」

灯りを消したベッドのなかで新さんの瞳は綺麗で、髪はシャンプーのいい香りがして、絡みあう腕と脚は風呂あがりで温かい。両腕を新さんの背中までまわして彼の胸に顔を押しつけ、俺はさらに強く抱きついた。

「……そんなの、嫉妬する」

インターフォン越しの『俺』っていう不躾なひとことでやってきた瞬間から、新さんは相手が棚橋さんだとわかってしまっていた。対応したのは俺で、画面の顔も見ていなかったのに。

会社でなにがあったのかはわからない。ていうか新さんも一日中お店にいるはずで、どうやって棚橋さんの〝苛々すること〟を知ったのかだって謎すぎる。いっそテレパシー以上の魔法で繋がっているんだと言われても納得してしまいそうな仲だった。そんな信頼、狡すぎる。

「嫉妬してくれるの？」と新さんが俺の額のあたりで笑っている。

「嬉しいけど、俺が愛してるのは日向なのにな」

甘い言葉もさらっとくれる。

「……うん、俺も新さんのこと愛してる、けど狡い」

ぼそぼそ不満を洩らしたら、新さんに腕を摑まれて強引に体勢を変えられ、組み敷かれた。自分の上にきた彼に目を覗かれて、顔を隠せなくなる。

「愛を語りたいなら〝けど〟は言っちゃ駄目だよ」

優しい笑顔で叱られた。格好よくて、どきどきさせられっぱなしで、本当にとっても狡い。

「……新さんのこと、愛してる」

「うん、いい子」

　ご褒美は頬と口へのキス。上唇を食んで吸ったあと、下唇も同様に甘くふんわり吸われた。ひとまとめに唇を食べられた次には、どんどん深くなって奥まで新さんのものになっていく。

「ひなも忍君と言葉のいらない関係なんじゃないの？」

「ぇ……や、俺らはそんなことないよ。高校がべつの学校になるってときもあっさり別れたし、忍には忍の友だち関係があって、俺もそうで、そのなかにおたがいがいるって感じだもん」

「ほら、それが信頼じゃない？」

「え。んー……新さんと棚橋さんほどじゃないと思う」

「そうかねえ」

「うん」

「もしひなに心で繋がってる男がいたら俺は全力で嫉妬するから、ひとまず安心しとこうか」

　笑いながら左目の泣きぼくろを甘噛みされた。全力の嫉妬……。

「ありがとう新さん、大好き」

「俺も大好きだよひな」

「でも俺いま棚橋さんに全力嫉妬してるからね」

「あら」

「精神的に抱いてるって、そんなのひきはがせないじゃんっ」

　ははっ、と眉をさげてたまらなくおかしそうに笑われた。

「単なる比喩表現だよ」

「えーもう、それむっちゃ悔しいよ、比喩でももっとべつのにしてほしかったっ……」

本気で嘆いているのに、新さんは笑い続けながら俺の額を右手で撫でて、キスをして、口の端や頬まで舐めたり吸ったりしてじゃれている。喜んでくれているってわかるけど、俺のもやもやは解消されていないぞ。

「精神で抱くって最強すぎ……」

「そう？　……俺はこうやってひなにしているように、心でも掌でも抱いているほうが最強だと思うけどな」

耳もとで小さく笑った新さんが、俺の首筋を強く吸って赤い痕をつける。

俺の全部を抱いてくれているのは日向だけなんだよ、と告白もくれた。しょうがないな……、と息をついて、なだめ上手な恋人の身体をきちんと抱きしめる。

明日起きたら忍とおなじ甘党の棚橋さんに苦いコーヒーをいれてやろう。それでパンを焼いて三人で朝ご飯を食べる。想像する光景はふたりのときよりもっと賑やかな食卓で、ちょっと悔しくて、でも楽しみにも思えた。

二〇一七年二月十九日

『窓辺のヒナタ』発売記念リアルサイン会　おみやげ小冊子

7月30日（月）

「なわ〜わ〜」

『豆腐〜。大丈夫だよ、捨てたわけじゃないからね、ちゃんと帰るから安心して〜』

夜帰宅して夕飯を終えた緑さんは、リビングでノートパソコンをひらき、早速草野さんとのネット通話を繋いだ。

「あーあー、豆腐が興奮しちゃってるな」

ははは、と緑さんが笑いながら、液晶画面を叩く豆腐を胸に抱いて抑える。俺は一緒に家にいるのがばれたらちょい厄介なので、カメラにうつらない場所で声をひそめて見守り係だ。

「あう、な〜」

「あーあーもう。喜ぶかと思ったのに逆効果だったか？　暴れてしかたない」

『ふふ、すみません社長にまで迷惑かけて。ほんとうちの子甘えんぼうなんですよ。結構人見知りも激しいんですけどね〜。昨日一緒に寝たんでしょ？　社長にはかなり懐いてるみたい』

「フフ。豆腐にはわかるんだな、俺が無害でいい奴だってことが」

『そうですねえ、動物は人間の本質も見抜けるぐらい鋭いかもしれませんね〜。幽霊も見えるっていうし〜』

「なんだその投げやりな言いかたは。今夜も豆腐と一緒に眠っていろんなことしてやるぞ」

『やめてください、それセクハラですよ。吸うだけにしてくださいね』

緑さんが豆腐を顔の位置に抱きあげて、背中をす〜と吸う。豆腐が前肢をまっすぐのばした格好で「なおわ〜」とちょっと嫌そうに鳴き、草野さんも『帰ったらシャワー浴びさせなきゃ』とあしらう。

「おい、人を臭いものみたいに言うな」

『三十半ばの男なんかそこそこ匂いますよ』

「おまっ……気をつかってるよ、匂いにはっ」

俺は腹を抱えて笑い転げたいのを必死に我慢する。ああめっちゃ面白えっ……草野さん、俺とは仕事のパートナーとして大人の女性って感じに接してくれるのに、緑さんとふたりだと対等どころかすんげえ強ぇんだな。腹痛え、めちゃんこウケるっ……。

『ていうか社長、写メ送ってくれるのもありがたいんですけど、たまにとんでもなくブサイクな写真があるのなんなんですか』

「ブサイク？　どれがだよ」

『このあくびしてるのとか、これ、この眠そうなのとかっ』

「可愛いじゃないか」

『全然ですよ。ほかはものすごく可愛いし、光の加減や背景や構図まで完璧なのに、なにこの愛のない下手っくそな写真は。嫌がらせ？』

草野さんがキレている。さすがだぜ草野さん……緑さんと俺の写真の区別がついてる……。

「嫌がらせってどういうことだよ、どんな姿も可愛いだろ豆腐は」

『女には可愛い角度ってもんもあるんですよ、これ撮ったの社長じゃないんじゃないですか？彼女さん？』

　ぎく。

「違えよ、全部俺だよ」

　緑さんの声にもかすかな動揺がまじって、拗ねたようにくぐもった。

『ふ～ん。べつにいいですけどね』

　草野さんが、緑さんの指にある日突然現れた指輪を知らないわけがない。相手ができたってことぐらいは気づいてるんだよな、当然。

「いいから豆腐と話せ」と、それからまた緑さんが草野さんと豆腐をＷｅｂカメラ越しに会話させてあげて、豆腐の淋しさが増さない程度に、と切りあげるころには九時になっていた。

　草野さんの「ありがとうございました～」というお礼にこたえて、緑さんも「はい、また～」と豆腐の前肢をふる。ほんのり笑顔を浮かばせた表情で、親しげに温かく言う〝また～〟に、理屈じゃなくきゅんと胸が動いた。草野さんが通話を切ると、緑さんも画面を消す。

「いまの〝また～〟っていうの素敵だったね」

「は？」と緑さんの唇が笑顔のかたちになる。

「なんだそれ」

「うまく言えないけど、素の緑さんが一瞬でてたっていうか。それがなんか、よかったよ」

「謎すぎるな」

俺をばかにしながらも、まんざらでもない表情をして「こい」と呼ぶ。嬉しいくせに、って呆れて笑いつつ、俺も横にいく。

「なあぁ～……」

豆腐は淋しげな声を洩らしてテーブルに乗り、暗くなったノートパソコンを覗きこんでいる。キーボードにまで乗っかりそうだったから、お腹に手をまわして抱きあげた。

「やっぱ淋しくなっちゃったか、豆腐？」

「このなかに草野がとじこめられたと思ってるのかもな」

「まじか。大丈夫だよ豆腐、草野さんこんなちっこくねえだろ？　またすぐ会えるからな」

よしよし、と頭や身体を撫でまくる。小さくてまんまるくてふわふわの豆腐が、目を瞑ってされるがままになり、「あ、ぁ」と〝やめっ、もういい〟みたいな反応をするのが可愛い。

「はあ……でも俺も豆腐と別れるの淋しくなってきたよ。草野さんのところに帰っちゃったら豆腐ロスになりそう」

「うちでもネコ飼うか？」

「ん～……ネコも好きだけど、豆腐にもらう淋しさは豆腐にしか埋められないからな」

「……うむ。そうだな」

豆腐を抱く俺に、緑さんが右横から両腕をまわしてくる。俺と豆腐の抱擁を邪魔しないよう加減しながらも、なるべくきつく抱き竦めたがっているのがわかる腕の強さ。……この人いま、木曜日には俺も一緒にいなくなることを考えてる。もしかしたらお父さんのことも。

「……緑さんと豆腐はそっくりだな」

キスして、いしし、と笑ってやったらもっと容赦ないディープキスに襲われて溺れかけた。

「こら性欲クマめ。てか草野さんと緑さんの会話、すんっごい面白くてやばすぎだったね」

「面白い？　普通だろ」

「普通なの？　社長と社員っつうより、夫婦みたいだったじゃん」

「妬いてるのか。フフ」

「嬉しそーにすんな。尻に敷かれてるダメ旦那みてーって言ったんだよ」

むっ、とした顔で左頰をひっぱられて「ひでで」と悶えた。

「ダメとはなんだ。就職してから驚くなよ、社員のほとんどが俺に対してああだからな」

「まじで？『ライフ』のタイトルを決めたときからなんとなく感じてたけど、緑さん威厳ない……じゃなくて、愛されてんだな」

「おい。アットホームなあったかい職場なんだよ」

「ふうん……俺もすぐなじめるといいな」

『ライフ』の件で緑さんにスカウトされた当初、電話越しに俺を歓迎してくれる社員さんの歓声は聞かせてもらっていたけど、実際の雰囲気はまだ知らない。

「……結生。俺も、大柴みたいにカミングアウトしたほうがいいか？」

緑さんが俺のこめかみに額をつけて、謝罪の声色で囁いた。

「え。突然どうしたの」

「いま草野に〝彼女か〟って訊かれたろ。大柴は、あんな一瞬の裏切りも恋人に感じさせないんだろうな」

「ばか」と間髪入れずに笑ってやった。

「裏切りじゃなくて処世術だろ？　いくら乙女思考でも、俺はそんな自己中な文句垂れる乙女じゃねえぞ。今日たまたま『アニパー』で日向に会ったんだけど、日向と新さんもうち明ける相手を見極めて生活してるって教えてくれたぜ？　俺たちも自分たちの人づきあいにあわせて、一緒に最善の選択を考えていこうよ」

「日向君とそういう話をしたってことこそ、世間にばらしたいって気持ちがあるからじゃないのか？」

「そりゃあばらしたいよ。緑さんが俺のものだって世界に言ってまわりたいし、お父さんにも結婚して見せてあげたかった。けどべつに世間に知ってもらうのが俺の幸せってわけじゃない。おたがいの仕事も立場も尊重して、傷つけあわずに生きていきたい、それが俺の幸せだよ」

真剣に訴えると、緑さんも厳しくかたい瞳で俺を見つめ、親指でそっと頬をなぞった。

「……ここそ隠れるような関係を続けることになるんだぞ。結生は本当に幸せなのか？」

「幸せで悪い？」

今度こそ思いきり抱き竦められた。

「……愛してる結生っ」

やれやれ、と息をついて緑さんの背中を撫で、「俺も愛してるよ」とこたえる。

「緑さんの考えのほうが古いのかもな～。ゲイはカミングアウトするのがもっとも幸せ、とか思いこんでない？　ンなことないし、異性同士だって冷やかされたくないとか不倫とか、いろんな事情で隠す人たちいるでしょ。俺たちも俺たちのスタイルで幸せでいればいいじゃんか」

「……だって大柴がむかつく」

　子どもみたいな妬みがこぼれてきた。

「はは。緑さんは大柴さんがコンプレックスなんだなー……あっちは副社長で、自分は社長で、充分勝ってるのになんでそんなにずっと意識してるんだか」

「業績では負けてる。なによりあっちには兵藤さんがいて、あいつは兵藤さんに好かれてる」

「ああ……緑さんの大っ好きな兵藤さんね」

　コンプレックスと嫉妬まで完璧に埋めなければ満足できないのが仕事人ってもんだ。だけどそれで自分の目指していた未来、愛するもの、を見失っちゃ一生ふりまわされて勝てやしない。敵は常に自分であれ、だ。

「わかった。なら俺が緑さんにてっぺん見せてやるから安心しろ、な！　緑さんは大柴さんも世間もなんにも意識しないで、大事な社員と俺だけ見てればいいよ。俺たちとつくる幸せだけ。他人に対抗してなにかしようとしちゃ駄目だ。仕事もプライベートも、だ。いいね？」

　大柴さんはできる、自分はできない、なんて人と比べ続けなくていいんだ。それで緑さんが無茶して苦しむはめになったら、ふたりして不幸になる。そうだろ、お父さん。お父さんも絶対そう思うよね。他人は他人。俺たちもふたりでつくる俺たちだけの幸せの道をいけばいい。

　見つめあっていると、緑さんが俺の瞳の奥にある本心を探ろうとしているのがわかったからまっすぐ見返してやった。納得いくまで探りなよ、これで緑さんの不安が消えるんならいくらでもどうぞ。俺はただ、緑さんを愛するだけだ。

「……愛してる。おまえは俺のすべてで、魂だよ」

潤んで揺らぐ瞳でそう告白した緑さんに、またキスで襲われて溺れた。強く押し寄せる愛情に攫われて。冷たく凍える氷泥の海の底でふたりきり、ただよって温かくたゆたうみたいに。

「……俺も愛してる。大学で忍と会えて、あのとき『アニパー』いって、俺本当によかったなって想ってるんだよ」

ソファの上に緑さんと豆腐と三人で抱きあって天井を眺めながら感慨に耽った。身体の上に重なる大好きな人たちの命の鼓動で、こと、こと、と自分の胸も震えている。失ったら、息のできなくなるもの——俺にもこの人が魂だ。この愛おしい命のおかげで、いま俺は生きている。

はじまりのユキ

「――忍君、カレシとデートってなにするの？　どっかいったりする？」

「もちろんでかけたりもしますよ」

「どこどこ？」

「俺、千葉出身なんで、まあ、例の遊園地とか」

「えーっ、男同士で遊園地!?　めっちゃ可愛くない？　あははははっ」

大学のサークル室内に、人を小ばかにする嗤い声が響いている。ノートパソコンに隠れて視線だけその嗤い声の主にむけ、大きくひらかれた口を盗み見ながら舌打ちをこらえた。

……ゲイがそんなに面白いか。

「〝可愛い〟ですかね……あそこ老若男女問わず熱心なファン多いですからね。年間パスポート買って、通ってる人も大勢いますし」

嗤われている当の本人は、涼しい顔をしてこたえている。

今年の春うちの大学にやってきた後輩の豊田忍は、自分がゲイで、恋人がいることも公言している強者だ。嗤われてもからかわれても、とくに動じるようすもない。

てか、おまえはなんでそんなに堂々としていられるんだよ。

「ファンがいくのはわかるよ？　男同士のゲイカップルでいくっていうのが可愛いの。忍君、カレシとめっちゃラブラブだよね～」

「はあ……一応いまのとこはラブラブですかね」

「あはは、ウケるっ。いいな～」

ウケといて〝いいな〟ってなんだ、わけわかんね。

「ありがとうございます」

にっこりして自慢げに返してやる豊田は、歳下の後輩ではあるけれどいまこのサークル室内にいる誰よりも大人びて見える。


ひとり暮らしの家へ着いて背負っていたバッグをおろし、ベッドにばたんと倒れた。

——初めまして。一年の豊田忍です。えー……俺ゲイで、恋人もいます。よろしくお願いします。

あいつがきてから半年近く経つっていうのに、いまだにあのインパクト大な自己紹介が頭から離れない。どこか冷めたような淡泊な表情と声で、しれっとさらっと、ゲイだ、と言ってのけた。

ほかにもっと言うことあんだろ、なんでわざわざそこチョイスしたんだよ。しかも大学進学してサークルに入って、華々しい一歩です、ってときにさ。思いっきりプライベートの、少なくとも初対面の奴らが大勢いるとこじゃまず隠しておくレベルの部分をさ。暴露するとかさ。どうかしすぎてるだろ。

案の定、手を叩いて大爆笑されて、それでもあいつは余裕綽々に鼻の頭を掻いていた。おまえなんなん。度胸ありすぎ、怖いもんなしか。信じらんないよ。……ゲイとしてどんな生きかたをしていたら、おまえみたいになれたのかな。

——店長、本宮とつきあってるってまじすか。

——うん、ホモだよホモ。面白いんだ彼、男相手なのにめちゃくちゃ一途でさあ。

——ははは、なにそれひっでえ。単に遊んでやってるって感じじゃないっすか。

——そりゃ本気でつきあえるわけないもんねえ。

——え、じゃあどんなつきあいなんです？　セックスは？

頭を打ちふって、ベッドの上に身体を起こした。

忘れろ、忘れろ。想い出すな想い出すな、子どもすぎた初恋。

念じながら、上着のポケットにしまっていたスマホをだし、可愛い動物アイコンを押して『アニマルパーク』を起動した。はあ、と息をついて背中をベッド横の窓へむけ寄りかかる。

ロードが終わると、液晶画面に俺のアバター、白トラのユキが現れた。きりっとした目つきの男前。うん、今日も格好いい。白いボアつきコートに着せかえておしゃれしてあげてから、いざゲイルームへ。

ロッジ風の室内には、暖炉を囲むようにソファがならんでいる。まだ夜の八時で、時間がはやいのか人はひとりしかいない。黄色の可愛らしいイヌさんだ。名前はツヨシさん。

頭のあたりをタップしてプロフィール画面をだしたら、『都内住み／29／セフレ可』とある。悪くないぞ。

――『ツヨシさん、こんばんは。初めまして、ユキって言います』
彼が座っているむかいのソファへユキを座らせた。
――『こんばんはユキさん』
彼もこたえてくれる。ちなみに俺のプロフは『セフレ募集中』。
豊田みたいに大学でカミングアウトするのはどうかと思うけど、俺もこの性指向を悲観しないで、ゲイとして割りきって、自分らしく自由にのびのび楽しく生きていくって決めたから。
――『ツヨシさん、都内住みなんですね。俺もです』
――『そうなんだ』
――『俺歳上好きなんで、二十九歳っていうのもおいしいです』
――『はは。ユキ君はいくつなの？』
――『二十歳で、大学生です』
――『若いな～』
――『若いと、範囲外ですか？』
――『ははは。ユキ君ぐいぐいくるじゃん』
――『いきますよ、だってツヨシさんも相手探してるんでしょ？』
――『探してるけどね。ユキ君はここで出会って、セックスしまくってる感じ？』
さあ、ここからが勝負だぞ。何人も何人もチャレンジして断られてきたんだ、気あい入れろ、怯むな俺。でも……やっぱ嘘はつきたくないから、とりあえず今回も正直に言ってみよ。
――『しまくってないです。気軽なつきあいができたらって思ってるけど、まだバージン』

──『あ、バックバージンなんだ～』

──『だめ？　やっぱツヨシさんもバージンお断り派？』

──『そうだね。苦手かな』

ンだよもう！　また駄目！　惨敗！

──『どうしても駄目？』

──『面倒くさいことになりそう。セフレ募集してるバージンって警戒するよ。必死なところにただならぬ事情を感じるしさ。ユキ君って本当は恋愛に一途なタイプじゃない？』

う。

──『もうちょっとスマートな雰囲気だったら考えたかな～』

くっ……なにこの人、セフレ探しのプロかよ。

そうだよ、好きになったらど一途のくそ乙女だよっ。見透かすなよ、てかなんでこんな数分で乙女ばれたんだよ、ダダ洩れかよっ、恥ずかしいかよっ。いままで俺とのセックス断った人たちにもダダ洩れてたってこと？　めちゃんこ恥ずかしいかよっ。

──『……わかった。次はスマートにしてみます』

──『あはは。頑張って。俺そろそろ時間だから落ちるよ、またね～』

ソファをおりた黄色いイヌが、手をふってぱっと消えてしまう。

文字で数分しか交流していないのに、なんでこんなにあっさり、何度もふられるんだろう。

そりゃ初めてシて、相手も優しくて相性よくて、一緒にいるときの雰囲気も悪くないかなって思ったら好きになるかもしれないけどさ。いや、全然、まじでエッチだけでいいんだけどさ。

不思議なぐらいふられる。こんな俺とセックスしてくれる人、どこかにいるのかな。運命の相手がいるからふられてるのかな。……って、この思考が乙女か。やめやめ！

うー、と唸ってまた布団の上に転がったら、ちょうどゲイルームのドア前に新しい人が現れた。白いクマ。眠そうな感じの、目つきの悪いクマだ。名前は〝クマ〟とある。

クマさん——名づけかたが適当すぎる。ソファに座っているユキも、ドアの前に佇んでいるクマさんも微動だにせず、沈黙がながれている。挨拶しないと、と思って文字を打とうとしたら、ぽこんと先にクマさんの上に吹きだしが浮かんだ。

——『おまえ寝る相手探してるのか』

なっ。あ、プロフ見てくれたんだ？　えっと、ここでスマートにいかなくちゃいけないんだよな……？

——『探してる。恋愛抜きで、セックスだけできればいいやって思ってる』

——『都合がいい、俺もだ。じゃあ会うか』

え、これスマートっ？　会うことになったぞ一瞬で。どうしようこっちがびっくりだ。でもまだここで乙女さをだしちゃ駄目だ。こう……格好よくクールに、スマートに。スマートに。

——『いいよ、会おうぜ』

——『ああ』

彼から短い返事がきたあと、続けてぽんと友だち登録の申請が飛んできた。クマさんからだ、行動はえぇ。慌てて承認して、友だちリストにクマさんの名前が加わる。するとすぐに一対一で話せるプライベートチャットの窓がひらいて、今度はそっちで声をかけられた。

――（承認ありがとう。こっちの携帯番号送るから、おまえもよこせ）
え。
（うん）とこたえた直後に、電話番号と思しき数字が届いた。俺もテンパりつつ、自分の番号を書いて送り返す。こんなにさくさくいくなんて……と、どきどきしながらクマさんの番号を自分のスマホに登録した。
クマさんはセフレ探しのプロに間違いない。そっか、リアルで会うときって友だち登録して、こうやって電話番号交換するのか……。
（十九日の木曜日、九時に渋谷でどうだ）と日時と場所もさくっと決めてくれた。
――（うん、いいよ）
――（じゃあ当日な。着いたら連絡する）
へ、終わり？
――（待ってよ、服とか、目印決めないの？）
――（数日前から会う日の服装決めるのかよ。デートじゃないんだぞ）
うっ……やべえ、これ乙女ばれぎりぎりセーフじゃね？
――（おまえもセフレ募集してるぐらいだから、リアルで会うの初めてじゃないんだろ？いつも細かく服装決めて会ってたのか？）
うぐっ。
――（べつに、その時々によるよ。俺は『アニパー』だけじゃなくて、ゲイアプリでもめっちゃヤりまくってるセフレのプロだからな。ナメんなよな）

——（威張ってるあたり、小者感ハンパないな。たいした経験なさそう）
やばい、嘘までついたのにダダ洩れてるっ。
——（あるってば。クマさんはちょっと物言いがひどくない？　なんか冷たい）
——（ヤるだけの相手に優しさ求めるなよ、おまえは甘えんぼうの子どもか？　いちゃいちゃしたいならほか探せ）
だからっ、隠してるのに俺を乙女みたいに言うな、こんちくしょうっ。
——（違う、いちゃいちゃなんて求めてねえよ。挿入れられて気持ちよくなりたいだけだからな、ばかにすんな。クマさんこそ口ばっかりで下手だったりするんじゃないの？　やだな〜下手なセフレ相手困るな〜）
フンっ、と文字を送信してやったら、返事が途切れた。いけね、からかいすぎた……？　とスマホを両手で握りしめて、クマさんのアイコンを凝視して待ってみる。気怠げな、眠そうな顔の白いクマ。
——（楽しみにしてろ）
ぶわ、と一気に顔が熱くなった。クマさんは（じゃあな）とだけ残して、オフラインになってしまう。
……楽しみに。
そうか、俺セックスするんだ。相手、とうとう見つかったんだ。
クマさんってどんな人なんだろう。クマっていうぐらいだから、やっぱりごりごりの髭面のクマっぽい男なのかな。それならいいかな。好みと真逆のほうが好きにならなくてすむし。

——店長、本宮とつきあってるってまじすか。

——うん、ホモだよホモ。面白いんだ彼、男相手なのにめちゃくちゃ一途でさあ。好みど真んなかの、歳上でスタイルよくて格好いいノンケ男とは、三年前にすこしつきあって別れた。現在は、いくつかもらった想い出だけがここにある。

しばらくはセックス楽しむだけでいいんだ。いまは、ゲイの自分の身体を受け容れてくれる仲間がいるって感じたい。それだけでいい。

『アニパー』をとじてスマホを離し、ため息をついて布団に顔をこすりつけた。ごりごりのガチムチのクマさんか——……。

木曜日、九時に会う。セックスをする。

どうなるんだろう。どんなふうにセックスするんだろう。セックスって、どんなものなんだろう。恋人同士のセックスと、どう違うんだろう。恋人とのセックスのほうがあったかいいんじゃないか、って思っちゃうとこがやっぱ我ながら乙女だよな。

楽しみにしてろって言われたんだ、クマさんがどんなセックスしてくれるのか、いまはなんにも考えないで楽しみにしておこう。

木曜日の九時に会う。

クマさんっていう、本名も外見も知らない男と、俺は人生初めてのセックスをする——。

二〇一八年四月十五日

『氷泥のユキ』発売記念短編

ツイッターにて公開後、リアルサイン会おみやげ冊子に収録

7月31日（火）

緑さんは朝、タブレットで新聞を読む。

「ごら。読みながらセクハラすんな」

ダイニングのテーブルに朝食をならべている俺の尻を、緑さんが揉んでくる。

「目の前にだされたら揉むだろそりゃ」

「威張んなすけべ社長。べつに揉ませるためにだしてんじゃねんだからな」

「ンだとこの」

腰をひっ摑まれて緑さんの膝の上に姫抱っこで捕らわれ、身体中がむしゃらに撫でてくすぐられた。「へはははっ」と俺も悶えながら笑って、緑さんも笑う。

空調とクーラーがばっちり効いている緑さんの家でも、夏は暑すぎて下着にノースリーブ姿だ。朝はその上にエプロンもつけていて、緑さんはいつも「エロい」と目を細める。それでちょいちょいセクハラされる。

「もう、朝からはしゃぐなって。元気なおじさんだな」

「おまえ〝すけべ社長〟とか〝元気なおじさん〟とか言いたい放題だな、おまえの彼氏だぞ」

「おうよ。俺の彼氏はすけべで元気で格好いいおじさん社長だよ」

しし、と笑って緑さんの唇にキスしてやると、微笑んだ彼からお返しのキスも続いた。腹にあった手が脇腹から胸までゆっくりたどって、俺の身体がここにあるのをたしかめているみたいに撫でていく。

唇を離すと見つめあって、近すぎる距離にすこし照れながらふたりで微笑みあった。緑さんはたぶん、俺とこうして一緒に過ごせる朝を喜んでくれている。

「……今夜も残業しないで帰ってくるよ」

俺のエプロンの胸に顔を伏せて、甘えながら言う。

「ちゃんと待ってるから、満足するまで仕事してこい」

緑さんが仕事好きなのも知っているので、俺は帰宅を急かすつもりはない。大事な彼氏の迷惑にはなりたくねえよ、と頭を抱きしめて、髪の奥まで指を通して撫で返して笑って伝える。

「あわ〜」

いちゃついていると、豆腐が遠くで鳴いた。ふりむいたら、お父さんの仏壇を横から覗いて、俺がおいたパンとスープをくんくん嗅いでいる。

「ああっ、駄目だ豆腐そこに乗っちゃ」と慌てて緑さんから離れ、豆腐のもとへ駆けつけた。豆腐を抱きあげて、胸のなかにしまう。

「ここはのぼっちゃ駄目。ごめんな、いますぐ豆腐のご飯も用意してあげるからな」

豆腐の頭もわしっと摑んでぐりぐり撫で、緑さんの隣の椅子に座らせてやった。緑さんが「きたなイタズラっ子め」と豆腐といちゃつき始めたのを微笑ましく一瞥し、キッチンへ戻る。

豆腐のご飯も器に入れて、ご飯場所のお盆の上におくと、緑さんと食事を始めた。

「そういえば昨日日向と話したとき、九月なら新さんの仕事も落ちつくかもって言ってたよ」

「そうか。そうだな……九月に入れば俺と大柴もすこしだけ楽かもな」

「緑さんなんだかんだ言って大柴さんのスケジュール把握してるぐらい仲よしだよね」

「仲がいいわけじゃねえ……『アニパー』さまと一緒に仕事してるからわかるだけだ」

まあ、それも知ってるけども、と肩を竦めて、トマトスープを飲む。今朝は目玉焼きをのせた食パンとトマトスープとサラダにした。

「結生は九月大丈夫なのか？」

「うん、母さんが妹の出産で入院するからいくけど、つきっきりってことはないだろうし一応平気。下旬に入ると大学始まって、卒論と学祭の準備に追われてるかなあ」

「学園祭か……覗きにいきたいな」

「ふふ、いいよ。つか、大柴さんのことどうやって誘う？　緑さんも〝穏便に話をつけてやる〟とか言ってにやけてたけどさ、あれから状況が変わったっていうか……こっちが大柴さんの事情をいろいろ知っちゃってること、どうやって伝えていけばいいのか」

「べつにどうでもいいだろ」と緑さんは投げやりに言って、パンを齧った。

「今日も電話で話すし、俺から〝彼氏いるんすか、呑みいきませんか〟って誘ってやろうか」

わざとぱっぱらぱーな口調で緑さんが煽る。

「全然穏便じゃねーだろ。日向から情報をもらってきちゃったのは俺だし、俺が誘うのが妥当な気もするんだよな。緑さんより穏便にすすめられるだろうし」

「信用ねえな」とぶうたれるから「あるもんか」と抗議して、その仏頂面に笑ってしまった。

「大柴さんの彼氏、一吹君っていうんだって」

「いぶき?」

「うん、ひと吹きって書いて一吹。〝自分だけじゃなくて他人の辛さもひと吹きで飛ばせる子になるように〟とかって親がつけてくれたらしいよ、素敵な名前だよね。彼氏の名前聞くのは悪いことじゃないと思うんだけど、なんか『アニパー』で話してたからさ、日向とふたりして『ここで本名言っていいのかな』ってびくびくしながら教わっちった、はは」

「他人の辛さもひと吹き、ね……」

緑さんが呟いて瞼を伏せ、サラダのプチトマトを見つめている。

「大柴さんも一吹君に辛いこと吹き飛ばしてもらったのかもしれないね」

「……そうだな」

あれ、ここは茶化してこない。

——俺が一時期どん底にいて病んでいたころに、こいつとんとんやってきて、ぶっきらぼうに缶コーヒーくれたんだよ。結生が選んだ会社の社長さんは、そういう情に厚い優しい男だから。安心してついていきな。

今年の二月、大柴さんと三人で食事をして、緑さんの会社にお世話になっていくという報告をしたとき、大柴さんがそんな言葉で送りだしてくれたのを思い出す。……そうだな。どんなに嫌いな相手だとしても、緑さんは人の不幸を笑ったりばかにしたりする人じゃない。

「次に大柴さんと会ったら、そこらへんののろけ聞いて思いっきり冷やかしてやろーぜ」

ふふん、と笑うと、緑さんの唇もにぃとゆがんだ。

「だな。どうせ余裕でのろけられるだろうけど、こっちも負けねえぞ」

「ははは。ばかな闘いだな～」

いつの間にか一緒にご飯を食べていた豆腐も「あ～」と鳴いて、俺らの会話に加わる。

七階の部屋は、朝からぎらぎら鋭く輝く太陽の光も近くて強い。

食事を終えると、緑さんはシャワーを浴びて出勤の支度を整えた。……この人の朝の行動のひとつひとつも見慣れたはずなのに、ドライヤーで髪を乾かす背中も、洋服を選んで着替えていくちょっと眠たげな横顔も、鏡にむかって癖毛(くせげ)を撫でつけているなにげない仕草も、なぜなのかいまだにときめく。こんな格好いい人が彼氏でいいのかな……とでれでれになっちまう。

「じゃあいってくる」

「はい、車の運転気をつけてな」

「ああ」とこたえながら靴を履き、俺にむきあうと自然な素ぶりでキスをくれた。目を見つめて、ふたりでにやにや笑いあう。

「なあ結生、俺匂うか？」

「は？」

……あ、草野さんに三十過ぎの男は臭いって言われたあれか。

「全然だよ、今日もいい匂いしてる。気にしないで頑張って仕事してこい」

「本当に？　俺と一緒にいすぎておまえの鼻が壊れてるんじゃなくてか？」

「おいこら。繕っといてなに悪口まぜてんだよ。小心なんだか図太いんだかわかんねーな」

ははは、と緑さんが笑う。で、いきなり鞄を持ったまま抱き竦められた。

「見送られると仕事にいきたくなくなる。おまえが家にいるのになんででかけなくちゃいけないんだ俺はっ」

「はは。立派でカッケー社長だからだよ」

「フン……じゃあしかたないからいってくる」

「ン」とうなずいて、しょげている緑さんにお弁当の入ったランチバッグも持たせてやった。

「これ食べて頑張ってね。豆腐と一緒に待ってるから」

「わかった。ありがとう結生」

もう一度キスをくれると、今度は玄関のドアをあけて出勤してしまった。

俺が泊まると緑さんは毎回〝いってくる〟の挨拶を二回して、時間をかけてでかけていく。どれだけ立派な大人でも、孤独には誰も勝てないんだよな。


「なんわ～」

「なんわ～」

「おわ～」

「おわ～」

豆腐の鳴き声を真似ていると〝会話にこたえてきたな〟みたいに豆腐のテンションもあがっていくのがわかる。「なうわうあ～」となにか言ってくるから、おかしくて笑えた。そして、ネコトイレを掃除し始めると、必ずたったと走ってきて俺の足もとにごろんと転がり、じっと観察してくる。まるで〝おまえにちゃんと掃除できるのか〟と監視されているみたいだ。

「……あれ、またお味噌汁が減ってる」

夕方になり、そろそろお父さんのご飯をさげようか、と仏壇へ移動したら、昼食の味噌汁に違和感を覚えた。変だな……まただ。器を観察して、自分がそそいだときの量と、目の前の量とを記憶のなかで比べる。やっぱりひとくちぶんぐらいなくなってる気がするんだよな……。

「あわ～」

「？　もしかして豆腐が飲んでるのか？」

足もとにきた豆腐を抱きあげて、ほっぺたにがぶがぶキスしてやる。豆腐はなにをしてもたいして嫌がらないうえに、シャーと怒らない。逃げたがっているようでいて、喉をごろごろ鳴らしているツンデレなんだから可愛すぎる。

「そうだな、今日は豆腐とネギの味噌汁だからな。自分の名前のお味噌汁を味見したくなっちゃったんだな～？　こいつめこいつめ」

いちゃついていたら、ふいにピピとリビングのソファにおいていたスマホが鳴った。豆腐と一緒に戻って確認すると、緑さんからのメッセージだった。

『すまない結生、今夜残業になりそうだ』

あら。残念だけど、緑さんの落胆や、切羽詰まってるっぽい仕事のほうが心配だ。

『お疲れさま。こんなクソ暑いのに仕事頑張ってる社長格好いいよ。納得いくまで働いといで。帰ってきたらごちそうとセックスと即寝、どれがいい？』

『セックス』

一秒で返事がきて爆笑した。

『ブレねえな。うん、わかった。ご褒美セックス俺も楽しみに待ってるね』

『愛してる結生』

『俺も愛してる緑さん』

それならば、と風呂を洗ってお湯を浅くためて、緑さんと一緒に試そうと計画していた泡風呂の入浴剤を用意した。オシャンにアロマキャンドルも設置して、セックスのあとはここでまったり緑さんの疲れを癒やしてあげるって算段だ。

残業の日の夕飯は社員さんとすませてくるけど、軽く夜食を食べたがることもあるから煮物にしよう。緑さんは味の染みた大根が好きなのでいまから作ればいい具合になる。大根と卵を色が変わるまで煮こんで、緑さんお気に入りの車麩を加えれば絶対喜んでくれるぜ、へへ。

「あとは鶏肉とさやえんどうときのこ類を買い足して……ネギも余ってるのつかえるな」

青森出身の緑さんは濃い味好きなんだけど、薄味に慣れてきたいまでも塩味や醤油味は好む。健康と好みを考慮しつつ、我が家の煮物は甘めに仕上がる昆布だしと決めていた。昆布が残っているのを確認して洋服を着ると、豆腐の頭を撫でて「買い物してくるな」と声をかけた。

「豆腐……？」

鳴いてこたえてくれるかと思ったのに、豆腐はキッチンのほうを凝視してかたまっている。まるい大きな瞳をぱっちりひらいて、邪気のない澄んだ眼差しで、じっと。

——そうですねえ、動物は人間の本質も見抜けるぐらい鋭いかもしれませんね～。幽霊も見えるっていうし～。

「え、なに豆腐。やめろって、怖いだろ」

ねえねえ、と細い背中を揺すって頭を撫でていたら、ようやくうつむいて目をとじ、「おあ～」と鳴いた。耳をひくひく震わせて、尻尾でぱたんと床を叩く。

「やだなもう～……とりあえず留守番頼むね、いってくるよ？」

玄関に移動して靴を履きつつ、夜までふたりきりなのに……とうなだれて、はたと気づいた。ふりむいて思う。……そうだ、ふたりきりじゃない。

夕飯を豆腐と一緒に食べて『ライフ』の新しい子を創っていたら、夜九時を過ぎた。緑さん遅いな、今夜は日付変わるまで仕事かな、頑張りすぎてなきゃいいけど……とスマホを眺める。

休憩していたりするかも、といつものように『アニパー』へログインして通知アピールしてみても、追いかけてきてくれる気配はない。残業した日の九時ごろは緑さんから通知が届いて『休んでたよ、結生も暇ならきてくれるかなと思って』なんて声をかけてくれることも結構あるんだけど、この感じから察するに相当忙しいんだろう。

「ぐったりして帰ってきそうだな……」

風呂とご飯の用意と、セックスと……そんなことしかできないのがもどかしい。明日はケーキでも買ってくるか、と考えつつ友だちリストを再度確認しても、誰もオンしていなかった。

……あ、そういえばシイバさん……ってか、大柴さんはきているだろうか。

シイバさんとはゲイルームで会えたら話す程度で、いまも友だち登録すらしていない仲だ。すべて知ったうえでふり返ると、あの人からそういう気安い空気がながれてこなかったのも、内部の人間だから親しくなる相手を厳しく選んでいたせいなんじゃ、と思えてくる。

オフ会の誘いは直接電話連絡するつもりでいたけれど、なんとなく、まだ俺の正体を知らないシイバさんに改めて会ってみたい衝動に駆られて、おでかけアイコンを押し、ゲイルームを選択した。……会えばきっと、普段どおりに『こんばんは、ユキ君』と微笑みかけてくれる。スマホ越しにいる〝ユキ〟が〝結生〟だとは思いもせず、文字のなかの単なる知りあいとして。どんなタイミングで真実をばらそうか、と想像するとどきどき緊張した。子どもじみたイタズラ心ってやつだ。緑さんもコンプレックスを抱くぐらい強者の大柴さんを、驚かせてやれるチャンスだぞ。

いししし、とにやけてゲイルームのドアをとおり、なかへ入る。どれどれ、いるかな、と画面に室内が表示されるのを待っていたら……——「あ」と、俺のほうが思わず声をあげていた。

中央奥に暖炉のあるロッジ風の室内には、ひとりだけ人がいた。けどシイバさんじゃない。

昨日、日向に教わっていたんだ。

——一吹は白いぼろぼろウサギのアバターなんだよ。ソラって名前の。

いる。背をむけて『ライフ』のみずこを撫でている白くて頭の毛がぼさっとしているウサギ。アバターを押してでるプロフィールにも『ソラ』と名前だけあった。ビンゴじゃんか……！

——『こんばんは、ユキさん』

ソラがふりむいて立ちあがり、頭上に吹きだしが浮かんだ。あ、挨拶もしてくれた。なんだろう……ただの偶然なのに大柴さんってほんと悪運強いというかなんというか、こっちのイタズラにハマってくれないどころかとんでもない罰を与えてきやがる、意志もなしにっ。

——『こんばんは、ソラさん。初めまして』

ちくしょー……と心のなかで半べそになりながら、文字だけは平静を装って返した。

――『もしかしてユキさんって、クマさんっていう彼氏さんがいるユキさんですか』

ああああ～っ……しかもシイバはユキの事情をソラにまで話してるじゃんかっ……。

――『そうです。ソラさんも、もしかするとシイバさんの彼氏さん？』

――『はい。突然不躾にすみませんでした、シイバから噂話は聞いてます』

ですね、そのようですね、それリアルの仕事でもお世話になってた結生って奴なんですよっ。

あーくそ、とんでもなくややこしくなったじゃないか、どうすればいいんだこの状況！

悪いこと企むんじゃなかった……全部の事情をこっちだけが知っている状態で、まるっきりなにも知らない彼氏さんに会っちゃうなんて謎の罪悪感がハンパない。かといって、彼氏さん相手に暴露するわけにもいかないだろ。大柴さんに〝緑社長と恋人になったから大柴さんの会社に入る誘いを断った〟って彼氏経由の又聞きで知らせるわけにいかないもの、そんな失礼なことできやしない。この浮かれた経緯が半分は事実だからこそ、大柴さんには改めて直接謝罪と報告をしなきゃいけないんだ。

――『あの、今夜シイバさんはくるんですか？　待ちあわせかなにか？』

急いで文字を打ち、訊ねてみた。よしんば、大柴さんがきてくれるならば解決に繋がる。

――『いえ、ここにいれば会えるかなと思ってきたんですけど、約束はしてません』

――『え、あれ、ソラさんとシイバさんって、同棲してませんでしたっけ？』

わざわざ『アニパー』で待ち伏せしなきゃ会えない関係ではなかったはず。

――『はい、同棲はしてます。でも彼たまにオフ設定にして「アニパー」にいるので』

え……オフって、オフラインって意味だよな。なんでそんなせこい真似して彼氏に内緒でこそこそ『アニパー』するの？

――『なにか、オフにする事情が？』

――『シイバは仕事中にもここにきたりするんです。そういうときは俺と会うと都合が悪いというか』

なんだそれ。

――『でもいまソラさんは、自分に会わないようにオフにしてるかもしれないシイバさんと会いたがってるんですよね？』

――『じつは俺、夏休みを利用して一昨日から母親の田舎にきてるんですよ、名古屋（なごや）なんですけど。それで、たぶんシイバは仕事で忙しくしてるんだろうけど、邪魔しない程度にふらっと会えないかなとか期待してしまって』

なるほど……〝シイバ〟っていうのは大柴さんがプライベートでも仕事でもつかってるアカウントなんだな。だからオンオフを巧みにつかいわけながら活用している、と。それを理解しつつ、いまソラは離れて過ごしている大柴さんと、『アニパー』のアバターでかまわないから存在を感じあいたいと想った、ってことか？

――『ほんと、ただの気まぐれなんです。一応連絡はとりあっているし、仕事を邪魔したいわけでもなくて、俺が時間空（あ）いて暇だったから、ついいるかなあと』

……なんかそれ、切ないな。仕事中だから、ってプライベートを遮断してむきあう大柴さんの気持ちもわかるけど……なにかなこのもやもや。

──『せめて〝しばらくオフであがることが増えるかも〟とか、時期を教えてほしいよな。仕事だとしても内緒って哀しいじゃん。……って、この考え女々しすぎかな？』

同い年だと知っているせいで、思わず口調まで砕けてしまった。ソラは穏やかに微笑む。

──『ううん、ありがとう。一度話しあって、おたがい納得してることだから平気なんだよ。でも味方になってもらえるとやっぱり嬉しくなっちゃうな』

──『いや、恋人同士にもいろんなつきあいがあるのに、俺も口だしてごめんね。けどネットって細かいことが気になるものでしょ？　メッセージの既読と未読もそうだけど、リアルで一緒にいれば喧嘩にならないことが、ものすごく深刻な溝になったりして。だから俺は気をつかいすぎるぐらいでもいいと思うけどな。もっとシイバさんに甘えてみたら？』

──『うん。でも最近は、その素っ気なさも彼の巧いところだと思ってる。飴と鞭に、俺は心地よく翻弄されてしまうから』

ソラの上に表示された、上品で大人びた発言に、うっ、と息がつまった。いま俺、ものすごく冷静にのろけられたのでは……？

──『なんだ、ソラはちょっとM入ってるんだね』

ソラがお腹を抱えて笑いだした。

──『吹いた。うん、ユキさんの言うとおりだと思う』

認めたし。

──『シイバさんはちょいSだから、相性いいんだな』

──『ははは』

ソラが笑い続けていて、俺も一緒に笑うアクションで応えた。
最初は焦ったけど、この鷹揚な雰囲気……ソラもかなりいい奴みたいだ。日向が仲よくできる相手だもんな、そりゃ悪い奴のわけないか。大柴さんの彼氏になれた男って具体的に想像できなかったけど、文字だけでも穏和さと精強さがにじみでてくるあたり、とっても納得かも。
——『ごめんね、話してるうちに急に馴れ馴れしい口調になっちゃった』
——『ううん、俺も自然と親しく話してたよ。ユキって呼び捨てにしてもいいかな』
——『もちろん、これからも仲よくしてね』
ソラが『うん』とうなずいて応えてくれて、俺もユキを通じて笑顔を返す。
——『あのさ、俺今度シイバさんとソラのことリアルで会おうって誘おうと思ってたんだ』
——『リアルで？』
ソラにいま話せることは少ないけど、これだけは言っておいても平気だろう。
——『うん。またいずれ声かけるよ』
——『そうか。うん、わかった、ありがとう』
——『こっちこそありがとう。名古屋で、シイバさんが嫉妬するぐらい楽しい夏休みをね』
——『ははっ。ありがとうユキ、そうするよ』
白いぼさっとしたウサギと、きりっとしたトラが、むかいあってソファに座っている。まだどんな容姿か、声か、なにも知らない相手だけれど、この縁はきっと長く続いていく、と胸に湧く不思議な高揚とともに確信した。ぼやけた予感なのに神さまの啓示めいた鋭い輝きがある。
あの冬の真っ白い病室で、日ざしに照るお父さんと最初に対面した瞬間みたいに。

「――てなわけなんだよ。偶然だけど、俺は一吹って本名まで知ってるから罪悪感だった」

「はは。べつに悪いことしたわけじゃないだろ」

「いや〜……シイバさんを驚かしてやろうって考えた罰じゃないかな。めちゃんこいい奴で、友だちになれたけどさ。あ、友だち登録もしたんだぜ。だから明日大柴さんに電話する」

「ふむ……わかった」

緑さんが帰宅して、思う存分セックスを楽しんで満たされきって、泡風呂へ移動したころには深夜一時をまわっていた。緑さんのうちの浴室はひろい。灯りを消して、アロマキャンドルの炎だけが揺らめく真夜中のしずかな浴室でふたりでまったりお湯に浸かる時間も、俺たちは大好きだった。

「……なあ、緑さんは俺に内緒とかある？」

「内緒？　う〜ん……思いつかねえな。仮にあったとしても、結生に訊かれて俺がしれっと暴露したら内緒にならないしな」

「はは、そら言えた。訊いてもしゃーないよなー……」

ゆるい角度のついた浴槽へ背中をあずけて横たわる緑さんの胸に抱かれ、泡風呂のもっちりした泡をふうと吹く。

「大柴のオフラインのこと、気にしてるのか？」

緑さんも俺の後頭部に掌を乗せて、髪をゆっくり梳きながら問うた。

「うん……一吹は大人だよ。俺ならちょっと……仕事ってわかっててもショックかも」

「一吹君が傷つかないように、大柴ならその飴と鞭も巧くやってそうだけどな」

「言えた。けど俺はログイン通知でそっと遠慮がちに呼びだしてくれる緑さんが好きかも。……面白いね、相性ってあるんだね」

「大柴がオフにする気持ちは、不本意ながら俺もわかるよ。でも俺は甘えただから結生に会いたいってアピっちゃうんだよなあ……仕事と恋愛をきちっと分けられる大柴に負けるわけだ」

ふふ、とにやけて笑っちまった。

「乙女と甘えんぼうで最強だね。けど俺も一吹みたいに恋人の仕事を尊重できるのカッケーって思う。俺も社長の恋人なんだから、枷(かせ)にならないように支えていかなきゃな」

腰に緑さんの両腕がまわってきて、強く抱き竦められた。額にキスされて前髪も囓られる。

「……ばあか。充分支えてもらってるよ。……今夜の夕食も泡風呂も、セックスも幸せだった。ありがとう結生」

「喜んでもらえた？　普通のことしかできねえなって、俺情けなく思ってたんだよ」

「喜んだし、普通のことでもないし、情けなくなる必要はまったく全然、これっぽっちもない。幸せでしかないに決まってるだろ」

またさらにきつく抱き竦められて、俺も嬉しくて「ひひ」と笑ってしまう。

「幸せって思ってくれたのもありがとう。俺がこうやって緑さんの家にいて、夕飯とか作って待っていられるのもさ、夏休みなうえに、緑さんが就職先を面倒見てくれるおかげなんだよ。……同級生のほとんどが、いま就活でぴりぴりしてる。緑さんが俺に感謝してくれても、俺のほうが感謝することだらけなんだ」

「考えすぎだ」と剝きだしの肩にお湯をかけながら、叱るような力で撫でられた。

「大柴にも誘われてただろうが。結生は自分の才能で未来を手に入れてるんだ。俺がしてやってるとか、自分にはなにもないとか、変なこと考えるなよ。むしろ俺が、仕事でもプライベートでも結生に選んでもらえて、ラッキー人間なんだから」

「ははっ、なんだラッキー人間って」

　俺がモンスターたちを創るのはもう業（ごう）というか、生きるための術（すべ）で、息をすることと同義だ。創りたくてしかたないから創る。そのために足りない技術は身につけたい。届かないなら足掻く。悔やむ。諦めない。真の向上心も、達成感も、成長も、創ることが俺に与えてくれる。

　緑さんはそういう俺ごと認めて愛してくれるし、俺らが創るものを世の中へ送りだす仕事をして、生きがいを感じている彼に、俺も敬意と愛情を抱いている。

　緑さんと出会って、緑さんのために生きる喜びも知った。劣等感に立ちむかう強さも、創る子たちや自分の身体への自信も、親や友だちに自分を知ってもらおうとする勇気も、いままでの俺にはなかった新しい感情で、彼が与えてくれる生きる糧もたくさんある。

　自分たちの求めているものも目指しているものもおなじで、おたがいの努力がおたがいのためになるし、たどり着きたい未来もおなじ道の先にあるのがわかる。

「……俺は緑さんじゃなくちゃ駄目なんだ。緑さんと恋人でいると生きる意味を感じるからさ。お父さんが緑さんを育ててくれて、出会わせてくれて、俺だってラッキーなんだぜ？　日向も忍もそうだったし、きっと一吹も明君もおなじ気持ちじゃないかな。……オフ会楽しみだな。大柴さんのことめっちゃ冷やかしてやりて〜」

「……結生」と喜びを噛みしめるような囁き声で緑さんが俺を呼ぶ。身体を起こして、彼の膝の上に跨がってむかいあったら、泣く前みたいに頬をくしゃとゆがめて微苦笑していた。

「愛してる緑さん。……って、いつも先に言われちゃうから、今夜は俺が言ってやったぜ」

ししっ、と笑って左手で緑さんの右頬を覆った。泣きべそのしわを撫でてやると彼も笑う。

「おまえが告白したくなるようなことをするから、こっちから言うはめになるんだろ」

「はめって。ンなの知らんし」

「おまえは俺を、毎日一度は必ず幸せにしてうち震えさせてるんだよ」

「〝結生〜っ、好きでたまらんっ、ぶるぶる〟って?」

「そう」

ははっ、と笑って泡を掬い、緑さんの頭にのせた。右側に寄せて、三角のかたちをつくる。

「でも俺も、あのおーしば先輩がどんな子を好きになったのかほんと興味津々だよ」

「〝あの〟？　大学のころの大柴さんはそういう空気全然なかったんだっけ」

「ああ、人にはものすごく好かれてたのに、潔癖っていうのかな、あいつ自身が恋愛事を寄せつけないオーラ発してたんだよな」

「恋人がいても隠してたんじゃないかって、緑さん言ってたね」

「そうそう。裏で隠れてつきあってた可能性はある。でも一吹君に対する大胆な態度を思うと疑問だよな。つきあってた相手がいたとしても、一吹君ほど本気じゃなかったのかね？」

「んー……てか、やっぱり大柴さんがおなじ道を歩けるって思ったのも一吹君だけだったのかもよ。運命の相手ってやつだ」

また泡を掬って緑さんの頭の左側にのせ、左右の大きさと角度を調整し、三角をつくった。神妙な面持ちで「道か……」と呟く緑さんの頭に、白い泡でかたちづくった猫耳が完成する。

「できた。あ、可愛い！　はははっ」

「ん？」と目をまるめる緑さんに鏡を見るよううながしたら、浴槽から上半身を軽くずらして鏡を覗き、「あ」と笑った。

「なにしてるんだ」

「可愛いだろ、ネコちゃん」

「俺はクマじゃないのか」

「ああ、クマにしてもいいよ」

三角のとんがりを指先で削って、まるくすればクマに変身だ。

「クマになった」

「こい、結生にも耳つけてやる」

ふふっ、と笑って緑さんの膝の上で身を縮め、頭をさげると、緑さんも泡を掬って俺の頭にのせ、「うーん、待った。うまくいかない、難しいな」とぶつぶつ言いながら不器用な手つきで耳をつけてくれた。

「一応トラな」

鏡を覗いたら、小さな三角の耳がある。左右の角度が悪くてちょっと微妙な。

「ふふふ、可愛い？」

「あざとい」

ふたりで大笑いして、緑さんの首に両腕をまわした。力まかせにぎゅっと抱きしめて、首筋を囓ってじゃれる。泡と、ほんのすこし皮膚に残っている汗の味。冷えた肩。

「……この、湯に浸かってないちょっと冷たくなった肌の感触、好き」

温めたくて腕をまわすと、腕の内側や掌がひやりとする。肩に顎を乗せて、濡れた首筋に唇を埋めると、口先が冷える。氷みたいに凍えるわけじゃなく、ほんのり体温を感じる冷たさ……気持ちいい、大好きな人の湿った身体と温度と味。

「……俺は結生の全部が好きだよ」

また甘い告白をくれながら、緑さんの左手が俺の尻を覆ってやんわり摑む。

「お尻以外も？」

「え、なんで尻？」

「いま揉んだから」

「これは、おまえが俺の上から落ちないように支えただけだろっ」

歯を食いしばって怒った顔をして、緑さんが両手で俺の尻をわしわし揉みながらはしゃぐ。俺も「あははは」と笑った。頰と耳も、がぶがぶキスされる。

自分の全部をここまで委ねて、あずけて、触れあって……こんな幸せ、本当怖いぐらいだ。緑さんの両腕が俺の背中にまわる。耳たぶを囓られながら、抱き竦められる。冷たく心地いい大きな身体に包みこまれて、自分の全部が、たしかにこの人のものになっている、と感じる。

「……結生」

ずっとこうしていたい、と俺の耳に緑さんが囁いた。心が千切れそうなほど切実な声で。

「フレックスだから」と翌日遅く起きた緑さんは、いつもより二時間ずらしてゆっくり出勤の準備をした。

「今夜は残業しないで帰るから、大柴の電話に俺もつきそう。いいな、勝手に連絡するなよ」

まるで親か教師みたいな厳しさで命じてくる。

「大丈夫だよ、緑さんと恋人になったってことはきちんと報告の必要があると思うけど、俺も一応大柴さんとはつきあい長いし、争うようなことには……ってか、緑さんがいたほうが喧嘩っぽくならない？」

「あのな、俺は結生を守るって言ってるんだぞ」

「もちろんわかってるし、嬉しいんだけどー……」

「なんだその信用のない顔は」

わざと大げさに目を細めてじとと見つめたら、緑さんが耐えきれずに吹いて、俺も笑った。

「いちゃいちゃしたいんじゃないんだよ、真面目な話なんだ」

「ふふっ、はいはい」

今朝はご飯とお味噌汁の朝ご飯。日本食はちょっと重めだけど、ふたりで過ごす日に朝ご飯をちゃんと食べるようになってからは胃も慣れてきた。塩鮭にまで醤油をかけたがる緑さんの食べかたは改善させて、いまでは俺のお手製タルタルソースにしている。それに煮物の残りと、あおさ海苔入りの卵焼きと、きゅうりとみょうがのお漬物、お味噌汁はナスと油揚げだ。

「今日の朝食も美味しい……ありがとう結生。もう仕事にいきたくなくなった」

「ははっ、いきたいくせに」

「いきたいけど、結生が足どめするんだよ」

「悪い奴だな俺は」

「違う。はやく来年にならないかな……そうしたら一緒に出勤して働いて、四六時中幸せだ」

はあ、と緑さんもわざとらしく演技めいたため息をついて、微笑む。まったく淋しんぼうだな、とふたりでまた微笑んで見つめあっていたら、ピピ、と突然緑さんのスマホが鳴り始めた。

テーブルにおいてあったそれをとって、確認した緑さんの顔色が、とたんに変わる。

「……大柴だ」

「え」

「噂をすればか。なんだろう……仕事の件にしろ、俺に直接連絡してくるのは珍しい。とりあえず『ライフ』のことだろうし、スピーカーにするぞ」

「いいの？」と訊くと緑さんが人差し指を立てて「しー」と合図し、画面をタップした。テーブルの中央において、俺たちのあいだで通話がオンになる。

『──あ、クマさん？　シイバですけども』

ぶっ、と麦茶を噴きかけた。噎せてしまったせいで『ああ、結生もいるのかな』とばれる。

「……お疲れさまですおーしば先輩。なんですか藪から棒に」

『え？　だってもうわかってるんだろ？　昨日一吹から聞いたよ、リアルで誘ってくれるとかなんとか』

えほえほっ、と咳をして喉を整え、「ちょっとすみません、待ってくださいっ」ととめた。

「お疲れさまです大柴さん、本宮です。あの、ごめんなさい、最初から整理して話してもらえませんか。昨日たしかに『アニパー』でソラに会いました。でも俺まだ〝ユキ〟が〝本宮結生〟だってことは言わなかったんですよ」

俺と日向たちとの繋がりも、大柴さんはなにも知らないはずだ。どこでどう確信した……？

『「アニパー」でユキが恋愛相談してたころから、もしかしたらと思ってたんだよ』

「えっ、そんな前からっ⁉」

『仕事の関係で知りあって、そちらでは求められているけど恋愛感情では見てもらえない大学生、って俺がふたりをひきあわせた時期や状況とまるかぶりだったうえに、名前も〝ユキ〟でストレートすぎる』

「ま、まあ……おっしゃるとおりです、けど……」

『今年の二月、三人で会食した日にそこらへんも教えてくれるのかと思ってたのに、兵藤の話をだしてカマかけても黙りだったから淋しかったなあ』

「なっ、カマって、」

『なのにいきなり一吹に誘いをかけるって。失礼してアカウント情報を見せてもらったら日向と友だちになっていたから得心がいった』

「アカウント情報って！」

『裏で個人情報を得たってことならおたがいさまでしょう？　むしろ「アニパー」に俺も知ってるメールアドレスで登録しておいて隠してるつもりだったと言われても困ってしまう』

ぐうの音もでない……そうですよね、俺らは大柴さんの支配下にあると言っても過言じゃない。初めからこの人の掌の上でみんなと出会って、恋して、転がっているんだ。

「だとしても、結生の友だちリストまで覗くのはモラル欠如も甚だしいんじゃないですか」

『許可を得なかったのは謝る。でも結生も日向から、俺らのことも、一吹の本名やアバターも聞いたんだろう？　おあいこじゃないかって言ってるんだよ』

大柴さんは大柴さんで、恋人を守ろうとしているんだ、と察した。親しい仲とはいえ、俺が日向から〝シイバ〟と〝大柴さん〟のことも〝ソラ〟と〝一吹〟のことも聞きだしたのは事実で、個人情報の漏洩にかわりない。職権乱用じゃん、って責めるのも違うよな。

「……ごめんなさい、大柴さん。俺の後輩が日向と幼なじみで、偶然〝シイバさん〟のことを知っちゃったんです。大柴さんのことをノンケだと思ってたし、俺らも就職の件とか、こういろいろあったんで、大柴さんに直接声をかけるのが遅くなった結果、こんなことに……。でももちろん、大柴さんたちに危害を加える？　とか、なんか、そんなこと考えてたわけじゃありません、本当にすみません」

「えあ〜……」と豆腐が鳴いて、俺の膝の上に乗ってきた。深刻に話していたせいか、じっとこっちを見あげて、俺のお腹に頭をこすりつけてくる。心配してくれたのか、と頭を撫でたら、癒やされて苦笑いになった。大柴さんのほうからも、はあ、とため息が聞こえる。

『いや、こっちこそ熱くなって悪かった。アカウントも、二度と不用意に覗いたりしないよ。ふたりの関係をずっと隠されたままなのかと淋しい気持ちもあったから、リアルで会う意思があると知ったのも、素直に嬉しかった。一吹じゃなく、俺に直接言ってほしかったけどね』

「はい。また改めて、みど……氷山社長と、ご報告させてください。氷山さんに惹かれたのも本当ですけど、仕事も、俺が『ライフ』に人生かけたいっていう信念で決めたことですから。氷山さんと出会わせてくれた大柴さんに、男同士だからとか……うしろめたさ感じて隠してたのも失礼でした、すみません」

『こっちも会社に誘ってたからね、言いづらい理由は何重にも重なってただろうけど、ふたりとも他人じゃないだろ？　仕事だけのうわっ面なつきあいじゃないんだから幸せな報告はしてほしかったよ、俺はふたりのキューピッドじゃないか』

大柴さんが子どもじみた口調で不満を洩らしたら、緑さんが「け」と舌打ちした。

「その、誰にでも仲間にしてもらえる、って信じて甘えてくる陽キャ感が激しく鬱陶しいですけど、少なくとも結生はあなたたちとも日向君たちとも、みんな仲よく繋がりたいと望んでるんで、俺からも謝ります。あなたの大事なデザイナーを仕事でもプライベートでもいただいてすみませんでした、ぼくらの幸せはおーしば先輩のおかげです」

緑さんは後半、ぱっぱらぱーな口調で言って、べ、と舌をだした。こっちも子どもだ。

『緑……おまえ俺が兵藤だったらとっくに結生との恋愛も報告してただろ』

「とーぜんですね」

『おまえがうちでセフレ探して好き放題してたことも兵藤に報告しておいてやろうか？』

「っ……くそっ」

緑さんが右手で拳を握ってスマホを睨む。……相変わらず兵藤社長の前では綺麗な自分でいたいらしい。俺もちょっと呆れて肩が落ちた。

『じゃあ、今度はふたりから誘ってもらえるのを待っていればいいかな？』

「はい、日時の調整がついたら連絡します。一吹君にもよろしく伝えておいてください、また『アニパー』でも会おうって」

『うん、わかった。ああ、失礼ついでに俺も友だち登録の申請を送っていいかな。結生だろうと確信していたからいままで誘っていいものか悩んでたんだ』

「そういう理由だったんですね……はい、もちろんです。すぐ承認します」

『ありがとう。じゃあまたね、ふたりの幸せな朝を邪魔して悪かった』

「とんでもないです、失礼します」とこたえ、緑さんも「またー」と棒読みで挨拶し、通話が終わった。緑さんがスマホの画面を消して歯ぎしりする。

「とりあえず一回ぶん殴りたい……」

……やれやれ。

だけど、一吹もあのあと大柴さんから連絡をもらって、ちゃんと話せたんだな、と思った。めちゃんこ驚いたものの、一本の電話を発端に、一吹が大事にされていることも知られて胸が温かい。まだ姿も声も知らない一吹が、白いぼろぼろウサギの姿で、頬を赤くさせて微笑んでいるのが見える。……うん、はやく大柴さんと一吹にも会いたいな。

出勤する緑さんを見送ると、俺も仕事を始めてまた新しい『ライフ』の子を完成させた。

ひとりは〝しろう〟。呪いのせいで嘘しか言えなくなってしまった子で、もうひとりは反対に真実しか言えなくなってしまった〝くろう〟だ。

しろうはまるい顔で、つぶらな左目の下に涙の雫模様がひとつある。洋服は白いドレス。

くろうもまるい顔で、つぶらな右目の下に涙の雫模様がひとつ、洋服は黒いドレス。

ふたりは双子で、おたがいの呪いの秘密は、おたがいしか知らない。きちんと伝えられるか、友だちや恋人ができるかは、もちろん『ライフ』で遊んでくれるプレイヤー次第になる。

「あ〜」

「……うん、よしよし。おいで豆腐」

リビングのテーブルにむかって絵を描いていた手をとめ、腰のあたりにすり寄ってきた豆腐を膝に乗せて撫でた。豆腐とも今夜でお別れだ。明日の夕方には緑さんが草野さんのところへ帰しにいってしまう。

「たった数日だったけど楽しかったな、豆腐。大好きだよ」

抱きあげてぎゅ〜っと力を加減しながら抱き竦め、「高い高〜い」と天井にむかって持ちあげた。ぶらんと肢を垂らして「えあ〜」と嫌そうに鳴くから、ははっ、と笑ってすぐ胸に抱きなおした。顎のまわりを爪を立てて掻いてやる。これは大好きで、お腹をだしてごろっと無防備に転がり、前肢をのばしながら、もっと〜、と訴えてくる。

「俺のテクに酔いしれたか〜っ」

でも手が結構疲れるからずっとやってあげるのはきつくて、猫用ブラシをとって顎や首筋や背中を梳いてあげた。これも大好きだ。

「……なあ豆腐。嘘しかつけないのと、真実しか言えないのとじゃ、どっちが辛いと思う？」

灰色の綺麗なトラ模様と、まるい小さな後頭部を見つめてブラシをしながら問うてみた。

嘘は、たしかに相手を傷つける。だけど真実だけを言えば周囲の人たちを幸せにできるかといえば、それも違う。

新さんと日向、忍と直央君、日向たちの親と、大柴さんと一吹、東さんと明君、そして俺の父さんと母さん、これから生まれてくる妹、緑さんのお父さん、緑さん——それぞれの顔や、話に聞いたイメージの存在が、頭のなかで順にめぐっていく。

自分のまわりの人たちだけじゃない。嘘と真実は、それを口にする当人の心にも、幸不幸をもたらすんだ。

近ごろ世間のながれを眺めていると、どんな人のどんな生きかたも尊重しよう、てな動きの活発さを感じる。いろんな人に発言の権利や、自由に生きる権利がある、と個人だけじゃなく企業も変わろうとしている。個々の視野がひろがって、人間と人間の死角にある細かい差別や偏見もなくなるのは、差別される側にいた俺ももちろん嬉しい。だけど少数派が決して偉いわけでもない。特別視されてしまったらいままでとなんら変わりないから、結局この変化を嫌悪している人たちもいる。

多くの人を幸せにする言葉はあっても、すべての人間を幸せにする言葉はないんだと、俺は思う。ならば俺は、誰を幸せにするために言葉を——創った子たちを、贈りたいのか。

主張と我が儘は全然別物だし、それをはき違えてしまえば誰も、自分も幸せにはなれない。俺は幸せになりたい。けれどひとりで幸せになっても、いまはもう、嬉しくない。俺が幸せに生きることで、緑さんも、まわりの人たちも幸せになってくれる。逆に、俺の大事な人たちが幸せだと、俺も幸福になれる。この温かい輪を、最期まで大事に維持していく言葉がほしい。

「豆腐、大好きだよ」

しろうとくろうには、どんな人生と幸せが待っているだろう。彼らをとおして、俺もリアルでは一生会えないであろうユーザーさんたちのことも、ここから癒やしたり幸せにしたりできていたら幸福に思う。

「豆腐？」

ブラシの気持ちよさにのびていた豆腐が、また視線を一点に集中させて、まるい瞳をきらめかせている。俺も視線の先を追って顔をあげた。仏壇の、写真のあたり。

ブラシの手をとめて、立ちあがって近づいてみた。背後で豆腐が「な〜」と小さく控えめに鳴いている。仏壇の写真には微笑んでいるお父さんがいて、そして朝食のときあげたお味噌汁が減っていた。


「素敵だよ結生っ……素敵すぎる、また神さまの子たちが増えたっ……」

「うん……ありがとう緑さん」

最近、緑さんは『ライフ』の子たちを神々しい存在だから、と〝神の子〟とか言いだした。褒められすぎて、嬉しい気持ちの置き場に困るんだなあ……。

「成長すると髪が生えるんだな」

「はは、うん、そう。最初はつるつるなんだけど、しろうは天然パーマみたいにくるくるした毛が生えて、くろうはストレートのおかっぱになるよ」

まだ途中ではあるものの、三段階ぶんの成長姿のラフを真剣に眺めて、緑さんが唸る。

「……可愛い。この姿もぬいぐるみにしたいな」

「まだユーザーさんが気に入ってくれるかわからないでしょ」

「愚問だ。……名前に〝白〟と〝黒〟が隠れてるよな」

ふふ、と微笑み返してうなずいた。外見の色を見てもそこは一目瞭然だ。

「そうだよ。嘘しかつけないしろうが白、真実しか言えないくろうが黒ね」

「普通なら嘘が黒、真実が白ってイメージだよな」

「うん〝普通〟ならね。でも現実には人を幸せにする嘘も、どす黒い欲にみまれた真実もある。嘘が黒で、真実が白いわけじゃない。言う人と言われる人と、それぞれの立場でも、幸不幸は違ったりするよ。俺が思いやりをもって緑さんに嘘をついても、緑さんが喜ばなかったりなんてしょっちゅうじゃん」

「ああ、当然だ」

「だから、白と黒は〝普通〟と逆にしてみたよ。めっちゃ単純だけど」

子どもみたいに得意になってふたりの話をする自分が、浮かれてるな、とわかってハズい。

へへ、と笑って肩を竦めると、緑さんは右手で額を押さえて、はあ、と息を洩らした。

「……ありがとう結生。おまえにとっての〝単純〟が、俺たちには〝気づき〟になる。おまえの創る子たちに惹かれて、救われる人たちがまた増えるだろうし、俺はその人たちにこのふたりを贈れることを誇りに思う」

「感謝するのは俺のほうだよ。でも褒めすぎ。だって気づくってことは知ってたからでしょ？俺はみんなが当然に知ってることを、ただこの子たちを通してかたちにしてるだけなんだよ」

「いや違う。それが神の技だ。おまえが〝だけ〟って言いながらかたちにしてくれる子たちに、俺らは自分の生きづらさを和らげてもらえるんだ。この子たちに許されている気持ちになって、呼吸しやすくなる。共感に救われる」

「……わかったよ、うん、ありがとう」

緑さんの褒め攻撃にはどうしたって慣れない。大げさすぎるよ、と反論したいんだけど、でもそれも失礼なことらしいと学び始めた現在は、ぐっと耐えて賛辞を受けとめるようにしてる。

「ああ可愛い……しろうもくろうも、大変だろうな……どうやって友だちつくるんだ。幸せになってほしいな……」と緑さんがラフをめくって見返しながら涙ぐんでいる。この子たちを受けとってくれる緑さんの豊かな想像力や妄想力にこそ、こっちは救われているんだけどな……。

「緑さん、もうひとつ、隠してることあるんだよ」

「え、もうひとつ……？」

「うん」とソファの上で、左横にいる緑さんのほうをむいてあぐらをかいた。胸に抱いていた豆腐を脚の上に乗せる。

「名前漢字に変換して。〝しろう〟は〝知ろう〟〝くろう〟は〝苦労〟。ふたりあわせると、〝苦労知ろう〟になるでしょ。嘘と真実しか言えないふたりも、気持ちを伝える難しさに苦労するだろうけど、ふたりに接する子たちも大変だと思う。どちらに対しても言葉の難解さと、知ってもらうことの苦しさに、真摯にむきあいましょう、って想いをこめたよ。人づきあいってまず相手と真剣に対峙するところから始まるからさ。簡単に放棄しないで、みたいな。そして放棄しないでくれる人をおたがい大事にしよう、みたいな。……なんか偉そうかな、へへ」

絵は、説明してしまうとだらだら蛇足が長くなっちまう。うまく伝わっているかな、と左手で首のうしろを掻いて情けない気持ちでいたら、その手を突然摑んでひき寄せられた。緑さんが指先にキスをして、指輪まで唇でたどり、掌を自分の頰に押しあてる。

「……いますぐ抱きたいっ」

ふは、と吹いてしまったけど、短い言葉でも、胸が焦げるような緑さんの感動と情動は伝わってきて幸せになった。

「じゃあ、セックスして風呂入る?」

明日の木曜日は俺も豆腐も帰宅する日だ。俺は朝に緑さんを見送ったらひとり暮らしの家へ帰り、豆腐は夜緑さんが帰宅してから、草野さんのところへ連れていってもらう予定でいる。今夜は束の間の別れの夜だった。

「……いや、しない」

緑さんは深刻そうな声色になる。

「なんで？　昨日みたいに豆腐に見られるから？」

でもそう言ったら、とたんにふたりで吹いてしまった。毎日豆腐と三人で寝ていたせいか、昨夜セックスしていたら豆腐がやってきて、横で「な～あ～」と鳴き、なんでまぜてくれないんだ、と訴えてきておっかしかったんだ。緑さんは腰をすすめながら『待て豆腐、もうすぐイくから』と言うし、それを聞いた俺は感じながら笑っちまってムードも壊れるし。しまいには豆腐がベッドに乗っかってきて、仰むけの俺の顔のあたりを歩き始めたものだから、尻尾や、豆腐の身体のふわふわした毛が顔にまとわりついて、ずっと笑い続けていた。

「いや……豆腐はセックスに参加してくれてもいいんだけど、」

「言いかた」

「嫌なんだよ、数日会えなくなるたびにセックスして、それが別れの儀式みたいになるのが。……まるで最期みたいじゃないか」

　我が儘を言う拗ねた子どもみたいに、緑さんがうつむき加減に吐露する。

「最期になるかもしれないなら俺はシたいけど……」

「……。まあな」

「それに、今日まで半年ぐらい、結構毎回セックスしてたけど……いまさら？」

　おずおずつっこんだら、む、とした顔で左頬をつままれた。いだだ。

「緑さんが淋しいなら、俺、金曜に数時間だけ家に帰ることにしようか？　明日は豆腐の最後の日だから家で豆腐と過ごして、金曜は部屋の掃除してまた夜くるよ。どうせ週末はくるつもりでいたし、夏休みなのにわざわざ帰らなくてもいいかなって考えなおした」

　緑さんの表情があからさまにぱっと晴れた。

「本当かっ？」

「うん。もうすぐまた青森にいくんだから、その準備もしよう。週末は買い物にいく？」

「結生っ」と緑さんが俺の腕をひいて、豆腐ごと抱きしめてきた。「わ」「あわ」と俺と豆腐も驚く。はは。俺も、緑さんを喜ばせてあげられる言葉を言えたかな。

「嬉しいよ……」としみじみ囁いて緑さんが背中を撫でてくれるから、俺も身を委ねた。豆腐とおなじぐらい、もしかしたら豆腐以上に淋しがりやな俺のクマさん。

「な～」と豆腐が俺の腕のなかから離れて、とんとん歩いていった。お尻をふりふりふって、さっき俺がご飯の器に入れておいたかりかりのおやつを食べにいく。

「あ、そういえば草野さんに〝豆腐が人間のご飯食べたかも〟って謝っておいてください」

「人間のご飯？　なにかつまみ食いしてたっけ」

「……俺がお父さんにあげてるお味噌汁を飲んでたかもしれないんだよ。なんとなくなんだけど減ってる気がして。人間のご飯の味を教えちゃったかなって」

すみません、と頭を下げると、俺のこめかみに頬ずりしていた緑さんが首を傾げた。

「ご飯はあずかってきたのが好物だって聞いたけどな。仏壇にあるのが不思議だったのかな」

「かも。うちで人間のご飯に慣れさせたとなったら申しわけない」

「うーん……わかった。謝っておくよ」

「本当にごめん、緑さんのせいになっちゃうね」

「気にするな」

かりかり、と豆腐がおやつを食べている音が聞こえてくる。小さな頬にしまって、こりこり咀嚼する可愛い姿が、いまでは近くで見ていなくても記憶のなかの映像できちんと見える。

「……淋しいね」

この音ももう聞けなくなってしまう。緑さんと寄り添って、温かい彼の胸のなかで、ふたりで言葉をとじて豆腐の立てる音に耳を澄ませた。緑さんと越える、また新しいひとつの別れ。これから何度こんなふうに幸福ながらも淋しい別れをこの人と経験するんだろう。またね豆腐。……きっと、またね。

翌日も三人で朝食を食べて、豆腐とふたりで緑さんを会社へ送りだしたあと、豆腐との最後の逢瀬を楽しんだ。レーザーポインタのおもちゃでも遊んだし、ブラシも時間をかけて嫌がるまでやってあげた。スケッチも撮影もしたし、一緒に昼寝もした。

相変わらず外は晴天。夏のぎらぎらの太陽がさす室内で、ふたりでソファに転がってまどろみながらセミの鳴き声を聴く時間が、のんびりとしずかで、恐ろしいほど幸福で、お父さんと過ごした青森の日々も過って、ほんのすこし泣けた。

お別れはばたばたで、緑さんが帰宅すると、俺があらかじめ用意しておいたおトイレやご飯の器を車へ運び、きたときとおなじように、豆腐をキャリーバッグに入れ、緑さんに託して、それでおしまいだった。

また会おうね、と最後に抱きしめたかったけど、そんな大げさなことをすると余計に淋しくなりそうで、あっさり見送った。豆腐はまるい綺麗な金色の瞳で、キャリーバッグのなかからじっと俺を見つめていた。もう、なんわ〜、とも鳴かなかった。

「豆腐ロスだ……」

淋しい……と、またソファに転がってひとりぼっちで緑さんの帰宅を待ちながら、いままで緑さんを待つあいだこんなに孤独だったっけ、と感慨と驚嘆に暮れた。

豆腐はまだ生きているというのに、会おうと思えば会えるというのに、とても淋しい。豆腐や緑さんを淋しんぼうだとなだめるのが俺の役目だったはずが、どうしたもんだろうか……。

「お父さん、淋しいよ……」

ひとつひとつの出会いを、なにかに、誰かに抱いた想いを、大事に抱きしめて生きよう、と改めて胸に刻む。淋しくなれるほど愛させてくれた。愛する苦しさと尊さを教えてもらった。俺はいま幸福者に違いない。

「豆腐～……」

スマホに保存したたくさんの画像を眺めていたら、ぱっと画面がきりかわって緑さんの名前が表示された。着信だ。「はい」とでる。

『結生か？　……なんか声が泣いてるな？』

ははは、と笑われた。

『あのな、いま無事に豆腐を草野に渡して帰ってる途中なんだけど、豆腐は人間の食べ物は食べないそうだよ』

「え……そうなの？」

『ああ。それに、味噌汁はネコには塩分が高すぎて飲むと即効で体調崩すんだと』

「えっ」

『ネギなんか毒で、食べたらあんな健康にしてられないってさ。だから平気だ、よかったな』

優しい口調で教えてくれながら緑さんが微笑んでいる。……そうだ。っていうか、そもそもお味噌汁は豆腐がくる前から減っていた。豆腐じゃなかったんだ。緑さんでも、俺でもない。だけどこの部屋と、俺たちの心に存在していて、豆腐がずっと見つめていた人……。

我慢していた涙がふいにぱらぱらこぼれてきた。とめどなく、あの日以来ひさしぶりに。

「――……お父さん」

9月17日（月・祝日）

日向と結生のふたりとは、『アニパー』で会ったときと別れるときにそれぞれの『ライフ』の子たちを撫であうのが約束事になりつつある。

――『じゃあもう日付変わっちゃったけど、今夜楽しみにしてるなー！』

結生がヒナタのひのこを撫でて別れの挨拶を言う。

――『うん、俺も楽しみにしてる～』

日向も俺のみずこを撫でながら微笑んでいる。

――『俺も、結生と、忍君と明君たちとは初めてリアルで会うし、楽しみだよ』

俺もソラにユキのおととを撫でさせつつこたえた。

――『ほんとだな、まだ顔も声も知らないんだもんな。「アニパー」でここまで仲よくなってから会うのって俺初めて。日向が新さんと会ったときもこんな感じだった？』

――『俺はふられる覚悟だったからもっと怖かったよ』

――『はは、そっか。俺と一吹は相思相愛だからそういう怖さはねえや。明君たちとも仲よくなれたらいいな～』

うんうん、と三人でうなずきあって笑った。そして『また今夜～』と別れた。

「みんなとうちあわせはすんだ？」

『アニパー』をとじて顔をあげると、ベッドの右隣で読書していた賢司さんが訊ねてきた。

「うん。……不思議だな、あんまり緊張してない」

「緊張して怯えて、大変だと思ってたのか」

眉をさげて薄く苦笑する賢司さんもタブレットに青色のケースをかけてとじる。……これは、面白がられている気がする。

「賢司さんと会ったころなら、ネットでしか存在を知らない相手とリアルで会うなんて大事件だったよ。でも自分は変わったんだなって、感慨に耽ってる」

友だちをつくることも、ゲイだと知ってもらうことも恐れていたころ、俺は高校生だった。賢司さんやコウジや日向たちと接していたたった五年のうちに、俺も成長できたんだろうか。

「そりゃ昔の一吹とは違うでしょう。毎日着実に素敵な大人に変化していってるよ。……まあ、結生と緑は遠いようで近い特殊な関係でもあるけどね」

「うん……ありがとう賢司さん。たしかに結生たちの話は聞かせてもらってたから、情は芽生えてたかな。けどまさか、賢司さんが就職の誘い断られてたとは思わなかった」

かく、とうなだれた賢司さんが、う〜、と喉を鳴らして苦笑いする。

「しかたないよねえ……うちじゃ結生の夢は叶えてあげられなかったし、愛の力もあるし？」

「ふられたね」

「傷に塩やら唐辛子やらを練りこまないでくれる？」

ふふ、と笑うと、賢司さんも今度は明るく笑った。ショックながらも、祝福している顔だ。

「複雑なんだね、氷山社長も好きだから」

「まったくだよ、こっちは大好きなのにつれない後輩で切ない」

「楽しみだな、賢司さんを嫌う後輩さんに会うの。大学時代の話もたくさん聞きたい」

「楽しんでもらえる話あるかなあ……一吹にはこれまでも結構話してきたしね」

「後輩さんの目から見た賢司さんを知られるのが貴重なんだよ」

自分の胸に手をあてる。……そうか、俺いま、緊張どころかわくわくしているんだ。

「とかなんとか言って、『かすが』のおばちゃんに大学のころの俺には友だちがたくさんいたって聞いてちょっとへこんでたくせに」

右脚を立ててそこに肘をつき、賢司さんが頬杖をする。

「へこむっていうか……嫉妬したっていうか。賢司さんは常に大勢の人に囲まれて生きているから、草食系ぼっちの俺は恋人でいるのに必死なんだよ」

ははっ、と口を大きくひらいて爽やかに吹いた賢司さんが、右手で前髪を掻きあげた。

「本当に草食系かなあ……？」

そして目を細めて、いきなり襲いかかってきた。抱きしめられて、右手で器用に尻を滑らされ、背中を支えて倒される。「うわ」と笑いながら身を委ねている間に、ベッドの上で自分に重なる彼と見つめあっていた。

「……ぼっちって言葉も訂正してもらえるかな。いまもそんなふうに思われているとしたら、俺の心が孤独になる」

右手をのばして彼の左頬に触れた。笑うとここに愛らしいえくぼができるのに、いまはない。

「……うん、ごめんね。全部昔の話だった」

今夜楽しみだね、と続けて囁いた。結生たちが計画してくれた初めてのオフ会。

そうだね、一緒にいこうバスに乗って、と、賢司さんもこたえて微笑みながら、ゆっくりと瞳をとじて唇を寄せてくる。


「——と、いうわけでー……まずはみんなの紹介をしていきますね。俺が本宮結生、大学四年で『ライフ』のデザイナーをしています。俺の恋人で『ライフ』をつくってくれた社長さんがこの氷山緑さん」

座敷席の中心で立って、結生が左手をのばし、隣の氷山さんを紹介する。眼鏡の似合うハンサムな氷山さんが、すこし照れたようすでテーブルの左右へ視線をめぐらせ、軽く頭をさげると、俺たちはぱちぱちと拍手をした。

「そして緑さんの先輩で、俺にデザイナーデビューのきっかけをくれた人が『アニマルパーク』こと『アニパー』をつくった副社長、大柴賢司さんです。で、彼の彼氏が河野(かわの)一吹君」

結生たちのむかいに座っている俺たちも紹介された。結生にしめされて、賢司さんとそろってへこ、へこ、と頭をさげる。俺らも拍手をもらって照れてしまう。

「それで、俺の後輩の豊田忍と、忍の彼氏の小田直央がこのふたり。ふたりの幼なじみで直央の義兄(あに)でもあるこの子が小田日向君で、日向の彼氏が陶器店の店長早瀬新さんです」

結生の横にいた忍君たちと、俺たちの横にいる日向たちも紹介されて、頭をさげた。忍君たちは緊張した面持ちだけど、穏やかな新さんと、その横で「どうもです」と後頭部を掻く日向はのほほんと明るい。

「そしてカウンターにいるのは緑さんの古い親友で、このお店のご主人でもある東晴夜さんと、恋人の神岡明君です。今日はお店を貸しきってお料理も用意してくださいました」

締めくくりに結生の手がカウンターへのびて、これまた柔和な笑顔がチャーミングで格好い い東さんと、隣で寄り添っているおでこまるだしの可愛い明君も紹介され、丁寧に頭をさげた。ふたりが用意してくれた料理は、すでにテーブルの上にならんでいて、とっても美味しそうな香りをただよわせている。ぱちぱちぱちと拍手も続く。

「以上です！　……人の縁って不思議というか、俺たちには思いがけずこんなふうに繋がりがあって、せっかくならみんなで一度会って、食事して、親しくなれたらなっていう思いから、今日のオフ会を企画させてもらいました。今夜をきっかけに、できれば末永くつきあっていけるような関係になりたいと思っておりますので、どうぞよろしくお願いいたします」

最後に結生が温かい言葉を添えて挨拶を終えると、ひときわ大きな拍手が起こってみんなの笑顔の輪ができた。

「ありがとうございます！　では、かんぱーい!!」

結生が音頭をとり、俺たちも「どうもです」「どうも～」とグラスをぶつけあって口をつける。五月に二十歳になった日向はかろうじてセーフだけど、忍君と直央君だけ未成年なのでウーロン茶だ。俺も強いほうじゃないものの、呑んでみたレモンサワーはとても美味しかった。

「それにしても一吹が美形でびっくりした～……口もとのほくろ、めっちゃんこ色っぽいよね。大柴さんて男の好みまでよくて、緑さんじゃないけどちょっと腹立ちましたよ」

結生にいきなり褒められて焦る俺の右隣で、賢司さんは「はは」とてらいなく笑う。

「そう。一吹とは通勤に利用してるバスで出会ったんだけどね、窓際の席で毎日文庫本を読んでる文学少年で、見惚れるほど綺麗だったんだ。おまけに話してみたらツンデレで、悶えるぐらい可愛かったんだよ」

「ツンデレ？　一吹ツンデレなの？　『アニパー』で話してるときそんな雰囲気なかったけどな。おとなしい、大人びた奴って感じで。あ、大柴さんにだけ甘えがでるってこと？」

賢司さんののろけた想い出話も、結生のつっこみも、どちらにも狼狽する。

「『アニパー』の、文字の世界では、ちょっと……大胆になれた時期があっただけだよ。昔、俺はすごく内向的で陰気な奴だったんだ。けど賢司さんが『アニパー』の文字での交流を教えてくれたおかげで、我が儘になれたっていうか」

「あー……わかる。文字だから言えたり、できちゃったりすることあるよなー……」

「結生もあったの？」

「うん、俺なんかビッチって嘘ついてセフレ探してたからさ。それで緑さんと会って……あ、すみません、大柴さん聞かなかったことに……」

結生が身をちぢめて賢司さんに苦い笑みを見せ、テーブル全体に「はは」と笑いが起こった。「聞かなかったことに、もなにも、知ってたんだよ。シイバで相談に乗ってたからね」「あ、そうだった、ばれてたんだった……」とふたりの会話が続くと、いっそう笑いが大きくなる。

日向が「結生、俺も褒めて褒めて」と割って入った。日向は酒が弱いからもう酔い心地だ。

「日向は～……泣きぼくろも可愛いし、きのこ頭も可愛いし、ふにゃっとしてて可愛いよ」

「なんだよふにゃって」

「ほんわかっていうのかな？　あとアバターの服のセンスがダサいのも可愛いポイントだな」

「褒めてないよっ。しかもまたあにぱあTばかにしやがって……大柴さんなんとか言ってやってよ、俺のお気に入りのあにぱあT、みんなダサいってからかうんですよっ」

日向の抗議がおかしくて、食べていた長芋の唐揚げを噴きそうになってしまった。みんなも笑い続けている。

「日向には言いづらいけど……あにぱあTはうちのスタッフが冗談半分につくった洋服だよ。ポイントや無料チケットで手に入るタイプの服はだいたいスタッフが遊び心でデザインしてる。緑が着てるような課金しないと手に入らない洋服はさすがに手がこんでるけどね」

「ひどいっ……大柴さんまで変Tって認めた‼」

結生が爆笑して「腹痛え……」と悶え、俺もこっそり笑ってしまう。日向の横にいる新さんは、箸を左手に持ちかえて微笑みながら日向のきのこ頭をぽんぽんと撫でてあげた。新さんはこういうさりげないところが素敵だ。

「おーしば先輩が一吹君に惚れるのはわかるよ。でも一吹君はこの人のどこがよかったの？」

むかいの結生の隣にいる氷山さんが問うてくる。さらりとながれる焦げ茶色の前髪が眼鏡を邪魔していて、その瞳も心から純粋に訝（いぶか）しんでいるから面白い。噂の賢司さん嫌いな後輩さんだ……と、つい笑いそうになって、左手で口もとを押さえた。

「……全部、好きですよ」

「ぜんぶっ？　この人、初対面でもいきなり下の名前で呼んできたりするでしょ、そういうの失礼だなと思わなかったの？」

「おい緑」と賢司さんが低い声でつっこむんだけど、それもまさに下の名前の呼び捨てなものだから、「ふふっ」と我慢できずに笑ってしまう。

「いえ……俺はこの気安さに惹かれたんです。自分を名前で呼んでくれる人がいなかったから、賢司さんが呼んでくれてすごく嬉しかったし救われました」

「本当に？　いいんだよ、本人の前だからって嘘つかなくても」

「いえ、ふふ、嘘じゃないです」

「そうか……やっぱり相性なんだな。おーしば先輩の相手は一吹君みたいな立派な人間にしかできないと思うよ、俺は」

「失礼だなセフレ探し常習犯の緑君は」と賢司さんが抗議した。

「えーえー『アニパー』さまでセフレ漁らせてもらったおかげで結生に会えましたよ」

「まったく、いけしゃあしゃあと……」

『かすが』のおばさんや兵藤社長など、賢司さんの知りあいには何人か会わせてもらっているけれど、ここまでストレートに嫌悪をしめす人も珍しくて、賢司さんが不憫ながらもおかしくてしかたない。反抗心や不快感が湧いてこないのは、なんだかんだでふたりが親しげに見えるからだと思う。

「氷山さんは、どうしてそんなに賢司さんを苦手になってしまったんですか？」

訊ねたら、氷山さんは左手をあげて掌を俺にむけた。

「……いや、それは言わないでおくよ。彼氏君に言うことじゃないからね」

「知りたいです。氷山さんを攻撃したいとかじゃなくて、単純に、興味があって」

「いやいや。あえて言うなら……当時の俺は陰キャで、ばりっばりの陽キャのこの人にふりまわされてた、ってところかな。この人の思考が俺には理解不可能で、宇宙人と接してるんじゃないかってぐらい驚愕と苛立ちの連続だったわけだよ。いまもだけど」

「ははは。宇宙人か……なんとなくわかります」

「わかるのかっ」と氷山さんと賢司さんがシンクロして一緒につっこんできたから、やっぱりふたりは仲がいいな、と感じてもっと笑えた。

「わかります。くり返しになるけど、俺は自分と違うその意外さに救われたんだもの。そこで恋に落ちたわけだから、氷山さんの言うとおり相性なのかもしれません」

日向が「のろけ～」と笑い、結生も「のろけ、いえ～い」とのっかって冷やかしてきて、俺はレモンサワーを呑みながら笑顔で受けてたった。

「でも俺、氷山さんと大柴さんの大学時代にむっちゃ興味あります。東さんもおなじ大学だったんですか？」

瞳を輝かせている日向が、言葉の最後はカウンターにいる東さんにも視線をむけて訊ねた。

「いや、残念ながらぼくは違う大学でした。氷山とはいきつけの店で知りあったんだよ」

「あら、そうなんだ」

「けど氷山から大柴さんの話は聞いてたね。当時からこんな感じで大柴さんに懐いてたよ」

ははは、とみんな笑って、氷山さんだけ「懐いてねえ」と反論した。

「なんだ〜緑もツンデレなだけだったのか〜?」

「大柴さんと面識のないぼくにしょっちゅう大柴さんの話をしてくるから、一時期〝こいつは大柴さんに恋してるのかなあ〟と疑ってました」

「おい」と氷山さんが東さんを睨む。

「素直に告白してくれていれば考えたのに……」

賢司さんの茶化しに、今度は「ふっざけんな」とこちらを睨んで文句を投げる。氷山さんが頭を左右にくるくるまわして板挟みにあい、どんどん言葉づかいごと砕けていくのがおかしい。

「氷山は認めないけど、ほら、大柴さんと氷山、服装がちょっと似てるでしょ。シャツにワイシャツ重ねて、ストール巻いて。東京に憧れて青森からでてきた氷山は、大柴さんのことを結構お手本にしてたと思うんですよね」

鷹揚に微笑んで東さんが指摘する。それは俺も今日対面したとき気づいたことだった。賢司さんは温度差のある夏から秋のあいだ、Tシャツ、長袖、ストール、の三点セットと決まっている。長袖部分をワイシャツやカーディガンに変動させて、このスタイルで過ごすのがお気に入りだ。氷山さんも白いTシャツ、ブルーのシャツ、グリーンのストールの涼やかな色あいでそっくりの格好をしている。ほかの大人組の新さんはVネックの青いTシャツにジャケットをあわせているし、東さんは白いTシャツにエプロンで仕事着だし。

「ちがう、俺が影響を受けたのは兵藤さんだっ、余計なこと言いやがって東……覚えてろよ」

「忘れた」

東さんがからっと朗らかな笑顔でかわしてみんながまた笑い、氷山さんは歯ぎしりする。

「からかわれキャラの緑さんも格好よくて可愛いぜ」

「これっぽっちもフォローになってねえよ結生」

恋人同士ふたりのやりとりも微笑ましいオチになってみんなの笑いを誘った。

全員が晴れやかで幸せそうな表情をして、会話と料理を楽しんでいる。日向が新さんに「美味しいね」と囁きかけ、忍君も「直央、これも美味いぞ」とすすめてふたりで頬いっぱいに料理をつめている。うん、べつに焦る必要はないのに、口に掻きこみたくなる気持ちはわかる。

「じゃあ失礼して、ぼくらもいったん食事に加わっていいかな」

東さんと明君もきて、「カンパチのお刺身です」とテーブルの中央においてくれながらカウンター側の席へ腰をおろした。結生や日向も「ぜひぜひ」「一緒に食べましょう～」と声をかけて、さらに輪が賑やかになる。カンパチ……美味しそう。

「東さんの料理、すっごく美味しいです。俺と新さん、最近は夕飯を外食ですませることも多いんですけど、これからちょくちょくきていいですか？」

傍にいる日向が東さんに声をかけた。

「もちろんお待ちしてますよ、ありがとうございます」

「へへ。……料理にも才能はあるんだと思う。俺たちもふたりで料理頑張ってるけど、つい〝外食でいっか〟ってなっちゃいますもん」

結生が「のろけ～」とお約束みたいにつっこんだから、今回は俺も「のろけ～」とのっておお返しした。日向は口端をひいて「ふふん」と得意になる。東さんと、隣の明君も笑っている。

「はは。そうだなあ……料理が好きか嫌いかっていうのも大事かもしれないね。嫌なことはどうしたって嫌だし、こだわりも持てないだろうから」

「そう思います。どんなこともそうなんだろうな……勉強とか仕事とか。楽しめれば、苦しさすら宝物になるんだろうなって」

うなずいて聞き入りながら、俺も、鰹のたたきと水菜をごまだれで和えたサラダを食べる。

……すごく美味しい。これ、俺にも真似できるだろうか。『かすが』のお弁当といい、東さんの料理といい、どの食材をあわせたら美味しくなるかがわかるだけで、料理人はすごいと思う。俺も家の残りものですらいまだにうまく組みあわせて作れないから、ネット頼りだ。

「器も、料理にあってますね」と新さんも褒めた。

「あ、さすが。気づいてくださって嬉しいです。でもそろそろ一新したいなあと思っていたところなんですよ。今後は新さんのお店にお世話になろうかな」

「ああ、ぜひ。なら近々カタログを持ってきますよ。店舗も近いので、気になるものがあれば直接見ていただくことも可能ですし」

「助かります。料理を美味しく魅せるには器の力も必要なので、季節ごとに変えたりしてるんですよ。相談させてもらいながら、ちょっとずつ入れかえていけたら嬉しいな」

この出会いが、思わぬところでお仕事の手助けにもなっている。とても素敵だな、と聞いているこちらまで幸せな心地になった。新さんは豊シリーズをすすめるだろうし、東さんもきっと気に入る。『あずま』の器が豊シリーズでそろったら、俺もまたその料理を食べにきたい。

「あの……結生君も、絵を描くのが苦じゃなくて好きだから、デザイナーになったんですか」

明君が姿勢を正して、右手をあげて、教室で発言する生徒みたいに結生に声をかけた。

「うん、そうだよ。てかそんな丁寧な口調じゃなくていいよ。緑さんから誕生日プレゼントのおくさのぬいぐるみ喜んでくれたって聞いてるし、俺らみんな今日明君に会えるのも楽しみにしてたんだぜ。大柴さんみたいにいきなり呼び捨てでオッケーだから気にせずどうぞどうぞ」

「俺がネタになってる……」と賢司さんが苦笑いしてうなだれ、みんな笑った。

明君は……明は、照れたように頬を赤らめて、うつむき加減に「じ、じゃあ結生」と呼ぶ。

「ぼくも、今日みんなに会えるの楽しみにしてたし……『ライフ』を、おくさを生んでくれた結生に、感謝の気持ちを言いたくて言いたくて……本当に、ありがとう」

「感謝ってそんな。緑さんにも明が『ライフ』をめちゃんこ好いてくれてるって教わってたけど、俺のほうがおくさたちを大事にしてもらえて嬉しくって、描いてきてよかったな……って幸せ嚙みしめてたんだよ」

「とんでもないです、おくさたちを生んでくださってありがとうございますっ……」

「また丁寧語っ」

明が深々と頭をさげて、ちょっと涙ぐんでいる。

「ありがとうな明。もっと結生に言ってやって、俺もおなじ気持ちだよ」と氷山さんも一緒にしみじみうなずき、「明にとっては結生が神さまなんだね」と日向も微笑む。

俺も「わかる」と同意した。

「『ライフ』の子たちはみんな自分の個性と闘いながら懸命に生きているから、感情移入して見守る気持ち、すごくわかるよ」

「ありがとう一吹……ぼくは感情移入しながら、なんていうか、もう一緒に生きてる感覚まであるよ。晴夜さんが氷山さんの友だちで、氷山さんの恋人が『ライフ』の子たちの生みの親の結生だなんて、本当に、この縁に幸せを感じてる」

明の隣にいる直央君が、明をじっと見つめた。

「俺まだ『ライフ』の公式やってなかったけど、明さんの熱意見てたらむっちゃ興味湧いた」

「ぜひやって、すごくいいからっ」

「ははは」と直央君が笑ってスマホをだした。「これですよね」とふたりで寄り添って『ライフ』をインストールしていく。

「ありがとう直央君。——ほんとおーしば先輩のおかげです。『ライフ』とコラボしてくださいまして、心から感謝いたします」

にやにやしながら、氷山さんがビールの入ったグラスをかかげた。賢司さんもグラスを持ってかちんとぶつけ、「調子いいな、こういうときだけ」と目を細める。

「大柴さん、俺も『アニパー』に感謝してます。『アニパー』がなかったら、俺いまこんなに幸せな人生を歩めてなかったから。新さんに出会わせてくれてありがとうございました」

日向ものびあがってグラスをかかげてきた。賢司さんが「ふたりの恋はふたりが摑んだものだよ。でもありがとう日向」と素直な笑顔をむけると、新さんも「俺もこの幸せに感謝してます」と続けて賢司さんのグラスに自分のグラスをかちんとぶつけた。

「俺も『アニパー』のおかげで緑さんと会えたし『ライフ』も創れました、感謝してます！　デビューもそうだけど、大柴さんと『アニパー』がくれた幸せが、俺を生かしてくれてます」

結生も便乗した。「結生を氷山にとられちゃったのは残念だったよ……」と苦笑したけれど、その結生のグラスにも賢司さんはかちんと応える。

「ぼくもです。『アニパー』を通じて晴夜さんにも、『ライフ』のみんなにも出会えました。『アニパー』と『ライフ』がなかったら、ぼくは過去に縛られて、塞いだまま生きてたんです。ありがとうございます、感謝の気持ちでいっぱいです」

明も膝をついてグラスをかかげ、賢司さんも「いえいえ、恐縮です」とまたかちんとする。

「ぼくもです。お店のブログでも大柴さんの会社にはお世話になっていました。明に会わせてもらえて感謝しているし、噂の氷山の先輩とようやくこうやって会えたのも縁だなと思います。これからもよろしくお願いします」

東さんがかかげたグラスにも、「とんでもないです、俺も会えて嬉しいです。こちらこそ、これからお店にもお邪魔しますね」とかちんと応えた。

「俺もお願いします。俺自身は直央が『アニパー』してるって言うから始めただけで、運命的な出会いはしていないんですけど、とても個人的な理由で……俺の幼なじみを救ってもらえたことに感謝してます。これからは俺も直央と『アニパー』で末永くいちゃついていけたらなって思ってます」

忍君の真剣な言葉にはみんな笑いまじりに祝福した。「ありがとう忍君、ぜひ恋人登録していちゃいちゃしてください」と賢司さんも笑って応じる。

「俺からも、義兄の感謝と……あと、いちゃいちゃ、すみません、よろしくです」と直央君もちょっと赤い顔でグラスをずいとだした。「はは、よろしくね」と賢司さんも応えた。

微笑ましく眺めていた最後に、みんなの視線が自然と、しめしあわせたように俺にそそがれ、え、と動揺してしまった。

「一吹、ほら」と結生が小声でうながしてくる。日向も「ばっちり締めろっ」と煽る。

舞台をつくられると猛烈に恥ずかしいんだけど……しかたなく俺も、レモンサワーの入ったグラスを持ち、隣にいる賢司さんへ身体をむけた。

……毎朝バスで見かけていた私服姿の会社員。この人と、初めて言葉をかわした日のことが胸に熱くひろがっていく。

「『アニパー』っていう文字の世界をあなたがくれたことで、俺は、自分の心を素直に伝える大胆さももらえたけど……リアルの、現実のあなたを恐れて、嘘をつく苦しさも学べました。嘘を嫌うあなたに出会えて恋に落ちたから、本当の、真実の自分と、むきあう強さも得られた。俺の人生の道に、あなたを巻きこんでよかったのか、葛藤していた時期もあったけど、でも、いまは〝俺の〟じゃなくて、ふたりで選んだ道なんだって、思ってます。あのバスを利用してくれていてありがとう。『アニパー』をつくってくれてありがとう。みんなとも、出会わせてくれてありがとう。これからも、一緒に生きていってください」

言下に、有無を言わさぬ強引さで抱き竦められ、……愛してる一吹、と耳もとで小さく告白された。それから身体を離した賢司さんが俺のグラスにかちんとグラスをぶつけ、眉をさげた、ふにゃりと温かい、幸福一色の笑顔を咲かせてくれた。みんなの拍手が響く。「のろけ〜」と結生と日向と明と、忍君と直央君が口々に冷やかす。俺も笑った。目の前には賢司さんがいた。みんながいた。

＊＊＊

「――また呑みものの追加が必要そうですね。呑みたいものがあれば注文ください」

そう言って東さんが腰をあげると、「あ、じゃあすみません、俺は追加でおなじものを」「俺はおまかせで、なにかいい酒入ってる?」と一吹君や氷山さんたちが注文し、日向も「俺ちょっとトイレに」と席を立ったりで、場の空気の糸がゆるみ始めた。

カウンターへ移動した東さんのところへ、氷山さんも「どんな酒がある?」とついていき、明君は結生君のところへ「一緒に呑ませて」とここぞとばかりに寄り添っていく。

みんなで呑み始めてそろそろ一時間半。美味しい料理も充分に堪能し、テーブルにはその名残があるお皿がならんで、未成年組以外のメンバーはお酒の入った心地いい余韻に浸り始める時間帯だ。数名が居場所を変えて席が崩れていくと、ここからはだいたい会話やお酒をのんびりと楽しむゆるやかなひとときになる。

「……新さん」

日向を待って日本酒をちびちび呑んでいたら、直央君が隣にやってきた。あれ、と視線をめぐらせると、忍君は明君と一緒に結生君のところにいる。結生君と明君と忍君と、一吹君で、談笑していた。

「うん、どうしたの。楽しく食事してる?」

「はい、しっかり食べました。東さんの料理、まじで美味しかった、もう入らない」

　ははは、と笑うと、直央君も唇をひいて微笑む。

「……新さんも酔っ払ってますね」

「そうだね、すこしね。東さんにすすめてもらったこの日本酒が美味しくて、つい」

「新さんの酔っ払った姿、初めてで新鮮です。ちょっと顔が赤いぐらいであまり変わらないけど……いつもよりゆったりしてる？」

「うん、俺は酔うと緩慢になるんだよ。気分よく酔えたらの話だけど」

「気分よくないと、不機嫌になったりするんですか？」

「うーん……というより、そもそも無防備になれないメンツと呑むと、最初から酒も抑えるから冴えるね。主に、仕事での呑みのことを指してるわけだけど」

「ははは、なるほど。もし仕事の呑み会でブレーキかけずに呑んだら、むっちゃ愚痴ってるかもしれないんだ」

「そうそう。後輩に説教垂れるおやじになるかも」

「想像できないなー……」

　ふたりでくすくす笑いあった。ウーロン茶の直央君は、俺より意識もしっかりしゃんとしているものの、この箍のはずれた穏やかな空気には、一緒に酔っているのがわかる。

「忍君とはどうですか」

　もしかしたら聞いてほしい相談でもあるのかなと察し、訊ねてみた。

「や、えっと……まあ、順調だと、思います」

　直央君は視線をさげて、両手で押さえているウーロン茶のグラスを見下ろす。

「ならよかった。受験もあってあまり恋愛に現を抜かしていられないかもしれないけど、たまに忍君や、俺らとこうやって息抜きしてみるのも悪くないと思うよ」

「はい。日向みたいに指定校推薦も狙ってるんで、決まったらいいなって、いま待ちの状態なんで……じつはその……落ちつかないです。でも、今夜はきてよかったって素直に思います」

「そうか、まさにいま息がつまってたんだね」

ぽんぽん、と背中を撫でてあげたら、照れたように「すみません」と苦笑いになった。

大学受験などとうに記憶から薄れた出来事だが、リアルが目の前にいると、当時の精神的な閉塞感のようなものが去来する。あまり戻りたい過去でもないので、若さを羨むより同情心のみが湧いた。

「それよか……最悪な相談なんですけど、新さん聞いてくれませんか。こんなこと新さんにしか言えない」

直央君が急に深刻な声色と、表情になる。

「最悪？　なんだろう」

「新さんはバツイチで、ノンケだった人でしょ。俺も一応、ノンケだったって自分で思ってるんだけど、いま忍と、つきあってて……」

「うん」

「男とするのなんて、想像したこともなかったのに、いま、してて……その、うまく言えないんでストレートに言うんですけど、あの……忍と寝るのむっちゃ幸せで、よすぎて怖いんです……けど、新さんはどうでしたか？」

酒の入った揺らぐ視界にうつる直央君の初々しさたるや……。微笑ましさで笑いそうになるのを、喉に力をこめてぐっとこらえた。

「忍君との営みが気持ちいいの？」

「そ、そうです、イトナミが。……俺このまま忍としてると自分すら知らない人間になりそう。あと戻りできなくなるっていうか……」

「あと戻りっていうのは、忍君と別れて女性とつきあえなくなるかもってことかな」

「そうじゃなくて、下品な言いかたかもだけど……忍としたくってしかたない、ばかな淫乱になりそうなんです。いま受験で我慢してるのも、ほんとはむっちゃ辛い」

声をだして笑うのは耐えたが、唇には笑みがにじんでしまった。忍君はやたらと暗く悩んでいたけれど、やはり直央君はちゃんと彼を見据えて、想っているじゃないか。

「忍君に相談したらいいんじゃない？　きっと喜ぶよ」

「いや、てか、喜ばれたら、なし崩しに俺、淫乱になってくじゃないですか」

「ごちそうさま」

「相談乗ってくださいっ。……なんか俺、考えすぎて最近忍のこと拒否っちゃってて……受験って言いわけも限界あるし、下手したら喧嘩別れしそう」

弟、という感じで、可愛いなあと思う。血は繋がっていなくとも、日向と忍君にちゃんと守られて甘えてきたから変に老成したり達観したりした淋しい子にならず〝弟〟としてこの子は成長できたんだろう。直央君といると、家族と忍君の愛情の深さをひしひしと感じる。そしてこの稚い手触りが、決して不快なものにはならない。

「直央君は淫乱ではなくて、忍君の愛情を知った、幸せな人間に変わっていっているんだよ。直央君だけじゃなくて、忍君も直央君と触れあうことでおなじように変わってるから、怖がる必要ないんじゃないかな」

「忍も？　忍も変わってるの？　本当に？」

「本人に訊いてごらんよ。俺は忍君じゃないから変化のほどは想像でしかこたえられないし」

「想像でも、変わってるって断言できる？」

「できるよ」

必死になって口調が崩れてくる感じも本当に可愛い。日向がトイレから戻ってきて俺たちに気づき、笑顔で軽く目配せして、東さんからお酒を受けとると結生君たちの輪へ入っていった。なにか考えているようすの直央君が、また真剣な眼差しで俺を見る。

「新さんも……日向を抱いて、幸せな人間に変わったの」

興味が俺にむいたか。

「もちろん変わったよ。日向はその存在で俺をぽかぽか温めて癒やして、活力を与えて救って、成長させてくれる。日向がいなかったら俺は廃人のまま死んでいたんだから」

「は、廃人……全然そんなふうに見えない」

「はは」と今度は声にして笑ってしまった。

「大事なことを相談してくれてありがとう。他人に頼れる人は、孤独にならない。俺もなにか困ったときは相談させてね。これからもよろしく直央君」

目をまるめてほうけていた直央君が、とたんに満面の笑顔になる。

「はい、もし俺にできることがあるなら、なんでも聞かせてください。って言っても、新さんと会う前の日向情報ぐらいだろうな、俺が言える有益なことって」

揚げナスのゆず胡椒和えを口に入れつつ俺が苦笑すると、直央君もウーロン茶を飲んで喉で笑った。笑いの光がほんのり灯る。

「そういえば、俺らも今度新さんのお店に器買いにいってもいいですか？　忍の家でつかってる器、全部百均で適当にそろえたやつなんだけど、こないだ俺、自分のお茶碗を割っちゃったんです。次は新さんのお店で素敵なのそろえれば、もっと大事にしようって、心構えからして変われそうだもん」

「嬉しいな、ありがとう。いつでもおいで、待ってるから」

日向とオフ会に参加しただけのはずが、東さんに直央君に、と商売にまで繋がっている。それだけ器は身近なもので、自分たちの生活に密着した、なくてはならないものなんだなと幾度となく感嘆するし、この仕事を誇りに思う。

「お礼を言うのはこっちです。……食事って、不思議ですよね。好きな人と食卓を囲んでも、喧嘩とかしてると全然不味いじゃないですか。でも相手のこと大好き、楽しいって想ってるとどんな質素なものでもむっちゃ美味いの。それ、忍といて実感しました」

直央君が心から幸福そうに話す笑顔が、日向とそっくりに眩しい。

「あ、もちろん東さんが言っていたように、器が料理を美味しく見せてくれるってのもわかります。それもあって新さんに相談したわけで、」

「うん、ありがとう」

微笑みかけて礼を言うと、直央君はふと唇を嚙み、再びうつむいてグラスに視線を落とした。

「その……日向がずっと不味いご飯食べてたのは、俺のせいでもあるから。本当にすみません。義兄を、よろしくお願いします」

すぐ傍にいる日向に届かないよう、照れて小さな声でこぼれる義兄弟愛が、温かな雨みたいに俺の胸へ降って沁みていく。名前のとおり素直に祝福を口にできるまで直央君を変えた忍君の、長きに亘る愛情の堆積もともに感じられ、心がひどく熱くなった。

＊＊＊

「……失礼します。結生、さっきはごめんね、いきなり不躾に」

レモンサワーの入ったグラスを片手に結生のところへいくと、むかいに座っている一吹と忍君のふたりと話していた結生が「お、きたな～」とにっかり笑顔で迎えてくれた。

「全然気にしてねえよ、俺も明が『ライフ』の話一緒にしてくれるかな～ってちょっと期待してたからさ」

「やっ、もう、ぜひ、お願いします……」

「だから丁寧語やめてって、はは」

明るく気さくに受けこたえしてくれる結生は、頰がほのかに紅潮して気持ちよさそうに酔っ払っているのが見てとれる。

「でもほんと、俺も明の気持ちわかるよ。『ライフ』の子たちは他人と思えないよね」

一吹もライムサワーを呑みつつ、のどかな物言いで同意してくれるから気持ちが弾んだ。

「そうなんだ、ぼくはおくさを見守ってて、ついこのあいだ頭のお花が咲いたんだけど、一生懸命生きて成長していく健気な姿にぼく自身学ばせてもらえることがたくさんあって……キャラクターって目で見られない。画面のなかの子なのに家族同然だよ」

「ありがとう……おこがましいんだけどさ、創ってるときに〝こんなふうに寄り添ってもらえたらな〟って願ってることを、みんなに全部言ってもらえて、めちゃんこ嬉しいよ……へへ。おくさのこと家族にしてくれてありがとうね」

いしし、と照れてはにかむ結生が、神々しくてしかたない。同い年とかまったく関係なく、この右手と心がおくさやロボロンを生んでくれたんだ、という感動で胸がいっぱいだった。

「ぼくのおくさはロボロンに恋して、いま、ふられちゃってひとりなんだ」

「……うん」

「だけど頭のお花が咲いたことで、これまでおくさを臭がって苦手そうにしてた子たちがいまではおくさを見つけると集まってくるんだよ。おくさは人気者になったけど、喜ぶより、戸惑っててすぐ家に帰ってしまう」

「うん」

結生は相づちをくれるものの、唇に笑みを浮かべてグレープフルーツサワーを呑むのみで、答えはくれない。

「俺のみずこも生きづらそうだよ」とかわりに一吹が会話を拾ってくれた。

「みずこは泣けないいんだ。泣くと自分の身体の水分がなくなって、身体が欠けちゃうから」

「え、みずこってそんな個性を持ってたの？」

「うん。もとどおりにするには山の上にある〝しあわせの泉〟で水を飲まないといけないんだけど、身体が欠けちゃうと山を登るのがものすごく大変なんだよ。泉の水の効力は数時間しかないから、持ち帰ってストックすることも不可能で、誰かに水を汲んできてもらうか、何日もかけて自分でいくしかない」

「き、鬼畜っ……」

戦慄して思わず叫んだら、左横で結生が「ぶは」とサワーを噴きかけた。「鬼畜で悪かったなっ」と大笑いする。

「や、でもそうなると……みずこはどんなに辛いことがあっても、泣くのを我慢しようとするってことだよね。みずこが思う存分、自由に泣けるようになるのは、頼れる友だちや恋人や家族ができてから……ってことだ」

みずこの個性に寄り添って、懸命に頭をひねって想像を働かせ、言葉にすると、一吹が「うん、そうなんだ」とうなずいてくれた。

「だから俺、みずこが自分の欠点というか、短所というか……そこにむきあってうち明けられる友だちを見つけるまで、感情移入して一緒に悶えてた。俺も高校生のころゲイの自分を持て余して友だちがつくれなくて、似たような悩みかたしてたから」

一吹はさらっと、浄化された過去という口調で言ったけれど、ぼくは一吹の痛みもみずことシンクロするその感覚も理解できて、涙がこみあげるような狂おしい感激に縛られた。

「わかる、一吹……わかるよ、すごくわかる」

こくこくうなずいて、むかいにいる一吹に握手を求めたら、「はは」と朗らかに笑いながら右手をだして握手してくれた。

「なんか……目の前で複数の人がうちの子の話してくれてるとめちゃんこ照れるな」

結生がそう言いながら、「ちょっと待ち」と自分のリュックをあけ、スケッチブックとペンケースをだしてきた。ペンを持ってスケッチブックの白いページをひらき、ささっと絵を描いていく。

「一吹～、東さんから新しいお酒もらってきたよ。俺も見て、レモンサワーにはちみつ入れてもらった、これむっちゃ美味しいっ」

日向がグラスをふたつ持ってこちらへきて、「あ、なんか描いてる？」と結生の左側に座る。

「結生さんのお絵かき教室ですか」と忍君も覗きこむ。

「ほい、明に。……俺はさ、ただ好きなように創ってるだけなんだ。明たちのもとへ届くまでには緑さんたちがこの子たちの個性を大事にプログラムしてくれてるし、そこからどう育っていくかは明たちユーザーさんの自由で……。俺が、そのドラマまで創っているわけじゃない。だから明のおくさも一吹のみずこも、明と一吹だけの子たちで、ふたりといない唯一無二だよ。大事に育ててくれて、この子たちを単なるキャラクターじゃないリアルにしてくれて、ほんとありがとうな」

もったいない言葉とともに、おくさとロボロンが満面の笑みを浮かべて幸せそうに抱きあっている絵を、結生がくれた。yukiとサインも入っている。

「ああぁ……ありがとう、本当に嬉しいっ……」

yuki

日向も「すごい、見せて見せて」と喜んでくれて、手渡してみんなでまわして眺めた。「可愛い〜っ」「本物だ」と感激が舞う輪の中心で、結生は、しし、と笑って赤くなっている。

「さー、じゃあここからは俺らが明の話を聞く番な！」

「え」

「東さんとのどきどききゅんな恋バナ、聞かせてもらおうか〜っ」

グラスを持った結生がしなだれて、にやにやぼくの肩にぶつかってきた。

「恋バナ？　晴夜さんとの？」

「おうよっ。どうやって会ったの？　『アニパー』もきっかけだったみたいだけど、お店にも通ってたとか？　俺、恋バナめっちゃ好きなんだ、きゅんきゅんさせろよな！」

「きゅんって、」と今度はぼくが照れて目をぱちくりまたたいたら、

「明、これは儀式なんだよ」

と日向が神妙な面持ちで言った。

「そう、俺らと友だちになったらまず受ける洗礼なんだ」

一吹もうなずいて続ける。

「明さん、結生さんはこう見えて中身が乙女なんです」

忍君まで眼鏡の奥の目で〝諦めてください〟と訴えてくる。

「なにそれっ」

ははは、と笑いが起こった。話すのはやぶさかでないけど変に期待されても恥ずかしすぎる。とはいえみんなの熱い視線はびしばしぶつかってきて痛い。

「わかったよ……じゃあ話すけど普通に聞いてね。ぼくと、晴夜さんは……——」

＊＊＊

「——おすすめのお酒って言ったら、秋はひやおろしだよ。ちょうどいいのが入ったから味見してみるか?」

東がカウンターの背の棚から一升瓶をとり、冷やしたグラスをだしてそそいでくれる。受けとって香りを嗅いだらフルーティな匂いが鼻を掠めた。ひとくち呑んでみると、さらに口内にリンゴのような果実の香りとまろやかな味がふくらんで染み入っていく。

「あー……これは美味いな」

「だろ?」

「俺も呑ませてよ」と大柴もやってきて俺の左隣に座った。東はもうひとつおなじ酒をつくり、「どうぞ」とグラスを大柴の前へおく。それから「日本酒はまわるからね」と、湯葉(ゆば)の刺身が入った小鉢も俺たちにそれぞれひとつずつくれた。

「ああ……本当だ、美味しい。東さんの店は酒もとても美味いね」

「あれ、ぼくのことは名前で呼んでくれないんですか?」

「みんなにからかわれたからねえ……呼ばせてもらえますか?」

「ふふ、ぜひお願いします」

東と大柴が和やかに微笑みあっている。……結局、この先輩は距離のちぢめかたがうまい。

「うわ緑、湯葉の刺身に醤油と塩までこんなにかけるの？　相変わらず濃い味が好きだねえ」

眉をゆがめて指摘され、はたと我に返った。いけない、結生にも厳しく叱られているのに、つい癖でやってしまった。

「氷山は寒い土地の人だから、しかたないんですよね」

「だね。昔、食べ物を塩蔵してた名残なんだっけ」

「ええ、ラーメンにも醤油をかけて食べるのを好むって聞きますよ」

「お、さすが晴夜は料理に詳しいな」

酔い心地のなかで聞く他人の会話は、つまみのごとく咀嚼が捗る。〝ラーメンにも醤油をかける〟と聞いて、大柴は〝嫌だね〟とか〝勘弁してほしいね〟などと非難を口にせず、発言者を褒めるほうにまわる。……なんというか、一見気づきにくいこういう些細な目線の優しさに、人が寄ってくるんだろうなと、唸らされる。

「先輩も濃い味が好みなんじゃないですか？　東京も薄味じゃないでしょう」

「そうだね、うちの母親は白菜のおしんこに醤油をかけるよ。だから俺も物足りなく感じてしまうときはある。西にいくほど薄く甘くなるんだっけ」

大柴が東に視線をむけて問いかけると、東は笑顔でうなずいた。

「ラーメン繋がりで言えば、おなじカップラーメンも関東と関西でだしが違いますしね」

「ね。俺も出張するとおみやげで買うよ。関東は鰹だしで、関西は昆布だしなんだよね」

……あ、知っていて訊ねたな。こいつ、東を試しやがった。こんな短い会話で、柔和な面と策士の面を、赤青の信号みたいにきりかえてつかっていく……やっぱり嫌な奴だわ、ほんと。

「だけど、大柴さんにお目にかかれて本当に光栄です。感慨深くもあるかな。氷山にずっと聞かされてきた先輩だったり、店のブログでお世話になっている会社の副社長さんだったりで、一方的に関わることが多かったものですから」

「はは。ありがとうございます、でいいのかな。俺はいつでもウェルカムだったんだけどな、会える機会はなかったですね」

「ええ。こんな有名人になってから会えるのも運がいいというかなんというか」

「ふふ。あなたの親友も充分有名人でしょう」

「そうですね……いつの間にか。出会ったころはまだおたがい不安定な子どもだったのに」

「それは俺もだよ。口と夢ばかり大きな、無力な子どもだったな」

脳裏にふと、大学時代に見た大柴の空虚な横顔が蘇った。

「そういえば数年前、大柴さん傷害事件の被害者としてニュースにでてましたよね」

「おい」と考えるより先に制止していた。

ふ、と苦笑した大柴が、俺の左腕を叩いてなだめる。ありがとう大丈夫だよ、と聞こえる。

「うん、あのとき庇ったのが一吹なんだ。じつはずっと昔、おなじ場所で姉貴も離婚した旦那に襲われた。命に別状はなかったけど、そのとき守れなかったトラウマを、一吹が克服させてくれたんだよね」

傷、というものを、こいつは恐ろしく巧みに隠す。本当は人格が一変するほど人生を狂わせた事件だったくせに、暗澹（あんたん）とした地獄の年月ごといとも容易く短い言葉で簡潔に語ってみせた。こいつは正直でも、真の傷や涙や、心の深淵（しんえん）だけは特定の相手にしか晒さないんだ。

——〝しろう〟は〝知ろう〟〝くろう〟は〝苦労〟。ふたりあわせると、〝苦労知ろう〟になるでしょ。嘘と真実しか言えないふたりも、気持ちを伝える難しさに苦労するだろうけど、ふたりに接する子たちも大変だと思う。

たしかに大変だ。大柴はくろうなのかもしれないな。だがしろうの面も持ちあわせている。〝大丈夫だ〟と思いやりの嘘で周囲の人間を拒絶し続けて、一吹君に出会うまで光ひとつつない真っ暗なトンネルのなかを歩いて生きていたんだろう？　俺はそれを見ていた。

「そうだったんですね……すみません、配慮が足らず。ニュースを観る限りでは人助けをしたヒーローの印象だったんです」

「ははは、うん〝『アニパー』の副社長、十七歳の高校生を助ける〟ってネットでも記事になってましたよね、見た見た。疎遠になってた友人知人からも連絡がきて、持て囃されましたよ。社員にも。全然気にしてないどころか、俺としてはその高校生が俺を助けてくれたんですよって気持ちなんで、恐縮です」

眉をさげて左頬にえくぼをつくり、からりと笑う表情からは、たしかに闇がもう見えない。見えないどころか幸せそうでもあった。柔和でも策士でもなく、無防備に幼い。これが一吹君がひきだした本来の大柴か。

「——あ、日向君、一吹君に新しいライムサワーを渡してくれるかな？」

ちょうどふらりと歩いていた日向君をひきとめて東がグラスをカウンターにおいた。「あ、はい〜」ともっと無垢で無邪気な笑顔をひろげる日向君がそれを受けとり、「東さん、一吹が最初呑んで美味しかったって言ってたから、俺レモンサワーお願いします〜」と頼んでいる。

「……あの事件のこと、心配してくれてたんだ」

大柴が囁き声で小さく言った。グラスを口につけて、視線だけ細くこっちへむけている。

「べつに」

顔をそむけて短くこたえたら、吹きだすのが聞こえてきた。

「嘘つけ。あのとき兵藤に〝氷山からおまえのようす訊かれたぞ〟って教わってたよ。仕事でも呑みの誘いでもない、いきなりの電話でそれだけ訊いて切れた、ってさ」

兵藤さん余計な報告をっ……。

「礼を言うのが遅くなったね。ありがとう緑。……おまえは押しつけがましくないっていうか、いつも遠くからそっと気持ちをよこしてくれるよね。その静謐(せいひつ)な優しさに救われたことが俺は何度もあるよ」

「そうですか」

「ツンデレめ」

フン、とグラスに口をつけてひとくち呑むと、大柴も苦笑しながら酒をすすった。

背後から結生や明君たちの笑い声が聞こえてくる。貸しきった店を贅沢につかわせてもらうことになるなと想像していたのだが、笑い声や話し声は店内の隅まで満ちて終始賑やかな空気に覆われており、この店に、自分たちが過不足なく正確な密度で存在しているように感じた。

ふりむいて、なにげなくメンバーの姿を眺めた。結生と明君を真んなかに、口を大きくあけて笑いながら談笑している日向君、一吹君、忍君。グラスを傾けてゆったり呑む新さんと、彼に憧憬の眼差しをむけて微笑んでいる直央君。カウンターの東、隣の大柴。

……きっとこれからも、ここで何度も会うことになるんだろうな。単なる顔あわせのつもりで計画した呑み会だったのに、心地いい酒の余韻のなかでなぜかそう確信していた。天啓とか、そんな大仰なものじゃないが、この感覚は予想ではなく理解だった。今日が始まりだ。

「仲よくはなってないでしょ、勘違いしないでください」

「学生のころは緑とこんなに仲よくなれると思ってなかったなあ……」

「え、なったろ？」

「自惚れるな。これだから陽キャは」

「え〜……」

喉で笑いながら、湯葉を食べた。……あれ、塩っぱい。

「先輩は湯葉に醬油だけかけたんですか」

「いや、俺はぽん酢を少々」

「ちょっとくれ」

「な、こら」

つまみ食いしたら、こっちのほうが美味かった。ああ……ガキのころ食べていた親父の手料理より、結生の味つけに味覚がなじんできてるんだな。

「うん……いや、どっちも美味い」

「なんだそれ。美味かったならよかったけど」

不満げに口を尖らせて大柴も湯葉を食べる。幸せだ、と突然胸に至福感が迫りあがってきて涙がでそうになったから、「ははっ」と唇を嚙んで笑ってごまかした。

ひとりぼっちのけものたち　3月22日（金）

東京へきてまず驚いたのは、三月下旬から桜が見られる、ということだ。ひとり暮らしを始めたアパートの二階の部屋からも、すぐ目の前で花びらを降らせている桜の木を独占できて、東京すげえ、と驚嘆した。すごいのは桜であって、東京ではないのに。建物が窮屈そうに密集していること、人々の歩く速度がはやいこと、夜でも賑やかなこと、電車が恐ろしく混むこと、動物や虫がほとんどいないこと、かわりにゴキブリがいること——どんな驚きも全部東京のせいにした。そして胸を弾ませて感動した。

初恋の男と親父を青森に残して上京し、新生活を始めたあのころ、俺は十八の子どもだった。

東京にいったからといって必ず成功するわけではないと見聞きしていたし、実際自分の父親も上京した数年後、東京に懲りて地元へ戻ってきた人間だった。それでも〝自分は違う〟と、若さ故のむこうみずさで信じ抜き、夢が叶うもっとも近い場所という期待を抱き続けていたが、当然東京は天国にある夢の世界ではなく、青森から続く道の先に存在する〝現実〟でしかなかった。そう悟ったのは、バイトの面接に〝暗くて接客にむかない〟と落とされたときだ。

〝大学へいきながらこの近所のコンビニで週三日は働いて、親父に負担をかけないよう生活費の足しにしよう、あわよくば余った金は貯金して将来のためにつかうんだ〟とそんな些細な夢など東京はあたりまえに叶えてくれると確信していたから、早速出鼻を挫かれて愕然とした。

……あ、ここも現実だ、と。

当時自分はコミュ力ゼロの根暗で、失恋をひきずっている卑屈な男だ、という自覚があった。なので、上京三日目でそのコンプレックスを指摘されて現実を突きつけられ、〝これが真の東京……〟と戦慄したのだった。

しかしこの出来事が引き金となって奮起し、東京にあるはずの夢を摑むべくむかったのが大学のサークル棟であり、なんの因果かそこで最初に出会ったのが、のちに社会へでてもつきあうはめになる大柴だ。

「——あれ、もしかして新入生？　うちのサークルに興味があるの？」

デジタルクリエイションサークル、略して『DCC』というサークルのチラシを片手にサークル室のドアの前に突っ立っていたら、廊下いっぱいにひろがる数人の男女の騒がしい輪が近づいてきた。身がまえていた俺に話しかけてきた大柴は、輪の真んなかにいた。

ファッションセンスもしゃべりかたもテンションも、輪の全体から放たれる強すぎるオーラのすべてが目映い〝東京〟で、気おくれした。これが『DCC』のメンバーなら無理すぎる、とたじろいで返事の言葉を継げずに言い淀んでいたら、「じゃあ賢司、俺らはいくわ」「またね賢くん〜」とまわりの男女が散り散りに離れていき、あっという間に大柴ひとりになった。

「騒々しくてごめんね。そのチラシ、うちのだよね？」

え、ほかの全員べつのサークル？　『ＤＣＣ』のメンバーはこの人だけ？　だったら助かるし、たしかにこのチラシも入学式の日にもらって気にかけていたものですけど……と、声にならない返答を喉の奥につまらせて転がしていたら、

「うんうん、怖がらなくていいよーおいでおいで」

と大柴は勝手に俺の心を読んで背中をがっちりホールドするやいなや、サークル室のドアをひらいてなかへひっぱっていった。

やっぱり〝東京〟はコンプレックスも期待も不安も、全部見透かしてくる怖ぇところだ、とぞっとしたが、そこは結果的に、俺を夢へと繋いでくれる思い入れ深い大事な場所となった。

初日に会ったのは大柴に加え、部長の兵藤さんだけ。

「おー、うるさいから大柴がきたんだと思ってたけど新入生も連れてきたのか、ありがたい」

兵藤さんの第一印象は〝ゲイ受けしそうな男……〟だった。奥においてあるデスクトップパソコンにむかっていたのだが、椅子に座っていても堂々とした体躯の、短髪が似合う体育会系男子だったからだ。立ちあがると上背もあってさらに迫力も増した。このときも〝さすが東京……〟とごくりと唾を呑んだ。東京にはゲイにモテそうな男も転べば当たる確率でわんさかいる、という驚きだったわけだけど、まったく意味不明すぎる偏見だし、青森にもいたうえに、兵藤さんはノンケで現在では子どもをふたりも持つ愛妻家の父親でもある。

「きみもデジタルコンテンツに興味がある？　うちのサークルは絵を描いたり作曲したりして、ＰＣゲームをメインで創ってるんだよ。きみもなにかできることがあるかな。できなくても、やってみたいことがあれば学びながら一緒につくっていかないか？」

できることはなにもない。絵や音楽の才能もなければ、プログラミングの知識もなかった。しかし〝東京〟の圧に衝撃とダメージを負い、屈するばかりだった自分は、そのとき正直にそううち明けるのが悔しくてできなかった。いい加減、一歩踏みだしたい。ここは〝東京〟なのだから。

「……ぼくは、これからは、デジタルの時代だと思っていて……インターネットのコンテンツもホームページとか大型掲示板だけじゃなくて、ぼくらがネットともっと密になるようなものもどんどん増えていくんじゃないかって気がするんです。いまでもチャットは流行ってるけど、たとえば、ゲームもネットでできるようになって、そこでプレイしながらチャットのコミュニケーションも可能になるような。そんな、新しい交流も、始まるんじゃないかって」

「ほう」

「だからこちらのサークルで自分にできることを模索しながら、ネットの発展について、ひろい視野で、考えていきたいなと、」

頭をフル回転させて夢を語っていたら、隣にいた大柴が小さく苦笑した。

「つまり、今後ネットの時代だっていうのはわかるから、現段階で自分にできることはなにもないけども、ソレっぽいサークルで活動してついでに知識もついたらいいなー的な感じか？」

図星だった。悔しまぎれに睨み返すと、「はは」と笑われて余計惨めになった。

「全然いいと思うよ、俺らもそうだから」と、にかっとフォローしてくれたのは兵藤さんだ。

「俺は海外の動きを見てて、今後はホームページよりもっと手軽に言葉や思いを発信するコンテンツができるだろうと思ってる。ゆくゆくは動画も流行るんじゃないかって考えてるよ」

「ど、動画ですか。それは重すぎませんか」

「はは、きみが言ったゲームだってそうだろ？　始めるとなったら重たくて動作が不安定だ。でもネット技術がすすむのは目に見えてるから、回線速度もついてこざるを得なくなるだろうし、ネットは確実にもっと身近になっていく。俺とこいつも、ゲームをつくる才能なんかないよ。きみとおなじで、才能のある人間と一緒にネットの時代の一端になりたいと思ってるんだ。きらきらの妄想に夢を見てるんだよ。ただ、俺らはその夢を実現するけどな」

兵藤さんは、俺より夢見がちなくせに現実主義者だった。そして夢を語るだけの知識と行動力と財力も持っていた。

この瞬間、俺は上京して初めて〝東京〟ではなく〝兵藤武士（たけし）〟というこの男の魅力を認識し、大きく心を動かされた。すごいのは東京じゃない、この人だ。

自己紹介がすむと、兵藤さんに「いま自作ＰＣにハマってて、今週末アキバへ部品見にいくんだけどおまえもこないか」と誘われた。

このころはデスクトップ全盛期で、一家に一台デスクトップパソコン、というのが定着し始めている時期だった。俺は高校のころ親父にゆずってもらったノートパソコンを一台持っていたが、無論デスクトップは容易く手の届く代物じゃなかった。そんななか、マニアのあいだでは自作で高スペックなパソコンをつくるのが流行っていたのだ。

兵藤さんと大柴もマニアなふたりで、電気街へでかけては人気の部品を安く手に入れるのに躍起になったり、雑誌を漁って熱心に知識を得たりと、自作ＰＣづくりに励んでいた。それで俺は、大柴に「なにもできないならここから始めようよ」と強引に誘われて承諾したのだった。

「大柴先輩もなにもできないんでしょうが、なんで俺を〝できないできない〟ってばかにするんですか」

「はは、だって緑が〝できないこと〟をコンプレックスにしてるっぽいからさ」

「……悪いですか、コンプレックスで。当然でしょうが」

「当然じゃないよ」

大柴は顔面に笑顔をはりつけたまま、声にだけ怒気を響かせて断言した。

「できなくてもいい。それを認めて、改善しようとすることで前にすすめるんだから。できないことやしないことを自分のなかで正当化して、ひとりでとじこもられるほうが厄介だ」

……こいつも兵藤さんとおなじ夢見がちな現実主義者なのか？　と思ったが、それにしては怒りが明晰で困惑した。急にまとっている空気が刺々しく鬼気迫ったものに変容し、触ったら痺れて弾かれそうな切迫感に支配されてしまった。どうしたんだ……？　明らかに俺じゃない誰かに対して、鬱積を吐いている。


週末まで、なんだかんだでかなりわくわくして過ごした。勢いで流行りのＩＴ系企業へバイトの面接にいったらあっさり受かり、すべてがまっすぐの一本道で形成されているような完璧さまで感じて、東京で俺を待っていたのはこれだったんだ、と浮かれもした。

秋葉原も、じつは上京して訪れたい場所の上位にあった。稀少なレトロゲームを探したかったし、自分が知らない面白いものもたくさんあるんじゃないかと憧れていたからだ。

当日、待ちあわせた秋葉原の駅にやってきたのは兵藤さんと大柴と、剣持さんという初対面の部員と自分の四人だった。

兵藤さんが先頭をきってメンバーを誘導し、電気街の狭い裏通りを隅から隅までめぐった。あのころの秋葉原には、部品をかごに乱雑に放って陳列しているような露天っぽい店が、ビルとビルのあいだの路地にひしめきあっており、そのアングラっぽい雰囲気もアニアにとってはたまらない街として人気だった。

「どんなにCPUがよくたってビデオカードがカスだったら意味がないからな」とかなんとか言いつつはしゃぐ兵藤さんと大柴の自作PC語りにつきあい、俺はふたりから学んだことをメモしながらついて歩いた。なにもわからなくても、むさ苦しい場所で他人とぶつかりあいながらライトに照らされた細々した部品を吟味するのは、心がどきどき躍った。

剣持さんだけはたいした興味をしめさなかった。ストレートの長めの黒髪で顔を隠す細身の剣持さんは、口数が少なく人づきあいも苦手そうで、俺は短時間のあいだに勝手にシンパシーを感じていたから、喫茶店で休憩していたとき、「剣持さんはサークルでなにを担当してるんですか」と訊ねてみた。するとなんと、彼は「俺は絵を描く」と言う。

「絵ですか、本当ですか、どんな絵ですか」

つい食いついてしまった俺に戸惑いつつも、「……こんな」と剣持さんがリュックからだして見せてくれたファイルには、シンプルで癖のない顔立ちのおかっぱの女の子が、剣を持ってモンスターに斬りかかからんとしている絵が描かれていた。

「す、すごいっ……めんこすぎだしモンスターも服も構図も格好よすぎでしょ剣持さんっ‼」

興奮しすぎて南部弁訛りがでた俺の頭を、兵藤さんと大柴が前後からすぱんと叩いてきた。

「声がでかすぎる氷山っ」と兵藤さんが小声で諫め、ふたりが笑いを噛み殺している。

「すみません……でも、ほんと素敵だったんでびっくりしました、すごすぎる……」

剣持さんの絵は全体的にシックなセピア調で線も掠れた手書き感があり、洗練された風情があった。

「……いまはどっちかっていうとアニメチックな絵が流行ってるから。俺の絵は、好かれない。お世辞をありがとうな」

剣持さん本人は自分を認めていないようすだったので、俺は憤慨した。

「なに言ってるんですか。たしかに流行りはあるし、アニメっぽい絵も可愛くて素敵ですけど、そっちが人気だからって剣持さんの魅力が損なわれるわけないじゃないですか。それは別物で、剣持さんは剣持さんでいいんです。むしろ流行にひっぱられることなく剣持さんが自分の〝好き〟を貫いた結果、俺はこの絵を見せてもらえたんでしょう？　嬉しいです、最高に幸福者です、剣持さんの信念を通す絵描き魂も格好いいですっ」

「……俺はこれしか描けないだけで、流行に乗って絵を変えるのが悔しかったから意地っつうか、逃げっつうか……つまんない汚い気持ちの塊がこれなだけだよ」

「そんな言いかたされたら腹立ちます、俺はもうファンだから。……俺、この素朴な顔がすっごく好きです。それでいて二の腕や太腿の曲線にはやわらかそうな質感がしっかり描かれていて、デッサンの狂いもなくリアリティがある。剣を持つこの指のかたちもいいですね……うちのサークルこんなクオリティ高い絵でゲームつくってるんだ……すごい……」

幼いころ身体が弱く、親父が買ってきてくれたゲームや漫画を楽しんで、家で過ごすことの多かった俺は、クリエイターに対する尊敬と憧れが強かった。そんなひとりに出会えたこと、いままさに魅了されて骨抜きになっていることは、俺にとって感激や幸福なんていう他愛ない言葉では形容しきれない喜びだった。

「剣持が珍しく照れてるな」

兵藤さんもそう言って嬉しそうに微笑んでいた。

数年後、剣持さんが兵藤さんと大柴の会社で働き始め、彼の描いた格好いい勇者たちに結生のモンスターが殺されるようになって、俺は複雑な想いを持て余しながら悶絶することになるのだが、それはまたべつの話だ。

喫茶店をでたあとは剣持さんの要望で、ペンタブレットなどの商品を眺めにいった。絵描きが求めるソフトや周辺機器は、学生には高価すぎて手に入りにくい。見本のペンタブで剣持さんが落書きして笑うのを見ていて、俺は〝いつかこの店の隅になにげなく描かれた絵を欲しかった、見たかった、と嘆くファンもできるはずだ〟と勝手に納得していた。

そして俺が希望したゲームの中古店にも寄ってもらって堪能した夕方、どこかで夕飯を食べてから解散しよう、と話していたら、大柴だけ「ごめん、今日はもう帰るよ」と途中で申しわけなさそうに離脱した。友だちも多そうだから、ほかに約束でもあるのかな、と見送ったら、兵藤さんがぽつりと言った。

「あいつは姉さんとふたりで暮らしてるんだよ」

サークル室にはいつもほとんど人がいなかった。絵描きチーム、音楽チーム、プログラミングチームと、みんな個々に活動するのが基本で、全員集まるのは報告会議の日だけだからだ。兵藤さんも個人活動と称してバイトや彼女とのデートにも勤しんでおり、忙しそうであまり会えない。だいたいいるのは、大柴と俺と剣持さん、そして音楽チームの川角（かわかど）さんだった。

剣持さんも川角さんも、以前は欠席が多く、常駐しているのは大柴ぐらいだったそうだが、「おまえが人を集めてるんだろうな」と、あるとき大柴に言われた。

「俺ですか。なんで？」

「ふたりとも、緑に絶賛されてから顔つきが変わったからさ」

まるで俺が自信を与えたような物言いをする。

「俺は事実を言ったまでです。ていうか、剣持さんの絵も川角さんの音楽も素晴らしすぎるのに、それを教えてあげる人たちはいなかったんですか？　そのほうがどうかしてる」

聞けば、剣持さんは美大を、川角さんは音大を諦めた人たちで、ふたりとも挫折を味わってここにいるんだと言う。美大や音大をでれば業界で認められるわけでも売れるわけでもないだろう、と俺は怒りながら力説し、ふたりが「でも、」とくり返す劣等感を論破し続けていた。タイマンのときも、ふたり同時のときもあった。どんなときもふたりの作品がどれだけ素晴らしいか、自分の足りない語彙（ごい）を捻（ひね）りだして純粋に真摯に正直に訴えた。そうするとふたりも、絵と音楽をこれまで以上に愛してむきあっていくのがわかり、俺も幸せになった。

そんなある種お節介な俺の行為を、大柴は興味深げに眺めていた。

一方で、大柴は自作PCをいじっていることもあったが、たいてい読書しながら暇を潰しているだけだった。

「大柴先輩は暇そうに入り浸ってるけど、お姉さんのいる家に帰らなくていいんですか」

副部長として兵藤さんの右腕でありながら、飄々として常に笑顔を浮かべ、喜怒哀楽の〝喜〟と〝楽〟しか面（おもて）にださない。謎が多く薄ら怖いのに、構内で見かけると友人に囲まれている人気者であり、且（か）つ、ふいに人の心を見透かしてくる恐ろしくて得体の知れない奴。

「おまえもなかなか言うね」

苦笑いして、妙な感心をされた。

大柴はみんなとでかけて遊んでも、夜は早々に帰っていく。大学帰りにふたりでショッピングへいき、日が暮れても、夕飯の誘いには乗らない。恋人がいるふうでもなく、バイト三昧（ざんまい）というようすでもない。シスコンなんだな、と俺は内心にやけて小ばかにしていた。

俺の誘いには乗らないが、大柴から「うちの最寄りまできてくれるなら」と誘われたことは何度かあった。それで必ずいくのが『かすが食堂』という店だった。

おじちゃんが奥で黙々と料理を作り、おばちゃんが接客する、っていうスタイルの、夫婦が経営している店で、どの料理も抜群に美味い。

「しょっちゅうきてるいきつけの店なんだよ」と大柴は得意げに紹介してくれた。

「先輩は料理しないんですか」

「しないね」

「あ、お姉さんがしてくれるとか？」

俺が〝お姉さん〟と話題にだすと、大柴は決まって返答に一拍、間をおき、苦笑した。

「……いや。姉にはいま家事とか、そういうことは一切やらせてない。うまく説明できないけど、なんていうか、療養中なんだ」

「療養？　そうなんですか……すみません、変なこと聞いて。てか、ならますます先輩が料理してあげなきゃいけないいんじゃないんですか？」

「軽いものなら作るけど、俺料理の才能はまるでないんだよ。どれだけ努力しても一定ライン以上のものが作れない。だから『かすが』に救われてるんだ」

　真面目な顔して語られた。

「たしかに『かすが』は美味いし値段も手ごろです。近所にこんな店があったら自分で下手な料理作らなくてもってなりますね」

　大柴の好物は生姜焼き定食、俺のお気に入りはナスとキャベツの味噌炒め定食。ご飯と味噌汁に加えて、毎回違う小鉢もふたつついてくる。だいたいサラダやお漬物だ。ただし大柴の小鉢だけは、おばちゃんが「シバちゃんはこれが好きだものね」と必ず肉団子のみっつ入ったものを用意した。だから大柴は肉団子とサラダの小鉢、と決まっている。で、大柴はそれを絶対最後に食べる。

「子どもみたいですね、ミートボール」

　からかうと、

「いいだろ」

　と、そのときは珍しく照れて拗ねた。

療養、というのが具体的にどういう状態かは判然としなかったが、夜は寄り道せず帰宅する一方で、強制ではないのにサークル室に入り浸るアンバランスな行動に、大柴の複雑な想いが隠れているような気がした。姉さんは大事だが、ある程度の距離がないと息がつまる、というふうな。だがおなじようにサークルに縋っていた俺も、人のことを言えた義理じゃない。

上京してしばらくは、ひとり暮らしの家が淋しかった。勉強は大変だがサークルは楽しくて、バイトも慣れるにつれやりがいを感じていったからこそ、家に帰るとたんに孤独感に苛まれた。いわゆるホームシックってやつだ。

ろくでもない母親が男と家をでていったきり、うちは親父と自分のふたり家族だった。

優しさと愛情にあふれる親父は俺のことを大事に育ててくれて、ことに、誕生日や行事ごと以外にもやたらと写真を残したがったものだから、思春期にはしんどかったほどだ。撮られたくないのももちろんだが、哀しかったのだ。撮影をする親父が、写真のなかに一緒に残らないことが。棒立ちでピースをする自分だけがひとりでぽつんとアルバムに増えていく。〝ふたり一緒がいい〟と正直に訴えられないかわりに、『もうやめろよ』と反抗的な態度しかとれなくなる年ごろになると、親父は淋しそうにカメラを家の棚にしまった。

そんな想い出のひとつひとつ、後悔のひとつひとつが、青森から遠く離れた東京の家にひとりでいると蘇ってくる。夏休みに帰省したらふたりでたくさん会話をしよう、親父の大学時代の話を聞くのもいい。俺も東京で起きた出来事を話したいし聞いてほしい、と考える。一緒にいられたころはその当然さにあぐらをかいて、貴重な時間を無駄にしていた。そう知った。

おまけに、失恋の傷も癒えていなかった。子どものころ身体のせいで学校も休みがちだった俺は、小学生のスタートから同級生との足並みが崩れ、孤立して過ごしたのだが、その孤独な生活を一変させてくれたのが中学で出会った山瀬(やませ)で、俺の初恋の男だった。

とはいえ、幼なじみと〝おしどりカップル〟と囃されていた山瀬に告白する勇気など湧かず、友情を誓って卒業式の日に別れ、ひとり黙って恋の終わりを噛みしめたのだ。寂しくてしかたなかった。

孤独感をこじらせた結果、いきついたのが二丁目だ。

東京ではゲイとして自由に生きることもできて息がしやすい。最初こそ緊張してテンパっていたものの、ひとり親しい人間ができると繋がりをたどって友だちが増えていった。なかでも東は存在感が薄いのに、そのしずけさが心地よくて落ちつく、とても親しみやすい奴だった。

新しい恋をしたくても初恋相手がまだ心に残っている、というのがばれると、

「そんなに簡単に忘れられるわけないよね」

とやんわり微笑んで理解をしめしてくれた。それまで仲間うちで、未練がましいだの女々しいだのとばかにされていた俺には新鮮で、救いでもあった。

山瀬の存在に支えられた中学時代、一緒に遊びにいって幸せだった夏休み——誰にも言えなかった山瀬への恋心を全部吐きださせてくれたのも東だった。

「……で、いまはその大柴先輩って人が好きなの？」

「はあ？」

なんでそうなるんだよ。

「あら、そういう話じゃなかった？」

「ねーよ。俺はああいう抜け目のない、賢い奴は苦手だ」

「ふうん……じゃあ兵藤先輩がいいってこと？」

「ばか、兵藤さんもただ尊敬してるだけだよ」

「ゲイ受けしそうな人なんでしょ？」

「ああ。でもそれは単なる印象だし、俺の好みはそっち系じゃない」

「そうか。……そうだね、なんでもかんでも恋愛に結びつけちゃいけないね、悪い悪い」

実際ふたりには恋愛的な魅力より、人間としての在りかたや生きかたに憧憬を抱いて羨望するばかりだった。

兵藤さんは部長だった大学三年のそのころには卒業後起業することをほのめかしていたし、秋の学園祭へむけてつくっていたゲームが完成に近づくにつれ、それも彼の自信に繋がって、夢の後押しになっていくのを感じた。

「氷山、おまえが言ってた交流型のオンラインゲームも絶対に流行るぞ、いや、流行らせる」

海外ではすでに流行り始めていたが、日本ではまださほど身近じゃなかったし、世界的にもマニアむけだった。「可愛らしい愛着の持てる絵柄で、老若男女問わず参加できる基本無料の課金型が理想だ」と、いまでは普通だが当時では理想論すぎると驚愕するような計画も、兵藤さんと大柴は真剣に練り、楽しそうに語りあっていた。

「氷山も卒業したら手伝ってくれよ」

兵藤さんににかっと笑顔で誘われて、「考えておきます」と大喜びでこたえたものだ。

夏休みに帰省したとき、親父にも兵藤さんと大柴、サークルメンバーとの出会いをはじめ、東京での経験を話して聞かせた。

「ネットの時代かあ……すごいな緑は。先見の明があるな。誰に似たんだか優秀な息子だな」

柔和に微笑んで心から感激し、否定などせず見守っていてくれる。親父はいつもそうだった。


なにもできないから、という理由で、サークルで俺はさまざまなことをした。絵も描いたし音楽もつくったし、プログラミングも教わった。哀しいかな人には向き不向きがあるもので、どれも勉強させてもらうのみで自分のものにすることはできなかったが、各々の難しさを知ることで、技術への理解は深まった。普段〝簡単にできるのでは〟と軽率に感じていたことにどれだけの発想力と時間とセンスと才能が必要か、思い知ったのだ。そしてまた創り手への尊敬の念が強くなった。

大柴が姿を見せなくなったのは、秋になりゲームが完成に近づいたころだ。連日サークル室に詰めて、メンバー全員でデバッグなどの追いこみ作業をしているのに、こんなときに限って副部長の大柴がこない。

「まったく、毎日入り浸って暇してたのにどうしたんですかね」

つい不満を洩らしたら、剣持さんがどこか不思議そうな、真面目な顔で俺を凝視してきた。

「……氷山、聞いてないの？　例のお姉さんが実家に帰ったんだよ」

「え、〝例の〟……？」

例の、などと大げさな表現をされたことにひっかかった。どういう意味だ？　と首を傾げる俺の反応に、剣持さんは〝しまった〟というふうなばつの悪い顔をする。

「すまない……いつも一緒にいるから聞いてるかと思った。ごめん。忘れて」

「なっ、それはないでしょ、気になりますよ。なにか気まずい話なんですか？」

「うん……気まずい」

剣持さんが視線を泳がせる。

「なんですかほんと……一応先輩からはお姉さんが療養中だってことだけ聞いてましたけど」

そこまで話したところで、「氷山」と兵藤さんに呼ばれた。

「ちょっとこっちこい」

席を立った兵藤さんが、かたい表情でドアのほうへむかっていく。うわ、叱られるのか、と観念してついていくと、兵藤さんはサークル棟の一階にある自販機でコーヒーをおごってくれたあと、人けのない裏庭のほうへ俺を誘導し、話し始めた。

「――おまえは新入生だし、青森にいたから知らないかもしれないけど、大柴の姉さんはあいつが一緒にいた夜道で元旦那に腕を切りつけられてるんだ」

「え……」

「去年ニュースになったからこっちじゃ知ってる奴も多い。でも報道後、あいつの実家に姉さんへの誹謗中傷(ひぼうちゅうしょう)の電話やチラシがすごくて引っ越しをせざるを得なかったことや、精神病んだ姉さんを大柴がかくまってたことは、身近な人間しか知らない」

誹謗中傷……。

「お姉さんのほうが被害者なのに、なんで責められるんですか」

「さあな。〝旦那を狂わせたのはおまえじゃないのか〟とか〝夜道を歩いてたおまえの不注意だ〟とかわざわざ住所つきとめて文句言いたがる謎の偽善者が世の中にはたくさんいるんだよ。よく聞くだろ、事件が起きると、実名を報道される被害者も世間の標的になるんだ」

「いや、意味がわかりません」

「俺もわからないが、それが現実だからな」

花壇に腰かけていた兵藤さんは、コーヒーをすすって目を眇める。

「まあそんななか家族で相談して、そろそろ姉さんも母親のもとへ帰ってそっちで通院を始めようって話になったらしい。学生の大柴には支えるのにも限度がある、ってな」

――大柴先輩は暇そうに入り浸ってるけど、お姉さんのいる家に帰らなくていいんですか。

――おまえもなかなか言うね。

……人の心を読んだり、見透かしてあげ足をとったり、嫌な奴なのに人気者で、飄々としていながらどこか空虚で孤独そうな大柴の、その暗い内面に触れる事情を知った。

「姉さんが引っ越したあともいろいろ面倒見てるらしいよ。通院につきそったり、むやみに外出させないためにかわりに買い物へいったりとかな。それが姉さんへの償いになると思ってるんだろ」

「償い？　どうして先輩が？」

「一緒にいたのに守れなかったとか、結婚生活に苦しむ姉さんを放置してたとか……あいつには俺らにわからない後悔がいくつもあるんだよ」

胸に湧いた憤怒や疑念をふり落とすように、ばんばん、と兵藤さんに背中を叩かれた。

「噂話はこれで終わりだ。いいな、大柴のぶんまで頑張るぞ」

納得がいかなかった。被害者に集るウジ虫みたいな奴らにも、大柴にも。

俺らがふたりで過ごしていた時間は結構多かっただろ、俺はそんなに信用できなかったか？　人のことは知ったふうに言ってからかうくせ、おまえは心をひらいているふりをしてただけでなにも披瀝していなかった。それどころか結局兵藤さんしか信頼していなかった。ガキの俺は頼るに足る存在じゃなかったか。それとも俺が姉さんの居場所をリークして危険に晒すような人間だと疑っていたのか？　ふざけんなよ。ああ……本当に嫌いだ。人をばかにするだけばかにして、自分は保身に走ってこっちの好意などおかまいなしに他人を値踏みしてやがる。

「はんかくせえ……」

腹を立てるのもばからしくなってくる。むかついて苛々する。だけどこれだけはこたえろよ。どうしてこんな大事な話、又聞きなんだよ大柴。


『また「かすが」に連れていってくださいよ』

その夜携帯メールを送ったが、返事はなかった。

『ゲーム完成したんですよ。学園祭には顔だすんですか』

数日後またメールをすると、ようやく返事がきた。夜中三時にひとことだけ。

『うん、兵藤に聞いたよ。完成おめでとう、学園祭にはいきたいな』

他人事めいた祝いの言葉にも、兵藤さんとだけ密に繋がっていることにもまた腹が立った。

大柴を慮って労りの優しい言葉ひとつ言ってやれなかった俺も、相変わらずまだガキだった。

三年は学園祭を最後に、サークルから退いていく。「このゲームが最後の作品になることを誇りに思うよ」という兵藤さんの挨拶を胸に刻み、学園祭が始まると俺たちはそれを公開した。お客さんの入りも評判も上々で、俺らがつくった数台の自作ＰＣにむかって、みんな夢中でプレイしてくれていた。

ちなみにそのときつくったのはふたりの協力プレイが基本のアドベンチャーパズルゲームだ。剣持さんたちがデザインした癒やし系の子どもふたりが、川角さんたちの創った美しい音楽に乗って街の塀やはしごを移動させ、冒険していく。ふたりは不思議な力を持っており、ひとりは腕力が高く、もうひとりは飛躍力が高い。先にすすむにつれ、この国が勇者を倒した魔王によって崩壊した事実と、自分たちがその魔王の子孫であることを知り……と続く。

最後は腕力の高い子が「自分たちは生きていたらいずれ魔王として覚醒し、過ちをくり返すに違いない。死んで消えるべきだ」と主張し、飛躍力の高い子が「そんなことない、ふたりで魔王の罪を償うためにも新しい幸せな世界をつくっていこう」と意見する。

そしてふたりで戦いあう。腕力の高い子が勝てば、自分も自害して誰も残らない無のエンド。飛躍力の高い子が勝てば新しい世界をつくることに成功するが、人が増えるほどにまた様々な主張や意見が飛びかい、争いも生まれるループエンドになる。浮ついた幸福などない。偏屈な大学生がつくる偏屈な物語だなと思うけれど、あのころ俺はこの物語も好きだった。

時間制限があるなか、エンディングまでプレイしてくれた人の一部には「なんか嫌な気持ちになったよ」「ふたりで幸せな街をつくっていってほしかったな……」と残念がる人もいた。

俺がショックを受けていると、兵藤さんはからから笑って「これが作品を創るってことだよ、いい学びになったな」と励ましてくれた。

「いつかおまえが部長になったら、こういう結果までふまえたうえで指揮をとって作品をつくってみろよ。創り手にもそれぞれやりたいことと得手不得手があるし、ユーザー側にも流行りやブームや、求めるものがある。おまえにも理想があるだろ。そもそも〝幸せ〟ってのは難しいんだ。俺はこのエンディングのふたつとも、幸せだと思ってるしな」

ガキだった俺には理解しきれなかった兵藤さんの言葉の数々が、いまでも俺の指針になっている。ふと蘇っては、ああこのことだったのかもな、と気づいたり、納得したりするからだ。

彼の言葉どおりその後俺も部長になってゲームをつくったわけだが、その内容は割愛する。

大柴は、学園祭の最終日に現れた。

いつもと変わらないへらへらした左頰えくぼの笑顔でサークルの仕事をこなし、メンバーに対してもゲームの完成への祝いと、その素晴らしさへの賞賛をし続けた。

姉さんはどうなったんだ、もう体調はいいのか、おまえは大丈夫なのか、と訊くメンバーはひとりもいなかった。きっと兵藤だけは把握しているんだろう、兵藤が支えてくれているだろう、とみんな兵藤さんに頼って、まかせて、はれものに触るように接していた。当然だったのかもしれない。二十歳そこそこの子どもには、大柴の事情は容易く関わるには重すぎた。

俺はというと、まだ腹を立てていた。これで、ここから消えていく気なのかおまえは、と。

学園祭の最後にグラウンドで閉会式が始まると、大柴はまた姿を消した。荷物はまだある。あの野郎どこにいったんだ、と不可解な憤懣を抱えて構内を探し歩き、会ってどうしたいんだろう、と自問自答し始めたころ、ようやく木々に囲まれたベンチにひとりぽつんと腰かけている大柴を見つけた。

物憂げな横顔を認めて、舌打ちした。空元気(から)でばかみたいに笑い続けたせいだろ、あほが、と怨言(えんげん)は自然とあふれてでてくるのに、話しかけるための一歩が踏みだせない。

助けてくれ、と間違いなく言っているし聞こえる。疲弊して落ちた肩、うつむいて垂れた頭、ときどきこぼれるため息——明らかに誰かを求めているけれど、それが自分じゃないのも知っていた。だってあいつは俺に縋らなかった。姑息(こそく)に心を読んで俺を知ったすえに弾いたんだ。

「……フン」

身を翻してその場を離れた。閉会式に参加する生徒の賑やかな声や音楽に包まれてサークル棟へ戻るあいだも悶々苛々していた。自分のことも理解できなかった。そして棟へきたとき、ふと先日兵藤さんにコーヒーをおごってもらった自販機が視界を掠めて、どういうわけか〝これだ〟と光を見いだし、買って再びひき返した。

「——先輩」

金木犀(きんもくせい)の匂いがきつく香っていた。大柴の隣の空いた席へ缶コーヒーをおくと、俺に気づいた大柴は、またあほみたいな笑顔を繕って小首を傾げた。

「はは。ありがとう緑」

……ばか野郎。聞きたかったのはそんな薄っぺらい礼じゃない。

ないんだよ。

その後大柴は四年になって代がわりしても、時折サークルに顔をだした。明るい調子で「ひさしぶり～」とやってきては、「トランプをしよう緑」と俺に勝負を持ちかけて、余裕で勝って飲み物をおごらせ、にやにや嬉しそうに帰っていった。本当に嫌な奴だ。

兵藤さんは卒業後、しばらくしてから本当に会社を起ちあげた。資金はどうしたんだ、実現するにしてももっと先のはずじゃなかったのか、と驚愕していたら、「あいつは父親が金持ちのぼんぼんなんだよ」と大柴が教えてくれた。それで、自分もついていく、と言う。

「俺の夢はあいつの夢でもあるからね」

やがて剣持さんや川角さんも卒業するとふたりのもとへ合流し、『ＤＣＣ』の延長のように新しいもの創りを始めた。

俺はサークルで副部長と部長を経験し、何人かの創り手と接していくうちに、自分にあうのは創ることより、支えることじゃないだろうかと学び始めた。

――おまえが人を集めてるんだろうな。

大柴に言われた言葉も胸にひっかかっていた。

「うん、緑は上に立つのがむいてるよ。え、俺昔からそう言ってたよね？　おまえの創り手に対する敬意が彼らを救ってるって。緑も自覚してると思ってたなあ、わかってなかったのか」

念を押されたときも褒め言葉なのに厭味(いやみ)を言われている気がした。心の底からむかついた。

しかし俺はべつにぼんぼんじゃあない。起業するにしてもすぐには無理だろうと考えていたタイミングで、バイト先の社長に「だったらうちの下に子会社をつくってやってみるか」と、誘われた。

「氷山がこれまでうちに貢献してくれた企画も、大学での活動も興味深かった。俺はおまえを買ってるよ」

企画なんて大それたものではないが、社員さんに指示された雑務をこなしながら雑談している最中に〝ここはこうしたら楽しそうですね〟などとぽろっとこぼした事柄が実際に採用されて成功した、という事例がいくつかあった。後日給与がすこし増えていて、明細を見ると特別手当とあり、恐縮していたのだ。

できたばかりの小さな会社で社員同士の距離も近いうえに、全員を平等に扱ってくれる稀有(けう)なところだったせいだとは思う。

「お願いできるなら、挑戦してみたいです」

俺は不安を覚えつつも、喜びと期待のほうに大きく心を動かされて頭をさげた。

「……うん、よかったね。運は大事だよ。緑は上に立つために必要なものをちゃんと持ってる。頑張れよ。これからはライバルとして、一緒にこの世界を幸せで豊かなものにしていこう」

卒業式の日またふらっと現れた大柴は、そう言って桜のなかでふんにゃり微笑んだ。

最後まで、大柴が俺に苦しみを吐露して、泣いて、心をうち明けてくれることはなかった。

それに俺も、素直に気持ちをぶつけることはできなかった。二度と会うこともないんだろうなとそのとき漠然(ばくぜん)と予感していたのに。

ふたりで大学の桜並木を黙って歩いて、別れの場になるであろう正門へゆっくりむかった。言おうか言うまいか迷った言葉が、喉に詰まって痛かった。

このあと食事でも、と誘うぐらいならいいんじゃないかと思案したが、別れの時間が数時間のびるだけで、その程度では、自分たちがなにも変われないことも悟っていた。

「じゃあ、またな緑」

「……はい、また」

にや、とこんなときにも大柴は笑う。

「淋しそうな顔して～……可愛い奴だな」

かっ、となって、

「淋しかねえ、うるせえこの野郎」

と反発してしまった。結局それが最後になった。

「ははは、怖い～」

眉をさげて左頬にえくぼをつくって、へらへら笑いながら、また明日も普通に会えるような中途半端さで左手をふり、桜にまかれて大柴は去っていった。

あんたこそあのとき寂しかったんですか。辛かったんですか。自分をどれだけ責めて苛んで痛めつけて傷つけて、懸命に生きてたんですか。歳下の俺は頼りなかったですか。あなたにはガキすぎましたか。こいつには救えもしない守れもしないと、俺が見限られたのはいつですか。俺は、あなたになにを言えばよかったんですか。あなたはどんな言葉を欲していたんですか。もう教えてくれるわけも、ないですよね……――。

＊＊＊

「――というわけだ。おっさんたちの昔話」

「え、は？　俺たち大柴さんと緑さんのラブストーリーを聞かされてどうしたらいいんだよ」

「らぶすとーりーじゃねえ」

「嘘だ、緑さんただのどツンデレじゃん！　なあ、一吹もそう思うだろ⁉」

「……嫉妬せざるを得ない」

一吹がそうこたえて歯ぎしりすると、氷山さんがまた「なんでだ」と憤慨し、みんな笑った。

「賢司さんが『かすが』に友だちと訪れていたのは知ってたけど、氷山さんは大学時代の賢司さんに誘われて、ふたりきりで何度も食事しにいっていたなんて……」

「だよな、大柴さんのこと嫌いとか言っておいてふたりでショッピングもいってたんだぜ？」

「服装に影響を受けたのもそのときなんだ、きっと」

「あーなるほど。そうだわ、ビンゴだわ。仲よしじゃんかよな」

「おまえらな」と氷山さんはお酒を呷って反論する。

「じゃあいいよ、俺が大柴と遊んでたのは認める、仲がよかったってのも受け容れようじゃないか。でもな、俺はそういう時間を重ねたにもかかわらず信用されてなかったんだぞ、裏切りだろンなの。それでいて人をばかにする態度も性格も欲しいものを手に入れていく強運さも、いろいろ、いろっいろ気にくわない。可愛くない、むかつく、腹が立つ」

一吹と結生が、お酒とおつまみを頰張りながら目を細めて「はいはーい」と受けながす。

「ぼくは晴夜さんの話ももっと聞きたかったな」

便乗してぼくも不満を洩らしたら、「東と仲よしって話ならいくらでもしてやる」と氷山さんはぼくにマウントをとるような得意げな笑顔になった。ぼくの左横にいる晴夜さんが、苦笑してこっそりぼくの左手を包む。

「大柴さんと氷山さんと東さんの話ばっかじゃん、氷山さん、新さんの話もして！」

酔っ払った日向が嘆くと、「え〜？」とちょっと困った氷山さんが「新さんとは、今度うちの会社の来客用食器を買わせてもらいにいく約束してるよ」と捻りだし、日向も「ふふん。ありがとうございます」と満足した。隣の新さんも「お待ちしてます」と笑う。

「――……で、賢司さんは氷山さんになにか言いたいことはないんですか」

一吹がそっと訊ねると、全員の視線も、ダイニングの椅子にこちらむきにひとりで座っている大柴さんのもとへそそがれた。大柴さんはうつむきがちに下をむき、左手の親指と人差し指で目頭をこすっている。唇がくいと弧を描いて、笑顔になった。

「はは。いや……緑がそんな気持ちでいてくれたとは思わなくて」

「俺には頑なに見せなかった涙をこんなに容易くながしたな」

「歳かなあ……」

「ふざけんな、一吹君のおかげだろ」

「そう嫉妬するなよ緑〜、可愛い奴だな」

「……本当に猛烈に心の底から腹が立つ」

みんなが笑うなか、氷山さんもお酒のグラスを片手にソファから立ちあがってダイニングのほうへいき、大柴さんのむかいの席の椅子をひいて腰かけた。テーブルにあるティッシュの箱を、大柴さんに投げてよこす。「ありがとう」と、氷山さんにだけ聞こえるほどの小さな声で届けたお礼には、いまだけではなく、出会ったころから積み重ねられた感謝がこめられているのを感じた。

今夜は〝みんなで夜桜を見にいこう〟と花見スポットのある街で落ちあい、晴夜さんが作ってくれたお弁当を食べながらお酒もすこしいただいて、全員で楽しく心地よく情緒ある景色に酔いしれた。

なんとなくまだ帰りたくないな、とときの経過の無情を物寂しく思っていたら、氷山さんが『うちに寄ってくか、みんな。明日は土曜日で休みだし、なんなら泊まっていってもいいぞ。うちは大柴副社長の家と違ってひろいので』とにんまり誘ってくれて、お邪魔したのだった。

ひろいリビングのテーブルを囲んでみんなで再びお酒を呑みながら始めた話は、大柴さんと氷山さんの関係について、だった。結生が『緑さんが大柴さん嫌いって、信憑性ないよな』と呟いたのが発端だ。

氷山さんは『嫌いは嫌いだ』とあしらうだけだったが、大柴さんが『この際俺も知りたいな。聞かせてよ、どんなことを言ってもいいからさ』とうながして、ふたりと、そして晴夜さんの大学時代のひとときを覗くこととなったのだ。

「……大柴さん、辛い経験してたんですね」

新さんが低く労りを口にすると、大柴さんは「気にしないで」と苦笑して左手をふった。

「もう家族もみんな落ちついて、姉も元気に暮らしてるから。俺も一吹たちのおかげで立ちなおれたしね。……緑にも、サークルのメンバーにも、べつに言いたくなかったわけじゃない。もちろん縋りたかったよ。だけど俺は、自分が救われたり守られたりするのは違うと思ってたんだ。……ごめんね。ありがとう、緑」

最後の言葉は氷山さんをまっすぐ見つめて、微苦笑とともに告げられた。

「あんたの後悔や償いの気持ちはあんたのものだろう。俺ら外野にはそれを持つなと言う権利もないのかもしれない。でも救われちゃいけない人間なんかいないし、まわりの人間がみんな心配して気にかけてたことを、あんたはわかってたはずだ。それを全部無視して裏切った」

「……そうだね。あのころ俺も、姉貴とおなじことをしてた」

「あんた一吹君に〝友だちになりたい相手には本心を言え〟ってアドバイスしたんだってな。『言わない覚悟をしたら同時に、相手を求める権利も失うんだよ。我慢は溝しかつくらない』って。そっくりそのまま俺があんたに言ってやる」

大柴さんがまた照れくさそうに「はは」と笑いながら、左手で口を押さえて涙をこぼした。

「……ありがとう」

「うるせえ」

氷山さんがそっぽをむいて脚を組む。ふたりしてこちら向きにならんで、椅子に座っているそのようすが、大人なのに大学生当時のふたりのように見えてくるのが不思議だった。長いときを経て理解しあい、深まりあう絆もあるんだな……と、ぼくまで胸が熱くなり、喜びに締めつけられる。

「忘れてた。緑さんが人に優しくするとき怒ること」

　結生もそう言って、いしし、と微笑んだ。

「そう、こいつは昔からぶっきらぼうでこんななんだよ。ツンデレなんだよ」

「ツンデレって言うんじゃねえ」

　大柴さんと氷山さんの漫才みたいなやりとりも続き、みんな笑う。

「賢司さんが自作PCにハマってたなんて知らなかったな」と一吹も興味深げな表情をした。

「いまはもう自作でつくる面白みはないかな……アキバも電気街じゃなくなっちゃったしね。緑がきた時期はまだブログもSNSもなかったんだよ。回線もADSLで大手のオンラインショップもできたばかり。スマホがでたのももうすこしあとだったんだよね、緑」

「ええ、だからこそ夢を見る余地もあった気がします。〝これから〟の世界だからどんな創造も許される、ひろげられる。楽しかったな……本当に」

　過去をふり返る大人は、いつもしみじみ楽しそうで淋しげだ。

「ふたりが当時の経験で、社員さんや仕事にむきあってるんだなってのも感じたよ。緑さんは絵描きの道具は高価って知ったから、いま会社でクリエイターの環境を整えることに重きをおいてるのかなとか、会社の自由な勤務スタイルもサークルメンバーが会議の日以外こなかったのが影響してるのかなとか」

「ああ、そうだよ。大学では現在に繋がることをたくさん学べたな……ずっと大事な場所だ」

　結生と、大柴さんに視線をむけて、氷山さんが瞼を伏せ、照れくさそうに苦笑した。夢中で学び、遊んでいたそのころの少年っぽさも覗く、とても素敵な表情だった。

「ふたりを見てた晴夜さんは、どう感じてたの?」

お酒をくゆらせて訊ねたら、「んー……?」と微笑んだ。

「ぼくは大柴さんに会ったことはなかったからね。でも大柴さんが在籍してた二年間は、やっぱりしょっちゅう話に聞いてたよ。〝またサークル室にきてトランプして帰っていった〟とか〝パシらされて腹立った〟って、片想い相手の愚痴を聞かされてるみたいだったなー……」

「違えっつってんだろ。俺は裏表がなくてばかで可愛い結生みたいな子が好みなんだよ」

氷山さんが反論すると、結生も「褒めてねえ!」と抗議してまた笑いが起きた。

「晴夜さんが氷山さんの初恋の人のこと、『簡単に忘れられるわけないよね』って言ったって聞いて、ぼくは、晴夜さんも当時から素敵なまま、変わらないんだなと思ったよ」

「うん、明君、東は出会ったときからいい奴だった。明君が選んだ男は間違ってないよ」

ふふ、と氷山さんに笑顔を返すと、一吹のほうから「俺が間違ったみたいな言いかた訂正してもらえますか」とつっこみが入った。氷山さんは負けじと「きみは苦労すると思う」と返し、みんなを笑わせる。

「……一吹、今夜は俺ら一緒に寝よっか。彼氏たちいちゃついてっからさ」

結生がしょぼくれた表情を演じて一吹の肩に頭を乗せると、一吹も頭を寄せて「そうだね」としくしく泣くような演技をした。「こら」と氷山さんが怒る。

「結生は俺と一緒にベッドだ。おまえらはこのひろいリビングで雑魚寝だからな」

「雑魚寝楽しそうっ」と日向がはしゃぎ、結生は「え〜狡い、俺もみんなと雑魚寝がいい〜」とダダをこねる。

「雑魚寝してえよ～緑さんもみんなと寝ようぜ、修学旅行っぽくていいじゃん～」

酔っ払った舌足らずな口調で甘える結生と、それを「うるさい」とあしらう氷山さんのようすに、またみんなが笑った。

「この人たちが『アニパー』と『ライフ』をつくったんだね……」

ダイニングのほうにいる大柴さんと氷山さん、そしてリビングのテーブルを囲む一吹と結生、新さんと日向、晴夜さんとぼく。みんながお酒とおつまみを楽しみながら笑っている。

自分たちの縁を奇跡のように思うけれど、この世界ではきっと、もっとたくさんの奇跡的な出会いが『アニパー』で起きているはずだ。暗闇のなかに照る小さな光みたいに、人生を救われるほどの愛情も、かけがえのない友情も、毎日可愛いアバターと文字の会話で、ひそやかにぽっと優しく灯り続けている。

そして氷山さんと結生がつくった『ライフ』に弱さや生きづらさを許され、支えられる人たちもこれからどんどん増えていくに違いない。幸福な輪が、あちこちでひろがっていく。

みんなの笑顔で結ばれたこの温かな輪を眺めて幸福に浸りながら、晴夜さんの肩に寄り添う。これからもずっと、みんなとこうして笑っていたい。


……ふ、と意識が眠りの底から戻ってくると、瞼の裏まで届く光に目を刺激されて痛んだ。右腕でこすりながらひらいて見たら、太陽の日ざしいっぱいに満たされた眩しいリビングに、新さんの腕に抱かれて眠る日向、仰むけで寄り添う一吹と結生、ぼくの腰に右腕を巻きつけて目をとじている晴夜さんがいる。

「……しかし本当にいい部屋だね」

「あなたも引っ越せばいいじゃないですか、金に困ってるわけでもないでしょう」

「俺はあの家に思い入れがあるからさ」

「おーしば先輩は部屋にだけは一度もあげてくれませんでしたよね」

「いまならいいよ、くる？　俺と一吹の愛の巣へ」

「いくかばか」

氷山さんと大柴さんの話し声が聞こえてくる。身体を起こすと、グラスを片手にむかいあっているふたりが、キッチンカウンターの前に立っていた。

「お、明君起きたか？　みんなも起きろ、ベランダから桜が見えるから早朝の花見しよう」

「んあ……」と日向と一吹と結生も目覚めた。新さんと晴夜さんも寝癖頭で上半身を起こす。

「そこのガラス窓からも見えるだろ、地上七階から見渡せる街の桜が」

氷山さんの言葉にうながされ、寝ぼけ眼でソファに移動したら、眼下に桜並木が見えた。

「本当だ、綺麗……！」

桃色のまるい真綿のような桜の木が建物のあいだにならんでいる。みんなも集まってきて「うわすごい」と感激し、晴夜さんもぼくの背中を抱きしめるようにくっついて眺めた。

「ああ……これは圧巻だ」

優しい桃色の桜木のふくらみ、はらはら降っていく花びら、その連なり……灰色の地上に、陽光を受けて降りそそぐ桜が輝きながら世界を覆っていく。胸の奥にも花が舞うようだった。幸福に色がついたような景色。ふりむくと大好きな晴夜さんと、みんなの笑顔がある――。

7月13日のソラ

『アニマルパーク』のアバターができる仕草は、課金するか恋人登録をするかしないと増えていかない。
――『ふははは』
――『ははは』
白ネコのヒナタと白トラのユキはどんな環境でも遊びを考えるのが得意だ。
ばた、と仰むけに寝転がれる仕草を利用して、どちらが先に寝られるかを競いながら笑っている。
――『あ、いまのは俺がはやかったね！』
――『えー違うよ、俺のスマホは通信環境がちょっとアレなだけで、タップしたのはユキより俺のほうがはやかったよ』
――『なんだそのどうしょもない言いわけは。素直に負けを認めろよな』
――『今度リアルで会ったときまたやってよ。通信環境がおなじ場所で』
――『負けず嫌いな奴～』
白いぼろぼろハムスターのヨルが『ふたりは今日も楽しいね』と笑う仕草をする。

　俺らのなかではヒナタこと小田日向だけがふたつ年下だ。ユキこと本宮結生、ヨルこと神岡明、そしてぼろぼろ白ウサギのソラである俺の三人は同い年。そのせいか、日向に対しては三人とも弟を可愛がる兄貴という感覚が少なからずある。日向自身、リアルで義弟がいて普段は自分が兄だからなのか、もともとの性分なのか……俺たちといると、すこし甘えただった。
　――『おい日向。で、今夜俺らを呼びだしたのはなんでなんだよ』
　――『あ、そうだった』
　寝転がったままユキがヒナタに訊ねて、ヒナタも思い出したように反応する。
　――『今夜みんなを呼んだのは相談事があったからなんだ。七月の十三日って「アニパー」がリリースされて八年目の記念日でしょ？　だから新さんとふたりでお祝いしたいなと思ったんだけど、みんなはなにかする？』
　ヒナタの頭上に浮かんだ吹きだしのチャット文字に、はっとした。
　そうだ、八周年……。
『アニパー』内でも七月に入ってから記念の特別なイベント部屋ができてたくさんのユーザーが集まり、限定の洋服を買ったり、紐をひっぱってくす玉を割ったり、輪投げや射的のミニゲームをしたりして、連日賑わっているようすだった。
　――『そういや八年か……俺は「アニパー」ができた直後から大柴さんと仕事してたけど、あっという間だったな。記念日っつっても、うちの緑さんは「アニパー」のお祝いなんてしてくれるかなあ』
　――『平気じゃん、氷山さん大柴さんのこと大好きだもん』

――『まあな。進行形でお世話になってるし、そうだな、俺も緑さんと出会った大事な場所だから、ふたりでお祝いしたいな』

――『そうなんだよ！　俺は「アニパー」がなくちゃ新さんと出会ってなかったから、一緒にお祝いしたいんだ。そのあとはまた「あずま」に集まってみんなでお祝いしようよ！　明、東さんにも相談できるかな？』

話しかけられた白いハムスターのヨルがこくりとうなずく。

――『うん。みんな集まると人数もそこそこ多いから、今回も貸し切りにしたほうがいいかもしれないね。お盆あたりなら休みを利用してみんなの予定もあうのかな？　話しておくよ。ぼくも晴夜さんと出会えたのは「アニパー」のおかげだったし、おまけにちょうどいまの時期だったから、お祝いしたいな』

――『なるほど、お盆なら集まれる可能性も高いね。そうしたら俺らも東さんの料理食べられる～……明はいいな、ふたりでお祝いする日も東さんが美味しい料理作ってくれそう……』

――『ン、祝いたいって言ったら、そうなるかもしれない。ぼくも手伝うけど』

――『あー……またトマト煮が食べたくなってきた！』

『ははは』とみんな笑って、結生が『俺、お盆は緑さんと青森にいくから調整させて』と言い、明も『そうだね、日程はまた相談して決めよう』とこたえる。

それから『一吹は？』と日向の質問が続いた。

――『一吹は「アニパー」をつくった本人が恋人だもんね。毎年祝ってた？』

……右手の指で拳を握り、逡巡してから文字を打った。

――『いや……言葉で「なん周年だね、おめでとう」ってかわすぐらいで、なにもしたことなかった』

――『え！　そうなんだ』

日向の文字が、声で聞こえてくる。責められているような声色で感じられるのは、もちろん日向じゃなくて俺自身の心の問題だ。

――『ふたりで祝えなかったのは、理由があるんだ』

スマホに文字を打ちこんで、弁解しようと試みた。自分を正当化するためだ、と自分で気づいていた。俺のなかに、うしろめたさがある証拠。

――『……俺、その理由わかるかも』

結生がフォローのようなひとことをくれて、一瞬心が晴れたのも自戒にすりかわる。

――『え、なに？　どうしてわかるの？　ていうか、特別な理由があるの？』

日向が不思議そうにはてなマークの質問を連投した。そしてヒナタの身体をむくと起こして立ちあがる。ユキも立ってならんだ。

ヒナタとユキとヨルが、みんなソラを見守っている。

――『すごくつまらない理由だよ。……笑って聞いてほしい』

白ネコのヒナタが『安心してよ』とうなずいてくれる。

白トラのユキは『つまんないってことないだろ』とソラの肩を叩いてくれる。

白ハムスターの明も『笑える事情ならちゃんと笑うよ』と真剣な表情になった。

――『ありがとう、みんな。じつはさ……――』

＊＊＊

「……新さんは本当に、俺にはもったいない人だなって思う」

「ん？」

「『アニパー』のお祝いしようって言っただけで、ここに連れてきてくれるなんて」

「いやいや……ワンパターンだって責めないでくれる日向の優しさに俺は救われてるよ」

「責めるわけがないっ。……俺にとってここは、大事な想い出の場所だから」

「……うん。それはもちろん俺もおなじだよ」

結局、変なサプライズはせず、新さんに『一緒に「アニパー」の八周年祝いをしよう』と伝えた。新さんの誕生日とかなら内緒にしてケーキやプレゼントを用意し、驚きごと贈り物にしたいところだけど、今回はふたりで一緒に、『アニパー』への感謝を嚙みしめたい日だったから。だけど、そうしたら新さんは『ちょうど土曜日で休日だし』と車を走らせて特別な場所へ連れてきてくれた。

三年前『アニパー』から抜けだして、リアルで初めて対面した日に訪れた、俺の地元のショッピングモールにある和食屋さんだ。

正面に座っている新さんの前には、天ぷらと魚が味わえる青空定食。

俺のところには厚切り牛タン焼き定食。

おたがいにやにや顔を見あわせて注文した料理も、約束事のようにあの日とおなじもの。

あのあとも何度かきて、こうして食事をしたけれど、今日はいつもとはまた違う特別な感慨がある。

「『アニパー』は今年も周年記念部屋ができていたね」

「うん、8って描いてあるTシャツも売ってて、すごく可愛かったから俺ためてたポイントで買っちゃったよ」

「8？　それは気づかなかったな」

「待って、いま見せてあげる」

ちょっとお下品だけど、箸をおいて食事を中断し、スマフォをだして『アニパー』にログインした。

ヒナタの部屋がでてくると、新さんのほうへむけてスマフォをおく。

「これ。いろんなカラーバリエーションがあってむっちゃ迷ったよー……」

俺が選んだのは桃色の生地に〝あにぱあ8〟と青文字で書かれたTシャツ。購入して着替えさせてあげてから、白ネコのヒナタもどこか機嫌よさげに見える。

「ふっ……」と、新さんが左手で口もとを押さえて小さく吹きつつ、そっぽをむいた。

「？　どうしたの」

「や……日向らしくてとっても可愛いね」

な。

「もしかしてダサいって思ったっ？」

つっこむと、新さんはさらにくっくくっく笑いだす。

「違うよ、個性的だなと思っただけ」

「それ褒め言葉じゃないからっ」

ひどい……すごく可愛いし、これは記念日Tシャツだから遊び心でつくられたはずないのに……きっと大柴さんの会社の大勢のプロが〝可愛い〟と納得してつくった公式商品なのに……俺の感性がおかしいはずないのに……。

笑い終えた新さんも、「はあ……」と疲れたようなため息とともに箸をおき、自分のスマフォをだす。

「じゃあ俺もヒナタとペアルックにするよ」としばらく操作していたのち、「はい」と俺のスマフォの横に自分のをおいた。

新さんのアバターの、クリーム色キツネのシンさんが、ヒナタとおなじ色の8Tシャツを着ている。ほんのすこしふっくりふくらんでいるお腹に〝あにぱあ8〟の文字。

「可愛い！　ほら、どう見ても可愛いでしょう？」

「ふふ……」

「もうっ。俺と『アニパー』は時代の最先端なんだ。先をいきすぎてるんだよ。新さんたちは遅れてるの。ちゃんとついてきてもらいたいものだよ」

結生っぽく、気高く自信満々に胸を張って言い放ったら、新さんはまた頬をほころばせて楽しそうに笑った。落ちついてくると、徐々に瞳を甘く、やわらかくにじませて、温かい微笑になっていく。穏やかで優しい、俺の大好きな青空みたいにおおらかな笑顔に捕らわれて心が震えた。

「……初めてここにきた日も、似たような会話をしたね」

あ、と想い出す。そうだった。対面する前に『アニパー』で毎晩チャットをしていたころから俺のファッションセンスのなさはばれていて、新さんはダサいと言わないかわりにいつも『個性的だね』と柔和に受け容れてくれていたのだった。そしてその話題をここで会えた日にも声でかわして笑いあった。

「うん……懐かしい。『アニパー』の文字で話してたことを、リアルでも新さんが言ってくれると〝本当にシンさんなんだ〟って実感できたよ」

「俺もおなじだ。話しながら〝ヒナタだ〟っていう実感が重なるにつれ、もう嬉しいばかりだったな」

「……ありがとう。女の子じゃないって謝った日でもあったのに、新さんはずっと優しいね」

「優しくしたくて言ってるんじゃない、全部素直な想いだよ」

心外だ、というふうな怒りも新さんの声にまじっていて、胸がつまった。

視線をさげると、おたがいのスマフォにうつるシンさんとヒナタがいる。

ならんでおかれたスマフォの、それぞれの画面の真んなかに立って、ひとりぼっちでぼんやりしているキツネとネコ。

ふたりがスマフォの枠に囚われた、別々の世界にいる生き物に感じられて、かつて自分たちはこうだった、と思った。

俺がいたのは性指向への差別と劣等感に雁字搦め（がんじがら）めになっていた真っ暗な世界。

反して、新さんがいるところは晴天の青空に覆われた明るい世界。

新さんも決して希望に満ちた日々を送っていたわけじゃないと、自分は情けない大人だと、よく話して聞かせてくれていたけれど、俺にはキツネのシンさんが真っ青な空のような光で、夜にシンさんと会っていられる時間だけが毎日の楽しみで、活力で、生きる原動力だった。

だからあのころシンさんと繋いでくれた『アニパー』は、暗澹とした日々から解放してくれるたったひとつの幸せの場所だったんだ。

「……ああ」

ふいに新さんが小さく納得のような声をこぼして、俺の視線の先にあった自分のスマフォをとり、また操作し始めた。え、と困惑して新さんを眺めていると、俺のスマフォ画面のほうに変化があった。ヒナタの部屋に、シンさんがきている。

「一緒にいないとね」

とんとん歩いてきたキツネが、ヒナタをぎゅと抱きしめた。恋人登録しているふたりだけができるアクションだ。新さんが再びテーブルにおいたスマフォにも、俺のとおなじように寄り添うふたりがうつっている。

ふたりの世界が繋がった。

「日向にようやく会えた日、〝人生も半分ほど過ぎて、こんな歳になって自分を救って、変えてくれた大事な人はこの子だ〟って、日向の瞳を見て感じられて、本当に幸せだった。日向は俺を青空だって過大評価するけれど、俺にとっても日向は『アニパー』で出会ったときからずっと太陽なんだよ」

「新さん……」

眉をさげて照れたように苦笑している彼を見つめた。

ファッションセンスだけじゃなく、新さんは俺が継父に責められ続けた性指向まであっさり受け容れて、俺と恋人になってくれた。青空みたいにひろい包容力とぬくもりで俺の傷を覆い尽くして、癒やして、好いてくれた。だけどそうやって救いあっていたのはおたがいさまなんだと、念を押すように教えてくれる。俺も太陽みたいな光を、新さんに贈れていたんだ、と。

「……ありがとう新さん」

「こちらこそありがとう、日向」

いまでも変わらない。何年経ってもこうやって、俺を光だと告白してくれながら、この人はこうしてここにいてくれる。


「ほかの『アニパー』のみんなも、いまごろお祝いしてるのかな」

「ああ、んー……どうだろう。明は祝いたいなって言ってたけど、結生と一吹は難しそうだった」

「そうなの？」

「氷山さんも大柴さんも、こう……仕事関係で、いろいろあるみたいで」

「なら『あずま』に集まる日は、みんなで楽しくお祝いできるといいね」

「うん！」

海ほたるに着くと、ふたりで笑いあって歩きながら、デッキへ続く扉をあけて外にでた。

すっかり暗くなった空に月が浮かんで海を照らしている。揺らめく波が月明かりを反射して、きらきらと白くまたたいているのが綺麗だ。そして俺たちの正面には橙色の光でライトアップされた、巨大な幸せの鐘がある。

「じゃあいくよ、せーの」

ふたりで一緒に紐をひっぱって鐘を鳴らした。

リンゴン、リンゴン……と涼やかで神聖な鐘の音が、海を渡って遠くの町まで、俺たちの胸にまで、響き渡る。

海ほたるへきたら、ふたりで恥ずかしさを押し殺して笑いながら、この鐘を鳴らすのもお約束だ。

「……ひな。ここではなんて言うんだっけ？」

ええ、と照れて笑って熱い頬を腕でこすってもじもじしていたら、あの日みたいに新さんに背中から抱きしめられた。

「言ってほしいな」

潮風が吹いて、俺たちの髪をさらさらながしている。

新さんの瞳がライトの光をとりこんで、太陽を見つめているみたいにきらめいている。

背中が、夏の空みたいな彼のぬくもりに覆われて温かい。

海の香りに新さんの爽やかな匂いがまざって、俺の全部を包みこんでくれている。

怖いぐらい幸せで胸が痛い。この人が好きで好きで苦しくて、涙があふれそうになる。

「——……新さんとキスしたい」

そっと潮風とともに近づいてくるこの唇の感触を知っている。青空の味を、知っている。

……ぴぴ、ぴぴ、とやがて音が鳴り始めた。あ、スマフォだ。

「ん……？　日向かな」

唇を離して、新さんが訊ねてくる。

「そうかもしれない」と失礼してジーンズのポケットからとりだすと、『アニパー』からの通知だ。

『ヨルさんからお手紙が届いています』

＊＊＊

「はあ……すごく可愛くて美味しそう」

リビングのテーブルにホールケーキがある。

目をとじて香ってくる匂いだけでも心に甘やかに沁み入ってくるのに、瞼をひらいてきちんと確認したチョコレートケーキは、手作り特有のすこし拙いクリームのならびも、ひとつずつ大事に添えられた飾りたちもなにもかもすべて愛情にあふれていて感動がこみあげてくる。

「晴夜さんのケーキだ……」

「今回はチョコレートにしてみたよ。しつこくなく食べやすい甘さになってるはずだから期待して」

「うん、でもその前に写真撮らせて。『アニパー』のみんなにもお手紙で送るんだ」

「はは。喜んでもらえるといいなあ」

ケーキの中央には〝あにまるぱあく8周年〟と、チョコで書かれたクッキーが添えてある。周囲にはイチゴとブルーベリーとオレンジとレモンも飾りつけてあって、チョコの甘さがフルーツで和らぎそうなケーキだ。で、晴夜さんのアバターである水色ライオンのセイヤさんと、ぼくのアバターの白ハムスターのヨルの笑顔も、クッキーで作られてならんでいた。

「晴夜さんはキャラクタークッキーも上手に作れるんだね」

「全然だよ……アバターを見ながら一生懸命作ってこれだもの」

「ううん、とっても可愛いよ」

たしかに、ライオンの髪のかたちや、ふたりの笑顔の口がややいびつで、アバターそっくりとは言えないけど、その不器用なふたりがたまらなく可愛かった。みんなに見せてあげるためにスマホ画面のなかへ綺麗にケーキをおさめて数枚撮影し、セイヤとヨルの顔もそれぞれアップで撮る。

「本当に、食べるのがもったいないぐらい可愛いなあ……」

「好評のようならうちの店でお祝いする日も作ろうかな」

「うん、きっとみんな喜ぶよ」

「じゃあそのときは明もアバタークッキー作りを手伝ってよ。みんなにあげよう」

「……とてもいい案だけど、うまくできる自信がないから練習させてほしい」

「ははは。大丈夫、心をこめて作ればみんなも明みたいに喜んでくれるから」

「ン……わかった。頑張ります」

ふふ、と晴夜さんが笑い、ケーキを丁寧に切ってお皿へ盛ってくれた。

お祝い文字入りのクッキーはふたりで食べることに決めて、アバタークッキーだけそれぞれのケーキに添える。ぼくはそのあいだにアイスレモンティーをグラスにそそいで用意した。

おたがい準備が整うとお皿とグラスを持ってガラス戸の前へ移動し、それらをおいた。

そして部屋の灯りを消して、フローリングの床に座布団を敷いて座って、ガラス戸をあけて、月と星を眺めながらケーキを味わう。ぼくらはときどき、こうしてお月見をする。

「満月まではまだ数日かかるけど、今夜も結構明るいね」

「うん……風も涼しくて気持ちいいな。ケーキも美味しくて幸せ……」

「味も満足してもらえてよかったです」

「しますよ。晴夜さんが作ってくれるものは全部美味しい」

チョコだけだと胸焼けすることもあるのに、予想どおりフルーツがあるおかげでいくらでも食べられた。晴夜さんはこういう計算もこみで、料理が上手だ。食べる相手のことを慮った、愛情をこめた料理を作る。必ず。

「……出会ったころ、晴夜さんが〝自分は悪い人間だ〟って言ってたのが懐かしい。笑い話にすら感じられるよ」

つい、ふふ、と笑い声も洩れた。

「明は何度もそう言ってくれるね。本当のことなのになあ」

「料理を通しても、晴夜さんの人柄は感じられるんだよ。いまは晴夜さんを素敵な人だって認めてくれる仲間がたくさん増えたし、そろそろ晴夜さん本人にも自分は素敵だって認めてほしいよ」

「ん～……素敵だとしたら明のおかげなんだろうな。明が俺を生まれ変わらせてくれたから」

「生まれ変わる？」

首を傾げたら、右隣にいた晴夜さんがぼくの背後にきて、背中から覆うように身体を重ねて座った。両腕をぼくの腰にまわしてぴったり寄り添う。

「……このあいだ一吹君に聞いたんだ。人は失恋したら死ぬような辛い気持ちを味わうけど、また恋をすると生まれ変わるものなんだ、って」

失恋とともに心を亡くして、再び恋して生まれ変わる……。

「すごくわかる。一吹すごい」

「ね。俺もそう言った。本人は『友だちの受け売りです』なんて謙遜してたけどね」

「ふうん……」

「……だからいま俺のこの命は明がくれたもので、明のために生きているんだよ」

晴夜さんが俺の左のこめかみに頬ずりをして、耳に告白を囁いてくれる。ぼくもケーキのお皿を横におき、左手で彼の腕をさすった。

「……うん。ぼくもだよ。ぼくも一度、たしかに死んでた。晴夜さんに出会って、もう一度生き始めたんだ。いまぼくの命は、晴夜さんと幸せになるためにある」

「ありがとう明」

「だけど晴夜さんはこの綺麗な手で、『あずま』っていう温かい場所で、美味しい料理を作って、ぼく以外の人にも生きる力を与えてあげているんだよ。恋人としてはぼくのものだけど……決してぼくだけの命じゃない。そのことも、心から尊敬してるよ」

ぎゅ、と力をこめて強引に、でもちゃんと加減をしてくれているとわかる甘さで、抱き竦められた。「ふふっ」とぼくが笑うと、晴夜さんもぼくの左の耳もとで小さく色っぽく笑う。

「明だけのものでいたいけど、もちろんお客さんも大事だし、明と尊敬しあえる恋人でいたいから仕事も頑張るよ」

「うん。晴夜さんが頑張ってるのは、ちゃんと料理の味でわかる。ぼくも晴夜さんに甘えるだけの子どもにならないように、勉強とか、頑張ります」

「明の尊敬できるところは、そういう面ではないよ」

「え。大学院で頑張ってることぐらいしか、誇れることが思い当たらないんだけど……」

「んー……」と晴夜さんがもったいぶるように唸って、喉で笑いながらぼくの頬を吸う。

晴夜さんが見つけてくれている、ぼくのいい面も、あったりするんだろうか。

「明の尊敬できるところはー……エッチで天然なところかな？」

「くっ」

腕を軽くつねって攻撃したら、「いたい」と嘆きながらも晴夜さんが大笑いした。そんなの、尊敬という言葉をつかう面じゃない。

「いいよもう……ぼくだって晴夜さんほどじゃなくても、自分以外の人も幸せにできるように、あなたと対等な人間になれるように、こつこつ努力して生きていきます」

宣したら、また強く抱き竦められた。晴夜さんの表情は見えないけれど、甘えるように頬をすり寄せられて、抱きしめられて、こうして想いを肌に沁みこませるように抱擁されていると、多幸感に潰れていく。

「あ……そうだ。みんなにケーキの画像送るよ」

晴夜さんがくれる幸せに溺れて自我を失ってしまう前に……と、スマホをとって『アニパー』をひらいた。さっき撮った画像を加工して明るさや色あいを調整し、ソラ、ヒナタ、ユキにお手紙で送信する。

「みんなはいまごろなにしてるんだろうね」

晴夜さんがそう言ったすぐあとに、日向から返事がきた。

『すっごく美味しそうだし可愛い！　明いいな〜やっぱり東さんの手料理食べてる。しかもケーキ！　アバターの顔むっちゃ可愛いよ、食べるの可哀想になるぐらい！　新さんも隣で可愛いって感激してる』

興奮したようすの絶賛のあとには、大きな鐘と、海？　の夜景写真が添えてあって、『俺らも想い出の場所にきてるよ〜』という報告もあった。

「ほら、思ったとおりケーキも好評だし、日向も幸せそうだよ。ここどこだろう。鐘がライトで光ってすごく綺麗だ……」

「本当だ、綺麗だね。想い出の場所かー……俺は店があるから明をあまりデートへ連れていってあげられてないな」

「そんなことないよ、いろいろ連れていってもらってる」

「じゃあ明の想い出の場所はどこ？」

「……。ラブホテル」

ぶはっ、と晴夜さんが吹きだして笑った。

「最初にデートをしたのはアウトレットパークだし、河原へバーベキューにもいったし、夏祭りだって楽しかったでしょう？　なぜそこでラブホテルっ」

「お、想い出の場所だよ、ぼくには大事な、特別な場所っ」

「ふは……もちろん、それもわかるけどね」

あの日いったラブホテルは、ぼくにとってほかとはすこし違う特別だ。ゲイの自分の身体を晒して初めて受け容れてもらったし、もうひとつのコンプレックスも知らないうちに許してもらっていた。そして晴夜さんが〝明〟と呼んでくれるようになり、本物の恋人同士になれた。そういう場所だから。

「やっぱり明はエッチで天然で可愛いな……」

「エッチなのは認めるけど、それだけで言ってるわけじゃないから」

「わかってます。……またあのラブホテルのおなじ部屋にもいこうか。想い出を重ねていくのも素敵なことじゃない？」

想い出を、重ねる……。

「うん……素敵。恋人として一年間一緒にいた、いまのぼくらの想い出も、つくりたい」

「ン、つくろう。愛してるよ明」

「ぼくも愛してる」

大勢の人の心を満たす、美味しくて優しい料理を作る大好きな手が、そっとやわらかくぼくの身体をひき寄せて傾ける。瞳を見つめてキスの合図を知ると、自然としずかに唇をあわせて今夜もおたがいの味を教えあった。

唇が離れると晴夜さんはときどき、こんなふうに、世界中の慈愛をすべてまとったような優しくて温かい笑顔をひろげるから、ぼくはつい照れてうつむいてしまう。なのに顔を隠してくれる前髪がないせいで、晴夜さんに喉で笑われて額にキスをされる。

「……明の、こういう真面目なところ。清らかな心で、心春ちゃんやご両親や友だちや、『アニパー』のみんなや、『ライフ』の子たちを、大事に想っているところ。全部を尊敬して、愛しくてならないよ。……愛してる」

くり返して、また唇を塞がれた。一年経ったのにキスに照れるんだね、とキスの合間に晴夜さんが小声で囁いて苦笑する。あなたがそんな笑顔を浮かべるからだよと、伝えたところで本人に自覚がないのはわかっているから、ぼくは彼の胸を軽く叩くだけで抗議を諦める。

口のなかにレモンの味がある。これはぼくがケーキと一緒に食べたものじゃない。晴夜さんのなかにあった欠片だ。晴夜さんはレモンの味がする。

「ぼくも……晴夜さんを本当に、とても愛してます」

自分のすべてで。この命の全部で。

「明、」

満月に数日足りない月が皓々と照る静謐のなかで、キスの音だけが響いた。今夜も大事な想い出だ。そう思った瞬間、またスマホが鳴った。

キスを中断してスマホを確認すると、結生と、一吹からお手紙の返事がきている。

『すっげえ可愛い！　東さんはほんとなんでも作れちゃうな……俺も食べたいよ。「あずま」の特別メニューにしてください』と結生。

『素敵すぎて食べるのがもったいないね。アバターのクッキーも飾っておきたいぐらいだ。羨ましいな』と一吹。

結生の手紙には『俺たちも一応ごちそう食ってるぜ〜。祝8周年！』と結生と氷山さんのものと思われるピースの指つきの料理写真が添えてあった。テーブルの上にお皿があり、そのなかにややや雑な感じで料理が盛られている。椅子はない。

「ん？　結生君と氷山は、パーティにでもいってるのかな。立食パーティっぽくない？」

「あ、うん……そうなんだ。今夜ふたりは仕事で食事会なんだって」

「仕事？　一吹君はなんだか哀しそうだし、大柴さんはどうしてるのかな？」

一吹の手紙にはなんの報告も、写真もない。ケーキを褒めてくれている温かくも、物憂げな返事のみ。

顔をあげると、晴夜さんも不思議そうな面持ちをしている。はあ、と自分の口から無意識にため息がでた。

「晴夜さん……一吹はね、」

＊＊＊

「はー……東さんほんとすげえな……やっぱりさ、料理できる男っていいよなあ」

「なんだよ、俺より東のほうがよかったって言いたいのか？」

「違うよ。俺も緑さんに美味しい料理作ってあげられるようになりたいなって話してんの」

「本当だろうな」

「ほんとだっつの。なんで疑ってんだよ、意味わかんない。そもそも明の幸せを邪魔したいと思うわけねえじゃん」

「欲しくなるのと邪魔したくないのはべつの話だろ」

「しつこいっ」

「親友と恋愛で揉めるのも嫌だからな、俺は」

「緑さんと東さんの友情も、俺と明の友情も、壊す気ねーからっ。俺は緑さん幸せにすることしか考えてねーよっ」

「フン」

右隣に立っている緑さんが唇を小さく尖らせてノンアルコールのカクテルを呑む。っとにこの人は……と、呆れて睨み据えていたら、ふいに上半身を屈めて俺の右耳に唇を寄せ、「……すまない。こんなところで嫉妬して」と謝罪を囁いた。

すぐに姿勢を正した横顔は、周囲の人目を意識した緊張感を保ちつつも若干いたたまれなさげにゆがんでいる。たぶんこの微妙な違いは、俺にしかわからない。

「……べつにいいけど。どこにいようと俺は緑さんのものだし」

俺もしれっとこたえてワインを呑んだ。

スマホをスーツの胸ポケットへしまうと、嬉しそうに微笑んでいる緑さんと目があってどきりとした。……やべ、顔が熱い。照れて赤くなってるかも。ワインのせいってことでごまかせますよーに。

見渡したひろくてきらびやかな会場にはドレスやスーツで正装したたくさんの人たちがいて、数メートル間隔で綺麗に配置されている丸テーブルを囲み、立食パーティを楽しんでいる。そのあいだを、お酒やジュースを持って歩きながらサービスしているのはボーイさんたち。

入ってきたときから気になっている天井のでっかいシャンデリアは、デザインが豪華で繊細でものすごい。あれ絵で描こうとしたらめちゃんこ大変だろうな……。

今夜は都内の有名ホテルの会場で『アニパー』８周年記念パーティが開催されており、緑さんと俺も招待されてやってきた。『アニパー』ほど成功した作品となると、こんな豪勢なパーティまでひらけるのか……と、驚嘆に暮れる。

「それにしても、パーティ長いな……もう腹もいっぱいだし、ひととおり挨拶もすませたからお暇したい。出張でこられなかった草野が羨ましいよ」

「緑さん、もうすこし小声で」

「『アニパー』には感謝してる。スタッフもみんな優秀でいい人たちだ。でも大柴は祝いたくない。いい加減解放されたい」

「緑さ、」

制止する前に、「相変わらずひどいなあ」と、つっこみが入った。ふりむくと、俺の背後に大柴さんがいる。うわ、と思わず戦いてしまった。

緑さんと、大柴さんの目があう。ばちばち、と火花が散って見えるのは気のせいか……？

「閉会前にもう一度挨拶しておこうと思ってきたら、人の悪口を堂々と……」

「とんでもない、お世話になっているのに悪口なんて言うわけないじゃないですか」

「あまり可愛くない態度をとってると、結生のことを返してもらうよ？」

「結生はものじゃない。それにいまはうちの正社員だ」

「とり返す方法ならいくらでもあるさ」

「俺のものだって言ってるんだよ」

「〝もの〟じゃないんだろ」

「変な真似したらただじゃおかないぞ大柴」

「あーっ、もうやめろ」と声を抑え気味にして、ふたりのあいだに割って入った。

「ふたりとも大人げないっ。今夜は『アニパー』の記念パーティなの、大柴さんにとっても、緑さんにとっても大事な日だろ？　仕事の面でも、プライベートの面でもだ。わかったら変な喧嘩はなし。落ちつけ、どっちも社長と、副社長なんだからっ」

フン、とふたりして唇を尖らせて口を噤む。

以前なら、仕事場で会うときはふたりともちゃんと大人の対応ができていたのに、『あずま』でも頻繁に顔をあわせるようになったいまでは善くも悪くも仕事とプライベートの境が曖昧になっている。まるで二十代の大学生に戻ったように口喧嘩したり、あげ足とり合戦を始めたりして仲がよすぎだ。華やかなお祝いの席だってのに、まったく……恋人の俺をさしおいていちゃいちゃしてんじゃねーよ。

「……恋人を困らせて、駄目な奴だな緑は」

大柴さんが口端をひいてにやりと微笑みながらシャンパンを呑んだ。

その左手の薬指には一吹が大柴さんにあげたという結婚指輪がある。

「困らせて、ませんよ」

緑さんの声にまじった動揺を、大柴さんが逃すわけがない。

「結生がやきもきしているのは、こういう場だけじゃないんだろうなあ……毎日おなじ職場にいて、社内恋愛で、緑社長が公私混同せずに自分を律して結生と接せられているのか甚だ疑問だ。――結生、本当は窮屈なんじゃない？　いつでもうちに帰っておいで、歓迎するよ。恋人とは適度な距離も必要なものだからね」

ふふ、と目を細めて微苦笑する大柴さんが単なる冗談で俺らをからかっているのはわかる。わかるんだけど、俺も胸がつきんと痛んでいたたまれず、顔を伏せて視線をさげてしまった。その視線の先に、ワイングラスを持つ自分の右手がある。

俺と緑さんは、関係を偽っている場ではずっとこっちの薬指に指輪をつけかえている。本来あるべき指につけていられる時間は少ない。しかしおなじシルバーのシンプルな指輪なうえ、〝社長の家に居候させてもらっている社員〟というのもなかなか苦しい嘘というか、なんというか……。緑さんの予想どおりわりとあっさり受け容れてもらえたものの、カミングアウトは当然しておらず、伝えられたのは仕事でパートナーを組んでいる草野さんだけだ。俺が豆腐に会わせてほしかったのもあって、豆腐と初対面じゃないことからすべてうち明けた。

予想していた状況とはいえ〝窮屈〟という言葉がすこし心に刺さる。だけど、それでも――。

「……すみません、大柴さんのところには戻れません。緑さんとの関係は、大柴さんみたいに公表していいものかどうか、まだ悩んでる段階だけど、俺たちもちゃんとふたりで道を拓いていくから。それと今日のパーティ本当に素敵で、『アニパー』をつくっている人たちはみんな

『アニパー』を誇っていて、デザイナーさんたちも自分がつくったアバターや洋服を幸せそうに話して聞かせてくれて……この素晴らしいチームは大柴さんの愛情と努力の結晶なんだって実感しました。やっぱり魅力的な職場だと思います。でもだからこそ、俺は緑さんが出会わせてくれたうちの大事なスタッフみんなで、『ライフ』を『アニパー』に負けないアプリに成長させたいって、奮起しました。俺はもう居場所を見つけたんです。困難にも立ちむかいたいと思えるぐらい、緑さんと、『ライフ』の運営と発展が、俺の生きがいなんですよ」

「結生……」と、緑さんが右隣でこぼした。ふりむくと、敬愛のにじむほうけた表情をしている。当然のことを言っただけなのに大げさな顔すんなよなと「いしし」と笑いかけてやった。

「結生にふられたら負けを認めるしかないな、残念だ。まあ俺は結生が幸せならいいんだよ。緑に辛い目に遭わされたら、そのときは帰っておいでね」

大柴さんもウインクしてさらりと身をひく。大柴さんはそもそも緑さんと争う気はないんだ。緑さんのほうに個人的な嫌悪や嫉妬や恨みや劣等感、拗ねがあるだけで。

大柴さんに「すみません」と軽く頭をさげて笑顔をかわしていたら、右横から緑さんに肩を抱き寄せられた。

「困難があっても、ふたりで分けて乗り越えながら幸せを育んでいきますのでご心配なく」

「動揺したくせに」

「っ……うるさい。俺らのことより、あなた一吹君とは大丈夫なんですか。毎年淋しがらせてるんでしょう」

「え？」

はっとした。「緑さん、」と諌めても遅かった。

「『アニパー』の周年記念日をふたりで祝えたことがないって。でもそれは、あなたが毎年こうして大々的に関係者の人間とパーティを催しているからしかたないって、一吹君ひとりで我慢してるそうじゃないですか」

大柴さんの顔色が変わった。笑顔が消えて、ぞっとするぐらい冷たくかたい無表情に変容していく。

「……それ一吹が言ったのか」

「ええ、らしいですよ。結生がみんなと『アニパー』で話してたときに聞いたそうです。今日は新さんのところも、東のところも、『アニパー』の周年祝いをしてるのに一吹君だけひとりみたいで。だけど毎年のことだからって、諦めているようすだったとか」

「大柴さん」と俺も割って入った。

「一吹べつに愚痴ってたわけじゃねえから。大柴さんを責めてたんじゃないよ。でも、その……帰ったら、想い出話ぐらいはしてあげて。大柴さんと出会えたことも大事にしてるけど、大柴さんがつくった『アニパー』の誕生日も、一吹は特別に想ってるよ」

訴えて見あげた大柴さんの厳しい瞳が揺らいだ気がした。持っていた呑みかけのシャンパングラスを大柴さんがテーブルへおき、俺の肩を叩く。

「閉会の挨拶を始めよう」

そして颯爽（さっそう）と正面の舞台のほうへむかっていってしまった。

「大柴さん、大丈夫だったかな。一吹怒ってるかな……」

「おい。ベッドの上でほかの男の名前を言うのは許さないぞ。大柴ならなおさらな」

「一吹の名前も言ったよ」

「じゃあもう許さない。ひいひい言わせてやる」

ボタンをといた俺のワイシャツを腕からとって、緑さんがベッドへ俺を押さえつける。スプリングがしなっておたがいの身体が軽くバウンドするぐらいの勢いで襲われたから、おかしくて笑ってしまった。

「ひい〜」

「ふざけて笑っていられるのはいまのうちだからな」

そう言いながら、緑さんも笑っている。

「俺のスーツ姿はレアなのにさっさと脱がせて。緑さんもっと堪能しろよ」

「俺はおまえと違ってスーツ姿より裸のほうが燃えるんだよ」

「えー……裸に燃えてもらえるのも嬉しいけど、緑さんってつまんないね」

「失礼な奴だな」

「洋服のフェチがないって人として駄目じゃない？」

「そこまで言うことかよ」

緑さんが思いきり眉をゆがめたから吹いてしまった。

「ほら、スーツ大好きな結生ちゃんは俺のネクタイをはずしたいだろ？　やらせてやるよ」

「むかつく誘いかただな。わっくわくだけど」

ふたりでくすくす笑いながら緑さんのネクタイに指をかけた。失敗して首をしめつけないように、するりとひいてほどいていく。ストイックに肌を包んでいた白いワイシャツの首もとが、ゆっくり乱れていくさまがセクシーだ。至近距離にある顔が好みで、格好よすぎて、ネクタイをとる自分の手もとだけ見つめていたけど、こくりと動く喉仏にまで心臓がきゅんと弾けて顔が熱くなったのがわかった。

つきあい始めて一年以上経っても、この人の格好よさには慣れない。顔も、喉も、ボタンをはずしてすこしずつあらわになっていく鎖骨のかたちも、頼んでないのにどんどん近づいてきてこっちの顔を覗きこんでくる二重の瞳も、器用に俺の顎をあげる細長い指先も、勝手に俺を捕らえようとしている桃色の薄い唇も。なにもかも好きすぎてやっぱり慣れない。

「……大柴さんに〝想い出話してあげて〟なんて偉そうに言っちゃったけどさ、俺たちの出会いはひどいもんだったよね」

唇が離れたあとしみじみふり返ったら、緑さんは喉で、ふっ、と笑った。

「何度目だその話。……あのときおまえに〝クマじゃねえ〟ってふられなければ、もうちょっと可愛がってやれたんだって」

「緑さんもまたそれ。本当に俺のせい？　セックスするだけの相手には冷たかったんでしょ」

「おまえのことは可愛いと思ったたって言ったろ」

「可愛いだけで態度まで変わったの？　あのころの緑さんが？」

「変わった、と、思う。……いや、そう想うのはいまの俺だからかな？　あのころなら突っぱねた……か。うーん……」

「わかんねえんじゃん！」

「いまおまえを愛してる気持ちだけがいっぱいで、昔の自分なんか忘れたよ」

大きな右の掌で、ぐいと前髪をのけて撫でられ、また唇を奪われた。ふわりとやわらかい緑さんの唇が自分の唇とこすれあう。その奥でおたがいの舌が絡みあう。

自分の胸の上でわだかまっていたネクタイが、身体を重ねあわせてくる緑さんとのあいだで潰れた。邪魔だ、てなふうに緑さんが口をあわせたまま左手でネクタイをひっぱり、ベッドの下に落とした瞬間、しゅっと摩擦で胸が熱くなった。

「ンっ」

痛みも感じて肩をびくりと竦めたら、緑さんがキスを中断した。

「結生」

「……いま熱くて痛かった」

ふたりで視線をさげると、俺の胸の真んなかがちょい赤くなっている。

「ああ……ごめん。傷つけた」

緑さんが上半身を屈めて、そこに唇をつける。舌で舐められると、またひりっと痛む。

「いたっ……痛いからいいよ」

「消毒」

そっと慎重に舌を這わせて唾液を塗っていく。その緑さんの髪とつむじを眺めていると撫でたくなってきて、艶のある髪に指を絡めた。

「あの日俺に先っちょ挿入れて〝処女かふざけんな〟って帰ってった男とは思えないな……」

「二度目に会った夜は優しくほぐしてやったろ」

　続けて左側の乳首を食みながら、尻を揉まれた。

「うん……あの夜は怖かったけど優しかった。俺は容易く惚れちゃったな」

　あ、ン……と、乳首に施される愛撫に耐えきれず声がでた。舌で舐めあげられて、吸われて、後頭部が痺れるぐらい気持ちいい……。

「緑さん、も……裸に、なって、」

「結生が脱がせてごらん」

　嬉しそうに俺の右の乳首にも舌をつけて吸ってくる。ン、ぅ、と喘ぎ声を噛みしめつつ快感で震える両腕を動かして、緑さんの背中に掌をのせた。シャツを摑んで、まくりあげる。

「ばか、前のボタンはずしてからじゃないと、」

「むり……手、届かな、よ……、」

　自分の乳首を吸っている人の胸もとのボタンなんかはずしづらい。緑さんは喉の奥で笑っているのに俺の胸から口を離さないし、俺も気持ちよすぎて思考力が低下しているからとにかくシャツだけひっぱる。

「こら」

　やっと口を離した緑さんが顔をあげると、背中のシャツを頭に被ってる変な格好になっていて、「ぶはっ」とふたりして大笑いになった。

「ははは、おばけみたい」

「ったく、数えきれないほどセックスしてきたのに服を脱がすこともできないのかよ」

「はははっ、でもなんか、可愛い」

「可愛いのはおまえだ」

シャツを脱ぎ捨てた緑さんが、逞しくかたちのいい身体を晒してもう一度俺に身体を重ねてくる。俺の目を覗く瞳が、愛してる、と言っている。……しずかに緑さんの右手が頭へおりてきて、慈しむように髪を梳かれた。「さっきありがとう」と、唐突に言う。

「大柴の誘いを、きっぱり断ってくれて」

面食らった。

「あたりまえだよ。俺が揺れると思ったの？」

「いや……ただ、不安になった。結生はうちの社員になったことも俺と同棲を始めたことも、後悔してるんじゃないかと、ちょっとうしろめたさがあったから」

ああ、と納得した。……妹が生まれたあと両親にも緑さんとの関係を伝えて、同棲の許可ももらい、緑さんの会社で働き始めた。大柴さんにも言ったけど、ふたりで最善の道を探していこうと決意していたものの、実際に緑さんとの関係をごまかしながら社員さんと接していると心苦しくて、そんな自分たちを持て余していた部分があったのも、たしかだけど。

「なにも後悔なんかしてないよ。『ライフ』に携わらせてもらっていたのもあって、緑さんが俺を大事にしてくれることには、本当に誰も違和感がないみたい。逆に〝社長の家に居候ってやりづらくないか〟って心配してもらってるよ。恋人ってことはこのまま隠していくべきかもしれないけどさ、会社は恋愛するところじゃなくて仕事する場所なんだし、それでいいじゃん。嘘つくのは辛いけど、俺らは家族に認めてもらってるんだもん、充分すぎるぐらい幸せだろ」

「それに、」と緑さんの首に両腕をまわして抱き寄せた。

「……それに、お父さんに誓ったこの想いは絶対手放さないし、お父さんを裏切るようなこともしないよ。俺は緑さんと、お父さんを愛してるから」

強く緑さんをひき寄せると、あの雪のなかで指輪をつけて抱きあげてもらったときの感触と光景も蘇ってきた。マフラーのあいだに入ってきたしゃっこい雪、清冽な白い絨毯、澄んだ潮風、緑さんの冷たい唇。

そして三人で笑いあって、家族として過ごした日々。お父さんの平たく痩せ細った掌の感触。自分が死んだあとも飽きるまで緑さんの傍にいてやってほしい、と言い遺したあの声。笑顔。ふたりでつくった雪だるま。

そんなお父さんを何年もひとりで見守り続けた緑さんの深い愛情。家族になってくれてありがとう、と礼を言った緑さんの涙に千切れそうなしずかな声。

火葬炉へ入っていったお父さんの棺を小さな扉越しに見つめ、親父、と呼んで号泣し続けた、この人の震える掌の温度。

「緑さん、はんかくせーこと言ってんじゃねえよ？　弱気になるな。俺の愛情疑うなよな！」

目の縁ににじんわりにじんだ涙を蹴散らすように、ははっ、と笑って緑さんをもっと強く抱きしめた。

お父さんに教わった南部弁も全部憶えている。もらった言葉も、優しさも表情も、なにもかもこの俺の身体に沁みついている。手放すわけがない。裏切るわけがないだろ。

俺はこの愛情と誓いを胸に刻んだまま緑さんと生きていくって決めてるんだから。

「結生……」

俺の首筋に顔を埋めている緑さんの声もすこし掠れて濡れていた。

「お父さんさ、自分は奥さんと離婚してしまって緑さんに淋しい思いをさせたけど、緑さんはお父さんと緑さんと俺の三人の家族をつくれた立派な息子だって嬉しそうに言ってたよ。俺たち、離れちゃいけない家族なんだよ」

そう教えると、緑さんも俺の腰をきつく抱き竦めてきた。肩が小さく震えている。

「……いまそんな想い出話をするのは反則だろ」

右肩が熱い。緑さんの涙だ。

彼の背中をさすって、後頭部の髪を梳く。自分のこの手が、母親のようにも父親のようにも緑さんを守れるように、温かく頼もしく、愛情を刻みつけながら。

そうしてもう一度くり返した。

「……家族だよ、緑さん」

ああ、とこたえて、緑さんも俺の首筋に頬をすり寄せる。

彼が放つ吐息にも涙の熱がこもっていてあったかい。もっと長く、これからもずっと幸せでいよう。それが、お父さんや、俺たちを大事に想ってくれている人たちの幸せでもあると信じている。

目をとじると、お父さんの笑顔と、ベランダの手すりにならんだ雪だるまたちが寄り添って見えた。

＊＊＊

「――……ぶき、……一吹」

ぐらぐら、と身体が揺れていることに気がついて目をあけた。意識がゆっくりと覚醒して、心地いい眠りから現実へひき戻されていく。

「一吹」

ぼやけた視界の先にいるのが賢司さんだとわかった。

「……賢司さん、」

まばたきをして、かすみがかった世界をクリアにさせようと試みる。なんとなくスーツ姿の賢司さんが見えてきたが、寝室の灯りも消えていて暗いので、ひらいたドアの隙間から入るかすかな光でしかたぐれない。しかたなく身体を起こして、サイドテーブルにある夕日色のライトをつけた。「起こしてごめんね一吹」と、賢司さんが横に腰をおろす。

「ううん……おかえりなさい。先に寝ててごめんね。パーティ、楽しかった？」

訊ねたとたん、いきなり抱き竦められた。

「う、く……苦しい、なに、」

「ごめん」

「え……？」

「ごめんね一吹、淋しい思いをさせて」

あ、とはっきり意識が目覚めた。

「……誰かに、なにか聞いたの」

「パーティ会場で緑と結生に叱られたよ。毎年一吹が淋しがってたって。……本当にごめん。『アニパー』の記念日が、一吹に関係ないものだと思ってたわけじゃないんだ。でも結果的に、そう思わせるような日にしてしまっていた。しかも今夜はみんな恋人同士でお祝いしてくれていたのに、一吹だけひとりだっていうのも知ったよ。俺のせいだ」

ああ……と、賢司さんに抱き竦められたまま肩を落とした。罪悪感に苛まれて、右手で賢司さんの背中を撫でる。彼の着ているスーツから、彼の香水の匂いと、外の世界の香りが浮かんでくる。大好きな賢司さんが、かけがえのない仲間たちと過ごしてきた夜の匂い。

「……誤解だよ、賢司さん。俺は賢司さんに邪険にされたとか、放っておかれて淋しいとか、そんなふうに責めてたわけじゃないから」

「したも同然だ」

「ううん、違う」

ひろい肩に目を押しつけて、しっかりと大事に抱きしめた。

「賢司さんはいつも、ふたりの記念日を祝ってくれるでしょう。誕生日も、俺の卒業式や入学式も、同棲を始めた日も、年末年始も……いつだって美味しい料理を食べさせてくれたり、豪華なホテルを予約して過ごさせてくれたりする。俺は賢司さんに幸せにしてもらってばかりだなって……金銭的な意味でも、恋人同士の幸せって意味でも、申しわけなく思ってるよ。もっとはやく大人になりたい、あなたと対等になって、俺もあなたを幸せにしたい、って」

「いまのままで充分だよ、俺は一吹に幸せにしてもらってる」

「ううん、聞いて。俺は贅沢なんだ。賢司さんに与えてもらってばかりだって自覚しているのに、賢司さんが自分の人生を捧げてつくりあげている『アニパー』の周年記念日っていう大事な日に……賢司さんを、独占できないことが、その……悔しかったんだ。嫉妬してたんだよ」

え、と賢司さんが上半身を離して、俺の顔を覗きこんできた。「嫉妬……？」と首を傾げて、俺の目に問いかけてくる。俺はいたたまれなくなってきてうつむいた。

「……そう。賢司さんを責めてたわけじゃない。俺は賢司さんともシイバとも恋人で、現実でも『アニパー』でももっとも近しい存在だし、想い出もたくさんある。俺にとっても『アニパー』の記念日は特別な日だよ。なのに、なんでお祝いの場にすらいけないんだろうって……ごめんなさい、傲慢なことを考えてひとりで嫉妬してました。ただのユーザーの俺が、『アニパー』を運営している社員さんたちと全然違うのもわかってたけど、せめておなじように賢司さんをお祝いしたい、とも思ってたんです」

高校生のころ、毎日利用していたバスで知りあった賢司さんが『アニパー』とも出会わせてくれた。チャットの文字だから甘えて晒せる〝自分〟がある、と知った反面、声で心を伝えることの重みも噛みしめた。そうやって学びながら賢司さんに恋をして、自分の性指向を受け容れ、むきあう勇気を抱けるようになっていった。

賢司さんと『アニパー』が、あのころの幼い俺を救って、成長させてくれて、眩しいほど光り輝く道を与えてくれたんだ。友だちもできたし、賢司さんという恋人もできた。

人生の傍らに呼吸をするために必要な存在として、賢司さんと『アニパー』があると言っても過言じゃない。だけど俺は『アニパー』の誕生日に、賢司さんとふたりでお祝いができない。

賢司さんが会社で催しているパーティにも、いく権利がない。それが淋しくて悔しくて、賢司さんにとって大事な日なのに、自分には心が腐る日になってしまうことが申しわけなかったのだった。

「……もしかして、一吹は俺を責めていたわけじゃなくて、自分を責めていたの？」

「うん……平たく言うとそうです。七月十三日の賢司さんが欲しい、大好きな『アニパー』を祝わせてほしい、って嫉妬する自分を消したかった。ごめんなさい」

「なんだそれは……」

賢司さんが俺の左肩にうなだれて脱力する。

俺はそのままサイドテーブルにおいていたスマフォをとり、片手で操作して『アニパー』を起動した。

「……見て、賢司さん。さっき明がくれたお手紙なんだけど、東さんがこんな素敵なアバタークッキーつきのケーキを作ってたんだよ。みんなに出会えたおかげで、今年のお盆は『あずま』で『アニパー』のお祝いをしようって誘ってもらえたんだ。だから、その日は一緒にいこう。それで俺にもお祝いさせて」

賢司さんの背中をたんたん叩いてお願いしたら、突然ベッドへ押し倒されて唇を塞がれた。

「ンっ……」

容赦なく奥まで深くむさぼられて、背中を掻き抱かれる。左の掌を、皮膚に爪が食いこむぐらい強く握りしめられる。

「い……賢司、さ、」

「どこからつっこめばいいのか謝ればいいのかもうわからない。俺はとても嬉しいし、一吹は可愛すぎるだろ」

「な、」

「これからは俺たちの記念日に『アニパー』の誕生日も追加しよう。パーティから帰ったらふたりきりで祝う時間もつくるよ。もしくは一吹もパーティに招待する。抱きしめアクションの提案者として」

「う、ぁ……それは、ちょっと、恥ずかしい」

　苦くも甘い想い出だ。

　賢司さんに片想いしていたころ、好きで好きでしかたなくて、せめて『アニパー』のなかでだけでも抱きしめたいと願い、俺のアバターであるソラの姿で、賢司さんのシイバに迫ったんだ。だけど当時は抱きしめるアクションが存在していなかったばっかりに、ソラはまるで相撲みたいに、シイバをのしのしと壁まで押して追いつめることしかできなかった。

　その後賢司さんに『なんで押すの』と訊かれて、『抱きしめたいんです』と正直にうち明けたのがきっかけで、賢司さんは本当にアバター同士が抱きしめあえるアクションを開発してしまった。

　やがて、初対面の相手まで勝手に抱きしめてしまうと問題がある、などの試行錯誤の結果、恋人登録をしたふたりだけができる特別アクション、として定着したのだった。

「言うなれば、恋人登録の発案者でもあるんだよ、一吹は。招待したって問題ないさ」

「いや、あるよ……俺は一般人だから」

「違う、俺の大事なアドバイザーで恋人だ。でも無理にパーティへおいでとは言わない。俺も一吹とふたりきりでお祝いできるならこんなに幸せなことはないからね。後日『あずま』で親しい仲間同士集まって祝えるのも嬉しいな。『アニパー』をつくった人間としても、感謝の気持ちでいっぱいだよ」

俺の口もとのホクロにキスをして、賢司さんが心から幸福そうに微笑んでくれている。あわい橙色のライトに照る愛しい笑顔を俺も大事に見つめた。

「……ありがとう。賢司さんは俺がどんなばかなことを言っても、出会ったころからずっと、何度となく許し続けてくれてる。何年経っても……すこしは成長できたかなって、自分に対して自負を覚えたときでも、やっぱり救われる瞬間が必ずあって、そのたびに俺は、あなたが必要なんだって思い知るよ」

「褒めすぎだよ一吹」

「そんなことない」

ふふ、と眉をさげて賢司さんが苦笑する。その左頬にだけ、愛らしいえくぼ。

「俺も一吹に許されて救われているってことを、もっと伝えていかなくちゃな。……いまは、文字よりも声で」

囁いて、左頬にもキスをくれる。

「自覚はないし、言ってもらえたとしても納得できるかわからないけど……俺も賢司さんをいくらか救えているなら嬉しい。賢司さんを幸せにしたいです」

額同士をつけて、賢司さんが、ふふ、と笑んだ。

「……ほら、その言葉でもう俺を幸せにした」

吐息とともに再び彼の唇がおりてくる。重なりあって、ひらいて奥へ入ってくる。

俺のパジャマのボタンをはずしていく器用な指に応えて、俺も彼の胸もとのネクタイとシャツのボタンをはずしていった。

女性を好きだったのに、俺を選んでくれた。

結婚したいと計画していたのに、男の俺を愛していくと、覚悟をくれた。

出会ってから恋人として過ごした数年間、賢司さんにもらったものをあげていったら本当にきりがない。

恋や愛は恩返しで成り立つものじゃないけれど、それでも俺も、生涯かけてこの人に両腕では抱えきれないほどの幸福を贈り続けられたらと願っている。

彼の幸せが、俺の幸せでもあるから。

……朝になったら、こっそり用意しておいたお祝いの品を渡そう。

どうしたって俺は未熟で、ワンパターンなことしかできないけれど、でも、どれだけ考えてもこれ以上におたがいを幸せにするものが思いつかなかったんだ。

一緒に過ごしているあいだにも、想い出を重ねていって尊い輝きが増している大事なもの。

冷蔵庫にしまってあるよ、真っ白くて優しく甘い『かすが』の牛乳プリン——。

【8月15日（木）　記念日

『食事処あずま』は現在お盆休み中ですが、本日は貸しきりでパーティのご予約がありました。

四組の仲のいい恋人たちです。彼らにとって想い出深い大事な場所の記念日とのことで、うちのお店でお祝いをしてくださったのでした。

縁を繋いでくれる場所にも、心は宿り、沁み入っていくものなのだと、彼らの幸福そうな笑顔を見ながら感じていました。

召しあがっていただいた料理にも今夜の彼らの想いや幸せが刻まれていたなら、食べるたびに想い出していただけるでしょうか。

場所や食べ物に残っていく、幾度でも蘇る褪せない記憶。

〝永遠〟に似た、そんな夢のようなものも、案外と身近にあるものなのかもしれません。

以下の画像のケーキはその記念日に寄せて特別に作らせていただいたものです。

動物たちの可愛いクッキーをぜひご覧ください。

可愛い、とみんな喜んでくださって、とても好評でした。】

あにまる ぱぁく
8周年

あとがき

朝丘　戻

今作『晴明のソラ』は、『坂道のソラ』『窓辺のヒナタ』『氷泥のユキ』『月夕のヨル』の四作を括る『アニマルパークシリーズ』の続編になります。

十五周年のときダリア文庫さまにお世話になってつくらせて頂いた『春と秋とソラの色 ―Complete Book 2―』にも『坂道のソラ』の賢司と一吹のお話が収録されており、今回の『晴明のソラ』で描いたお話に関係するエピソードがありますので、ご興味を抱いてくださいましたらご覧いただきたく存じます。賢司が仕事中は『アニパー』内の表示をオフラインにすることについて、賢司と一吹が話しあっているお話です。

読者さまにご希望をいただき、リアルサイン会のおみやげなど、企画で執筆した短編も収録させていただきましたが、『晴明のソラ』は完全新作の続編として彼らを繋ぐ輪の一冊にするためむきあいました。ここまで『アニマルパークシリーズ』を成長させてくださいましたのは、この作品を支えてくださった多くの方々のおかげにほかなりません。

二〇一七年に初めてのリアルサイン会と翌年二〇一八年にコラボカフェ『アニマルパークカフェ』を開催し、このシリーズを強く支えてくださいました中央書店コミコミスタジオさま、コミコミスタジオ町田店さま、いつも応援してくださるアニメイト大阪日本橋店さまほか、ご尽力いただいた多くの書店さま。ずっと一緒につくり続けてくださいましたyoco先生、デザイナーさん校正者さんほか本の制作・販売にご協力くださいました皆さまと、今作まで十年間最高のパートナーとして歩んでくださった担当さんと新担当さん。そして読者さまに心からお礼申しあげます。『アニパー』は皆さまがくださった人生にきらめく青春です。

Thankyou
yoco

初出一覧

晴明のソラ …………………………………………………… 書き下ろし（一部既発表作品を含む）
あとがき ……………………………………………………… 書き下ろし

ダリア文庫をお買い上げいただきましてありがとうございます。
この本を読んでのご意見・ご感想・ファンレターをお待ちしております。

〒170-0013 東京都豊島区東池袋3-22-17　東池袋セントラルプレイス5F
(株)フロンティアワークス　ダリア編集部
感想係、または「朝丘 戻先生」「yoco先生」係

この本のアンケートはコチラ！
http://www.fwinc.jp/daria/enq/
※アクセスの際にはパケット通信料が発生致します。

晴明のソラ

2020年3月20日　第一刷発行

著　者
朝丘 戻
©MODORU ASAOKA 2020

発行者
辻 政英

発行所
株式会社フロンティアワークス
〒170-0013 東京都豊島区東池袋3-22-17
東池袋セントラルプレイス5F
営業　TEL 03-5957-1030
編集　TEL 03-5957-1044
http://www.fwinc.jp/daria/

印刷所
図書印刷株式会社